Les Sacrifiés

DE LA MÊME AUTRICE

Petite Bibliothèque du gourmand (préface de Pierre Gagnaire), Flammarion, coll. « Champs classiques », 2013

L'Autre, Seuil, 2014, et Points, 2015

Là où s'arrête la terre, Seuil, 2015

Qu'il emporte mon secret, Seuil, 2017, et Points, 2018

Amour propre, JC Lattès, 2019, et Le Livre de Poche, 2022

SYLVIE LE BIHAN

Les Sacrifiés

ROMAN

DENOËL

« — Que penser d'une humanité entièrement
occupée à se détruire ?
— Il est probable qu'elle ne mérite pas mieux. »

Louis Guilloux, *Le Sang noir*

PROLOGUE

6 FÉVRIER 1939

7 heures du matin, col de Lli

Avant de reprendre le chemin de la montagne, le petit groupe se tourna une dernière fois vers la silhouette du mas de Can Barris, qui s'effaçait sous la pluie glacée. Ils savaient que cette bâtisse leur survivrait, et que les larmes qu'ils avaient versées entre ses épais murs de pierre rejoindraient celles d'autres tragédies, oubliées elles aussi. De la route principale du Perthus, à des kilomètres de là, leur parvenait la rumeur étouffée des sirènes et des bombes lâchées sur les convois de dizaines de milliers de réfugiés. Eux avaient choisi le col enneigé de Lli pour passer la frontière espagnole.

Eux, c'était tout ce qu'il restait du rêve républicain.

Un muletier les guidait sur les sentiers escarpés, pressant de sa baguette les pas d'un âne las et somnolent. Le manteau de neige qui recouvrait les alpages atténuait les quelques bruits qui montaient de la vallée endormie et, tout en conversant à voix basse, le petit groupe guettait chaque son et prenait soin de contourner les villages habités pour ne traverser, en un cortège silencieux, que ceux dont les ruelles étaient désertes et les volets clos.

Ils avaient fui Figueras deux jours plus tôt, d'abord dans un convoi de voitures officielles, puis à pied lorsque l'aviation avait commencé à mitrailler les routes encombrées par l'avancée instinctive d'une marée humaine désorientée. Une foule d'hommes, de femmes et d'enfants haletants comme des naufragés, qui fuyaient vers la France avec pour seule boussole l'horizon aveugle de ce que serait leur vie d'après. Ils abandonnaient leur village, leur maison, leur famille, leurs pauvres outils posés au milieu des champs au repos, les moissons, les gerbiers et le soleil à venir ; ils laissaient leur pays aux autres, pressentant qu'ils n'auraient pas leur place dans ce qu'il deviendrait.

En apercevant au loin les mines de Canta, Manuel Azaña, le chef du groupe et président de la République espagnole déchue, ne put réprimer un frisson en pensant aux trésors du musée du Prado, cachés deux ans plus tôt par son gouvernement dans les boyaux souterrains d'une mine désaffectée puis chargés, le 4 février, dans des camions à destination de la Société des Nations, à Genève.

Pourvu qu'ils ne les arrêtent pas, se dit-il.

« Ils », c'étaient les nationalistes, les hommes de Franco.

Sombre, le regard à l'affût dans l'infinité opaque de ce ciel de neige, Juan fermait la marche. Les histoires des autres ne l'avaient jamais intéressé et, ce matin de février, comme tous les jours depuis qu'Encarnación était entrée dans sa vie, il n'avait qu'une idée en tête : comprendre pourquoi il s'était encore une fois laissé embarquer dans un tel fiasco.

Depuis ses quinze ans, garçon alors timide et maladroit, il lui semblait avoir été aspiré par un tourbillon d'événements furieusement joyeux mais trop souvent cauchemardesques, sur lesquels il n'avait pas eu la moindre prise. Bien sûr, aujourd'hui il était capable de maîtriser ses émotions, de partager ses joies, de cacher ses fureurs et même ses pleurs; évidemment, il était devenu un homme aux épaules solides, mais là, au beau milieu de la forêt de pins qui tapissait le flanc des Pyrénées, il était à nouveau le petit gitan, le *peón* qui avait toujours suivi les autres sans un mot. Si Encarnación l'avait écouté, ils n'auraient pas fait halte à Figueras, ils seraient partis de Barcelone en janvier et auraient filé vers la frontière française, puis vers Paris et son appartement sous les toits, qui n'attendait qu'elle.

Pourtant, quelques jours plus tôt, le 1er février 1939, alors que l'étau se resserrait autour de Barcelone, quand Encarnación lui avait dit « Viens avec nous », il l'avait suivie, fidèle à la promesse faite à Ignacio, à Federico et à tous ceux qui l'avaient aimée de la protéger.

Ce matin du 6 février, sur le sol gelé des chemins de montagne, Encarnación glissait à chaque pas. Juan ne la quittait pas des yeux, prêt à la retenir. Mais, de son regard noir et fier, cette femme qui avait porté tant de morts refusait toute aide alors même que de ses godillots troués ressortait la crête tachée de sang de ses socquettes blanches.

La veille au soir, dans la salle principale du mas de Can Barris, à la lueur des flammes qui projetaient derrière les hommes fatigués leur ombre dansante sur les murs, ils avaient tous assisté à la dernière réunion officielle de la République espagnole. Et, lorsque les paroles avaient fait place au silence, Encarnación s'était levée lentement pour entamer un *cante jondo a palo seco*, un chant andalou profond, primitif et aux consonances arabes, sans autre accompagnement que quelques battements de paumes sèches. Les pieds nus plantés sur le sol de pierre, elle s'était mise à danser et, de ses doigts dépliés, tordus comme des flammes, avaient fleuri des formes oniriques. Son corps, traversé par la foule de sentiments que la poignée de femmes et d'hommes rassemblés autour de l'âtre retenaient au plus profond d'eux, avait exprimé tour à tour la solitude, la nostalgie des marais du Guadalquivir et de leurs ciels écrasants de beauté, la tristesse, le doute, et surtout la colère sourde, en creux, qui s'était échappée de ses pieds en martelant le sol. De sa bouche s'étaient mis à couler la sueur et le sang mêlés, un sanglot de douleur et d'amour remonté de sa gorge sèche. Alors, sur ces visages aux traits tirés, en proie au désarroi, avait soudain glissé l'étincelle de la torche des abîmes, la lueur des entrailles, là où se niche la vraie conscience de l'exil à venir. Puis une sensation de paix, proche du vertige, avait embrasé la pièce. Un envoûtement venu des profondeurs, du temps d'avant le temps, la transe magique d'un moment de grâce ténue comme un équilibre fragile.

Ce moment suspendu, *duende* inexplicable et inexpliqué, semblait loin au lever du jour. La neige recommençait à tomber sur la pente abrupte. Les flocons voltigeaient dans le vent, pour s'écraser ensuite, à l'instant même de leur plus grande beauté, dans la masse déjà tassée qui recouvrait les chemins. Un destin semblable à celui d'Encarnación et de Juan, deux jeunes rêveurs qui d'un pas résigné descendaient vers la vallée pour rejoindre les milliers de réfugiés. Lorsque, avant d'arriver à Maureillas-las-Illas, du côté français, Juan put enfin prendre dans ses bras ce petit brin de femme épuisé,

Encarnación se blottit contre lui et il murmura à son oreille endormie que, désormais, rien ni personne ne pourrait plus les séparer.

PREMIÈRE PARTIE

IGNACIO

Séville, printemps 1925

— Tu te tiens bien droit et tu dis rien sauf si on te pose une question. T'as bien compris, Juan ?

Ils avaient quitté la route principale et s'étaient engagés sur un chemin cahoteux qui traversait les champs déjà grillés par le soleil andalou. Les roues de la carriole grinçaient à chaque pas du robuste bidet qui la tirait, langue pendante, vers une grande hacienda nichée sur une colline de Pino Montano couverte de vignes et d'oliviers. Dans les champs, les affaneurs, ces gagne-deniers venus de Galice ou de la plaine, levaient la tête au passage de l'attelage. De leurs yeux plissés sous les rayons d'un soleil bas s'échappaient la fatigue et l'envie.

Juan ne répondit pas à son père, fasciné par les jeunes filles rieuses qui, sous leur chapeau à large bord, gardaient la tête haute et le regard fier lorsqu'ils les croisaient le long du chemin. Leurs *batas de faena* étaient différentes des robes de travail des paysannes de Grenade. Elles étaient sombres, légères, amples, et sous les quelques volants du bas on entrevoyait des chevilles bien galbées, taillées avec force et énergie ; des chevilles de paysannes, qui ne laissaient pas le garçon indifférent.

Son père, Adolfo Fernandez, paraissait mal à l'aise.

Ce petit homme au visage maigre et aux pommettes saillantes, avec ses yeux enfoncés et mobiles sous d'épais sourcils, était un banderillero à la complexion sèche et décharnée. Avec sa chemise blanche et son gilet de grosse toile sur le dos, il avait la fâcheuse impression d'être déguisé. Depuis qu'ils avaient quitté leur modeste maison de Triana, le quartier gitan de Séville, sa poitrine se soulevait à intervalles réguliers, la sueur roulait sur son front et ses vêtements lui collaient au corps. C'était sa façon à lui de laisser échapper des larmes.

Le matin, à Séville, avant de traverser le pont qui enjambait le Guadalquivir et alors qu'ils avaient entamé la descente de la rue San Jorge, Adolfo avait vu Juan se tourner une dernière fois, la mine triste, vers la pauvre bâtisse blanc et bleu qui leur faisait office de foyer depuis cinq ans. Au balcon, la silhouette de María s'était faite de plus en plus petite, un point noir et un mouchoir orange flottant dans l'air matinal, comme lorsqu'à la corrida on réclame l'*indulto*, la grâce du taureau. En mère digne, María n'avait pas pleuré au départ de Juan, son fils cadet, mais il savait que son visage serait ravagé par les larmes dès que la carriole aurait tourné sur les quais. Elle aurait aimé qu'on épargne son petit dernier, son cuisinier qui passait tant de temps à ses côtés, mais en ces années de famine la raison l'avait emporté ; ce serait une bouche de moins à nourrir. Pourtant, tous avaient conscience que le sourire de Juan, son regard si doux et son courage manqueraient à la famille...

— Tu as entendu ce que je t'ai dit, Juan ? répéta Adolfo en se frottant les yeux pour balayer ses idées sombres.

Le jeune garçon, qui s'était tenu immobile et silencieux durant tout le voyage, déglutit et hocha la tête en signe d'assentiment. Le menton posé sur le maigre baluchon qui contenait ses précieux couteaux de cuisine, il inspectait ses ongles rongés mais propres en pensant à ce qui l'attendait. À quinze ans, il en paraissait douze, mais dépassait tout de même son père de deux têtes. Son corps fin et robuste, tanné par le soleil et le froid, était paré de son plus bel habit : un costume sombre et élimé qui avait déjà servi pour plusieurs grandes occasions et qu'il avait hérité de Miguel, son frère aîné, parti chercher fortune en Californie l'hiver précédent. Malgré sa mine renfrognée, Juan s'était fait beau : tout gitan qui se respecte soigne sa tenue, surtout pour se rendre chez un maestro.

À l'entrée de l'hacienda se tenait un grand Andalou sec comme une figue et rasé de près, la joue droite coupée en deux par une blessure mal cicatrisée. Ses yeux noirs étaient ombragés par d'épais sourcils. Il fit un signe amical à Adolfo lorsque la carriole s'arrêta devant les lourdes portes de bois constellées de clous rouillés.

Sautant sur le sol de terre battue, père et fils laissèrent le conducteur repartir vers la ville en faisant claquer la mèche de son fouet dans un essaim de mouches attirées par la sueur de la mule. Les deux gitans époussetèrent leurs habits avec des gestes vigoureux, tout en observant le paysage. Le soleil tapait sur les murs de chaux blanche, des tuiles arrondies et déteintes recouvraient les toits brûlants et le silence était aussi lourd que l'air. Seule une fontaine de pierres sèches laissait échapper un bruissement d'ailes d'oiseaux.

— Juan, je te présente Manuel, mon ami, qui était avec moi dans la cuadrilla de Joselito, dit Adolfo sur un ton empreint de tristesse et de nostalgie.

Manuel fit un signe de croix et prit Adolfo dans ses bras, puis passa affectueusement la main dans les cheveux de Juan.

— Viens, mon garçon, on va entrer par les cuisines, comme ça ton père et toi pourrez vous désaltérer avant de rejoindre la señora dans le patio.

Manuel entraîna Juan et Adolfo vers l'arrière de la maison. La chaleur accablante disparut à la porte de la cuisine, et un silence retentissant se fit entendre à leur arrivée : dans la pièce sombre et fraîche, les quatre femmes en robe noire qui épluchaient des légumes sur une longue table en bois venaient de stopper net leur conversation. Elles levèrent la tête vers les trois hommes, les jaugèrent d'un coup d'œil sévère, puis se remirent à parler comme s'ils n'existaient pas.

Juan balaya la cuisine d'un regard curieux : il était enfin dans son élément. Une collection de casseroles au cul de cuivre brillait au-dessus de deux gros fourneaux dont les portes de faïence bleu et blanc semblaient avoir été astiquées récemment. De nombreux bocaux de verre emplis d'épices multicolores étaient rangés le long de la fenêtre principale, autour de laquelle pendaient des bouquets d'herbes sèches. La plus âgée des femmes cessa de travailler et, de son couteau à la lame affûtée calé entre le pouce et l'index, elle désigna Juan. Perdu dans ses pensées, l'adolescent était resté debout au milieu de la pièce alors que son père et Manuel avaient pris place à table devant un pichet d'eau pour se lancer dans un torrent de considérations techniques au sujet des dernières blessures du maestro. La vieille femme les interrompit d'un claquement sec de la langue.

— C'est lui, le nouveau ?

La balafre de Manuel se tendit et son regard devint dur.

— Ça suffit, Dolorès, lui lança-t-il avec froideur. Cette fois, tu vas pas nous faire d'histoires. Le petit, c'est un Ortega !

À l'évocation de ce nom, les quatre femmes baissèrent les yeux humblement et le silence se fit à nouveau. Juan n'avait pas bougé, mais son torse s'était bombé dans son costume trop serré à l'évocation de ce patronyme, célèbre dans toute l'Espagne.

Sa famille vivait alors sur les terres de la finca Zahariche, dans la commune de Campana, près de Séville. Au sein de cette *ganadería* qui élevait les Miura, ces taureaux de combat si redoutés pour leur fougue, leur esprit combatif et leur bravoure, l'enfance de Juan avait été rythmée par l'angoisse des départs et la joie des retours de corrida de son père, poseur de banderilles.

À la fin de la saison taurine, le visage fermé d'Adolfo s'imprégnait des images des combats : coups de corne évités ou qui avaient transpercé l'habit et la peau, oreilles et queues coupées après l'estocade. Il gardait en lui la peur et la joie des ferias, et ni Juan ni ses frères n'osaient poser de questions sur les cicatrices qui zébraient son corps de gitan.

Ayant grandi parmi les bêtes, les vieux vachers, les valets d'étable et les maîtres bouviers, Juan aimait ces animaux sauvages élevés pour combattre. Il les voyait naître et croître, et retenait souvent ses larmes au cours des sélections de taurillons, lorsque le jeune taureau était en âge d'être éprouvé. Secrètement, au cours de ces *tientas*, il priait pour qu'ils ne grandissent jamais, alors même que tous avaient été mis au monde dans le seul but de mourir à l'abattoir ou dans l'arène.

Sous le soleil couchant, Juan suivait les chemins longeant les pâturages afin d'apercevoir au loin ces créatures hautes sur pattes et d'un noir de jais qui hantaient les nuits du plus fier des toreros.

Antonio et José Miura, les fils de Juan Miura, créateur de la race, étaient des éleveurs passionnés et des propriétaires respectueux de leurs employés. Pourtant, gare à qui s'aventurait à pied dans les prés et risquait de répandre sous les naseaux des taureaux l'odeur de la peur humaine propre à mettre les bêtes dans les dispositions du combat. Si les sanctions étaient lourdes, cela n'empêchait en rien certains gamins en guenilles de venir des villages voisins les nuits de pleine lune. Entre les meules de foin, leur silhouette furtive échappait aux gardiens, et ils sautaient les barrières la peur au ventre, rampant ensuite vers un animal isolé afin de prouver leur bravoure. Le morceau d'étoffe qu'ils agitaient devant lui leur donnait alors l'illusion d'être ovationnés par une foule en délire massée sur les gradins d'une arène. La plupart détalaient au moindre mouvement du taureau, mais d'autres, plus téméraires, s'accrochaient à leur bout de tissu, les mains moites et l'angoisse nichée au fond de la gorge, et bombaient le torse, en équilibre sur la pointe de leurs pieds nus. Tremblants mais défiants, ils attendaient la charge de l'animal aux énormes cornes luisantes pour tenter quelques passes d'une *faena* imaginaire.

Ces pauvres diables à la chair de chien, ces héros de la faim et de la peur rentraient à l'aube, par les ruelles poussiéreuses, auréolés de leur petite gloire. Nombre de ces apprentis toreros perdraient la vie sur quelque place de bourg en fête ou piste de fortune érigée entre chars et palissades avec, juste avant le silence ultime, les cris et les rires frénétiques d'une foule de paysans endimanchés. En ces temps d'extrême pauvreté, les héros de ces gamins étaient des hommes de rien venus comme eux de villages miséreux. Ils se pressaient le long d'églises blanches édifiées sur un sol sec et, grâce à leur courage, à leur folie sûrement, ils parvenaient à se hisser au sommet pour échapper à leur condition sociale, faisant alors rêver tout le pays. Assistés de leurs valets d'épée, ces hommes enfilaient des bas roses sur des collants blancs, revêtaient des chemises brodées avant de se glisser dans des pantalons étriqués. Fantasmes de virilité, ces toreros se chaussaient de ballerines plates à la semelle glissante. Ils épinglaient sous leur gilet des breloques à l'effigie de la Vierge, se nouaient autour de la taille des foulards assortis à leur cravate, puis endossaient leur habit de lumière, une raide et lourde carapace constellée de paillettes d'or. Enfin, ils rassemblaient en une *coleta* leurs cheveux gominés, qu'ils surmontaient d'une *montera*. Ils s'appelaient Joselito, Juan Belmonte, Chicuelo, Varelito ou Ignacio Sánchez Mejías. Ils faisaient la fierté de l'Andalousie et de l'Espagne.

Tandis que ses camarades rêvaient de porter cet habit de lumière ou au moins celui de *peón*, Juan avait pour seule ambition celle que lui avait transmise sa mère : devenir cuisinier. Et le drame qui avait frappé la famille Ortega cinq ans plus tôt l'avait conforté dans son choix.

Le 16 mai 1920, à 6 heures de l'après-midi, l'infirmerie de l'arène de Talavera de la Reina avait accueilli sur une civière le corps sans vie d'un jeune homme. Sa pâleur contrastait avec les couleurs chatoyantes de son habit maculé de sang.

José Gómez Ortega, Joselito pour les aficionados, l'ange sévillan, un gitan plus léger que l'air et grand maître de la *lidia*, avait apporté aux corridas finesse et grâce, sobriété et raffinement. Ce torero mélancolique né sous le signe du Taureau venait de perdre la vie à vingt-cinq ans sous les cornes de Bailador, un danseur lui aussi. Et, pourtant, l'Espagne avait clamé d'une seule voix qu'aucun taureau ne pourrait jamais battre Joselito. Alors, aux sanglots des hommes de la cuadrilla s'étaient mêlés ceux du père de Juan : Adolfo venait de perdre son maestro après avoir assisté à tant de *salidas a hombros*, sorties en triomphe devant la foule en délire. Ayant partagé maintes fois la fierté et la joie de Joselito juché sur ses épaules, il avait suivi ce jour-là la toute dernière sortie de son torero par la petite porte de l'infirmerie.

Quelques jours après l'enterrement à Séville de son célèbre cousin, et alors que tout le pays et le *mundillo* fermé de la tauromachie étaient encore sous le choc, en habit de deuil mais le regard sec, María Ortega avait pris Juan par les épaules.

— Mon fils, lui avait-elle dit d'une voix tremblante de fierté, ne montre jamais que tu as peur. Être un Ortega, c'est porter dans son sang le courage et la mort.

En ce matin d'avril 1925, ses paroles résonnaient encore dans l'esprit de Juan. Debout dans la cuisine de l'hacienda, il ferma les yeux un instant pour retrouver le visage de sa mère, sur lequel les jours de larmes avaient laissé leurs traces, des lits de rivières à sec qui sillonnaient sa peau d'olive noire. Un frisson lui parcourut l'échine. Sans elle, loin de cet amour fusionnel, que seraient désormais ses journées ? C'était elle qui l'avait poussé à partir ; pour son dernier fils, elle rêvait d'un destin en cuisine, loin des arènes et de la mort. María était sa toise, la femme toute-puissante, son soleil. Elle était tout à la fois les interdits, les corvées, les valeurs et l'amour absolu, toujours sévère mais juste. Il l'admirait.

Juan reprit ses esprits et retint ses larmes face à l'abîme de cette absence, un éloignement nécessaire mais douloureux. Depuis son départ de Séville, il se sentait comme ces plants de tomates arrivés au bout de la tige qui les guidait. Aurait-il assez de force pour monter encore ? Machinalement, il glissa la main dans la poche de son veston, où sa mère avait enfoui une branche de romarin, le porte-bonheur des gitans. Il en huma le parfum de garrigue, et le courage lui revint. Il ferait tout pour la satisfaire ; elle serait aussi fière de lui que le jour où, à cinq ans, il avait trouvé dans les marais de Lebrija son premier *cabrilla*, l'escargot à rayures qu'elle aimait cuisiner à la cardamome et à la menthe sauvage. Il reverrait ce sourire, ce regard pur qui sans un mot avait exprimé tout l'amour d'une mère pour son fils. Oui, il s'efforcerait de ne jamais la décevoir ; il l'aimait plus que tout mais savait que, déçue ou trahie, elle serait capable de le renier.

— *¡Vámonos, Juanito!* La señora nous attend dans le patio, on ne doit pas la faire patienter davantage ! Passe-toi de l'eau sur le visage et mets un peu d'ordre dans tes cheveux.

La remarque brusque d'Adolfo brisa le silence de la pièce et mit fin aux divagations de chacun.

Après avoir maîtrisé d'un coup de peigne sa tignasse graissée depuis le matin, Juan suivit son père et Manuel dans l'étroit couloir menant au cœur de la maison. Ils passèrent devant plusieurs portes fermées, dont l'une deviendrait celle de la chambre du garçon, puis traversèrent un hall d'entrée carrelé d'azulejos d'où partait un escalier de pierres blanches orné d'une rampe de fer forgé. Il desservait sans doute l'étage familial.

Lola Gómez Ortega i Mejías était une jeune femme triste. Sans arriver à percer à jour ses failles, Juan se prit immédiatement d'affection pour cette figure d'épouse et de mère. À l'ombre des bougainvilliers, elle était assise dans un fauteuil en osier, entourée de livres ouverts et perdue dans ses pensées. Elle portait une robe coupée dans une étoffe soyeuse, une tenue de ville laissant voir la peau laiteuse de ses bras charnus. Si l'on pensait aux champs secs, au sol noir et aux sentiers poussiéreux du domaine agricole qui cernaient l'hacienda, elle paraissait trop habillée. Mais, plus que tout, Juan fut frappé par le visage de Lola, qui ressemblait trait pour trait à celui de son frère, Joselito.

Lola leva les yeux et son regard s'illumina d'une joie sincère lorsqu'elle vit approcher les trois hommes.

Manuel et Adolfo la saluèrent le bras sur la poitrine comme pour retenir une cape, les jambes serrées et le torse incliné vers l'avant ; c'était là le salut respectueux des hommes de cuadrilla, de véritables *peones*. Dans leur ombre, Juan s'efforça de les imiter.

— Adolfo, quel plaisir de te voir... Comment va ma cousine María ? Et ton fils, l'Américain, il vous donne des nouvelles ?

Le timbre de sa voix était chaud et doux, et Juan se dit qu'il n'avait jamais vu de mains si soignées, de doigts si fins et si longs, si épargnés par les travaux ménagers et champêtres. Cette femme exhalait l'élégance d'une vie oisive. Elle regarda le garçon et ses joues rosirent.

— C'est donc toi, Juan, le petit génie de la cuisine ? demanda-t-elle. Mon mari ne parle plus que de tes *croquetas de jamón* !

Le jeune homme baissait les yeux, par respect mais aussi pour cacher la teinte rouge qu'avait prise son visage.

Il se rappelait très bien sa première rencontre avec Ignacio, le mari de Lola, au début de l'année. Juan officiait alors déjà depuis trois ans dans les cuisines du Rinconcillo, le plus fameux restaurant de Séville.

Ignacio Sánchez Mejías, le maestro connu pour son mépris du danger, son goût immodéré du risque et son obstination, faisait alors l'unanimité dans le *mundillo*. Pourtant les chroniqueurs, les agents, aristocrates et éleveurs, tout ce petit monde taurin traditionnellement divisé s'accordait à dire qu'il lui manquait l'essentiel : la grâce de Joselito, son parrain d'alternative. Le public, lui, n'avait que faire des critiques de ces experts. Il accourait à chacune de ses corridas pour le voir combattre les bêtes, tant avec la hantise qu'avec le désir secret de voir les cornes déchirer ses chemises et son sang couler sur le sable, se mêlant à celui du taureau. Pour les aficionados, il y avait aussi une part de nostalgie : Ignacio incarnait le souvenir des derniers instants de Joselito, dont il avait épousé la sœur. Cinq ans plus tôt, c'était aussi lui qui avait été immortalisé sur un cliché noir et blanc paru le lendemain dans la presse espagnole. On le voyait penché sur la dépouille de son beau-frère, dans l'infirmerie de fortune. Il avait également ramené son corps à Séville, et porté son cercueil jusqu'au cimetière de San Fernando.

En cette belle journée de janvier 1925, la petite salle du Rinconcillo était pleine à craquer. L'hiver, saison morte pour la tauromachie, l'ennui s'emparait des aficionados en manque de sensations. Ils se retrouvaient donc dans les bodegas autour d'une bouteille de xérès ; l'occasion de commenter la saison passée et de parier sur celle à venir. Cette année-là ne faisait pas exception. Dans la salle du célèbre restaurant sévillan plongée dans un nuage de fumée de *cigarros*, les bons mots fusaient sous les éclats de rire et les airs entendus, maestros et éleveurs étant passés au crible des langues toujours plus déliées à mesure que les verres se vidaient.

L'ambiance s'était encore égayée à l'arrivée du maestro. Ignacio était un bel homme, raffiné et soucieux de son élégance. Toujours tiré à quatre épingles, il avait un regard profond et triste et fière allure, même si ses cheveux lissés vers l'arrière révélaient des tempes dégarnies et des oreilles décollées. Il était apprécié des femmes, surtout de celles qui pour les ferias se coiffaient de leurs plus belles mantilles, et il le leur rendait bien. Ignacio avait ôté son feutre et salué les convives avec un sourire franc ainsi qu'un regard appuyé pour chaque femme, avant de prendre place avec deux autres hommes vêtus de costumes sombres à une table proche du comptoir.

En cuisine, c'était l'effervescence. Tout le personnel se pressait vers la porte donnant sur la salle pour apercevoir le maestro, tandis que le chef se hâtait de changer de tablier. Juan, lui, était resté concentré sur sa tâche. Bien sûr, il avait entendu parler d'Ignacio, son père faisant partie de sa cuadrilla, et il aurait aimé voir à quoi ressemblait ce *torero bravo*. Mais sa pâte de *croquetas* ne pouvait pas attendre qu'il satisfasse sa curiosité. Lorsque le repas avait pris fin et que les cafés avaient été servis au maestro et à ses compagnons, le chef de cuisine s'était peigné avec soin et précipité dans la salle, sa bedaine proéminente enveloppée dans un tablier immaculé.

— Un vrai régal ! lui avait dit Ignacio. Et ces *croquetas de jamón*... avait-il ajouté en embrassant le bout de ses doigts.

— C'est la spécialité du petit Juan Ortega, maestro, lui avait répondu le chef avec déférence.

— Juan Ortega ? Le fils de María, la cousine de mon épouse ?

— Oui, il est un peu jeune mais très doué.

Ignacio avait fermé les yeux et s'était tu, nul n'osait interrompre le fil de ses pensées. Puis il s'était levé d'un bond et avait pris le chef par le bras pour l'entraîner vers les cuisines.

— Viens, tu vas me le présenter.

— Restez assis, maestro, je vais le chercher. Les cuisines, ce n'est pas un endroit pour un homme comme vous.

— Un homme comme moi ? Que veux-tu dire par là ?

Ignacio planta son regard mi-amusé mi-défiant dans celui, inquiet, du grand gaillard dont les épaules se tassèrent d'un coup. Le chef balbutia d'un air gêné :

— C'est pas très propre, une cuisine après un service. C'est plein d'odeurs, d'éclaboussures ; les gamelles sont sales et y a de la graisse par terre, des épluchures aussi, vous risquez de glisser...

Ignacio était parti d'un grand éclat de rire.

— Et pourtant tu n'as pas une tache sur ton tablier ! Ce que tu me décris, *hombre*, c'est exactement l'univers d'un torero ! Tu crois quoi ? On vit au milieu des bêtes et de leur *mierda*, nos vêtements sentent leur sueur, ils sont pleins de poussière et de sang. Mais, quand on entre dans l'arène, on fait comme toi quand tu salues tes clients : on change d'habit ! Allez, présente-moi le petit Ortega !

Les gamins agglutinés derrière la porte s'étaient dispersés telle une volée de moineaux.

— À vos postes ! Le maestro vient en cuisine !

Une raclette en bois à la main, Juan s'efforçait de décoller des plaques du fourneau les restes de pâte cramoisie. Lorsqu'il avait aperçu Ignacio, il s'était redressé machinalement et essuyé les mains sur son tablier. Les autres commis, eux, les yeux écarquillés, s'étaient plaqués comme des mouches contre les murs pour laisser passer le torero.

— Juan ! Viens par ici ! lui avait crié le maestro avec un petit geste de la main.

Le garçon avait alors quinze ans. Il s'était avancé timidement vers Ignacio, qui l'avait pris affectueusement dans ses bras. Gêné de le dépasser d'une tête, Juan s'était courbé pour poser son front contre l'épaule du maestro. Ignacio avait resserré son étreinte et murmuré à l'oreille du jeune cuisinier :

— Je vais m'occuper de toi, Juanito.

— Juan a passé trois ans aux fourneaux du Rinconcillo, expliqua Adolfo. Et il fait aussi bien le *pollo a la granadina* que le *rabo de toro*. En matière de desserts, ses *yemas* sont l'une des causes de mon embonpoint !

Lola laissa s'échapper un rire cristallin.

— Attention, El Almendro, il faut être léger pour poser les banderilles ! lui dit-elle.

À l'évocation de son nom de banderillero, Adolfo se rembrunit, et l'air matinal se fit soudain plus lourd. Il ferma les yeux et se laissa transporter vers les derniers instants de Joselito, son premier maestro, étendu sur son lit de mort. Puis il pensa au mari de Lola, Ignacio, ce torero blessé à son tour et pour lequel il avait repris du métier. Le sentant sur le point de pleurer, Juan décida d'intervenir.

— Mon père ne sait pas s'arrêter. Si ma mère m'envoie chez vous et le maestro, c'est sûrement pour qu'il ne grossisse pas davantage.

— Le maestro revient aujourd'hui, intervint à son tour Manuel, gêné par le trouble d'Adolfo. Il goûtera un de tes plats ce soir, Juan.

Lola leva la tête vers une fenêtre de l'étage donnant sur le patio. Au-dessous d'un haut peigne andalou, son profil laissait voir une nuque blanche, barrée de mèches de cheveux d'un noir de jais.

— Oui, il était à Madrid, le pauvre, pour soigner ses blessures...

À la façon dont ses épaules frémirent, Juan sentit que la compassion de Lola pour son mari n'était pas sincère. Sa voix sonnait faux ; il y avait derrière ces mots un sens caché que seul Juan sembla ne pas savoir interpréter. Face au regard fuyant de Manuel et de son père, il éprouva un vague malaise et eut envie d'ajouter quelque chose mais, d'un mouvement de tête, Adolfo lui intima de se taire.

Au même instant, José Ignacio et María Teresa, les deux jeunes enfants de Lola, déboulèrent essoufflés dans le patio.

— Papa est arrivé ! Il est dans sa nouvelle automobile !

Lola se leva brusquement, les yeux étincelants, remit de l'ordre dans les plis de sa robe puis prit ses enfants par la main et sans un mot se précipita avec eux vers le perron. Manuel et Adolfo lui emboîtèrent prestement le pas, laissant Juan dubitatif quant à ce qu'il convenait de faire. Il se retrouva dans la cour. Une poignée joyeuse et bruyante d'employés de maison et de *vaqueros* aux bottes crottées étaient accourus à l'arrivée du maestro. Sur la pointe des pieds, Juan chercha Lola du regard. Demeurée en retrait, les mains nouées sur le devant de sa robe, elle semblait troublée mais son sourire était sincère.

De l'Hispano-Suiza, Juan ne distingua que le radiateur en forme de cigogne : il étincelait sous le soleil. Le reste de la voiture était couvert de la poussière du voyage. Le chauffeur descendit le premier, se fraya un chemin dans l'attroupement, retira sa casquette, épousseta le marchepied à l'aide d'un chiffon beige qu'il rangea aussitôt dans sa poche, puis ouvrit la porte arrière. C'est alors qu'apparut celui que tout le monde attendait. Le bras en écharpe et le sourire franc, le torero Ignacio Sánchez Mejías était enfin de retour. Juan resta immobile, fasciné par l'aura naturelle de cet homme d'une élégance sobre. Rien de maniéré, rien d'affecté chez lui. Avec une simplicité déconcertante pour une personnalité si adulée, il prit le temps de saluer chacun et chacune avant de se diriger vers sa femme, tendant son bras valide pour mieux embrasser ses enfants, qui accouraient vers lui.

Chacun fait au moins une fois dans sa vie une rencontre qui bouleverse un équilibre atteint à force de rires et de pleurs et qui révèle des sentiments jusqu'alors inéprouvés, provoquant la surprise et la peur face à l'inconnu qu'on devient soudain. Chaque vie tissée de tourments, de peine et de labeur contient une petite étincelle de joie. Pour Juan, ce fut Ignacio. Et surtout, ce fut l'amour que le célèbre torero avait laissé à Madrid et dont il rapportait, sur les pans sombres de sa veste, les traînées d'un bonheur caché.

Paris, 29 mars 2000

Le printemps parisien était encore fragile. Quelques bourgeons délogeaient une à une les dernières feuilles mortes accrochées aux branches des peupliers qui bordaient les quais de Seine. Bientôt, les chatons pendants feraient leur apparition, et avec eux les souvenirs glaçants d'un été andalou.

Au bas de l'escalier du 25 de la rue des Grands-Augustins, Juan décrocha son manteau de laine grise d'une patère en laiton et noua autour de son cou l'écharpe rouge qu'il avait extraite de la manche. L'image que lui renvoya le miroir de l'entrée était celle d'un homme las de quatre-vingt-neuf ans, un vieux visage de gitan percé de deux billes noires et surmonté d'une tignasse blanche dont il lissa d'une main les mèches rebelles. Avant de quitter sa maison, il balaya du regard la salle vide du restaurant. Les chaises retournées sur les tables en bois pointaient leurs pieds vers les poutres du plafond. Par les carreaux bombés des fenêtres filtrait un timide rayon de soleil, et les particules de poussière effleuraient les affiches de flamenco décolorées qui ornaient les murs. Un décor en apesanteur, seul témoin d'une vie passée dans l'attente.

S'apprêtant à refermer la porte derrière lui, Juan réprima l'envie de soulever le paillasson élimé et cria en direction du premier étage :

— Il y avait du courrier ce matin ?

Il emporta pour seule réponse le silence de sa femme de ménage lorsqu'il s'élança, tête baissée et col relevé, vers les quais.

Robert Loisel, emmitouflé dans un anorak beige, avait posé sa vieille carcasse quelques mètres plus loin, sur une chaise pliante au tissu délavé par la pluie, le froid et le soleil. Une cigarette coincée entre les lèvres, il regardait les autres bouquinistes ouvrir leurs caissons les uns après les autres. Comme chaque matin, l'air frais s'engouffra sous les auvents « vert wagon », et les trésors oubliés respirèrent enfin. Robert aimait ce moment gagné sur la mort. Il était, depuis plus de trente ans, le locataire de quatre boîtes vertes scellées sur le quai des Grands-Augustins, en face du 47 précisément. Quatre coffres de deux mètres de long et soixante-quinze centimètres de large, cadenassés la nuit et qu'il rouvrait au petit matin, si le temps était clément. Les yeux mi-clos, il gardait un œil sur sa drouille hétéroclite, une sélection de vieilles cartes postales, de magazines, de livres anciens et de photos jaunies. Beaucoup de badauds ; peu d'acheteurs. Ce qui lui valait de la part des autres bouquinistes le surnom de « Roi des Méduses », son stock d'ouvrages de la *Nouvelle Revue française* et de « La Pléiade » collant aux caisses en bois comme de la gélatine et ne trouvant nul acquéreur malgré le doux sourire et la gouaille de son vendeur.

Vasco, son épagneul breton, remua la queue tout en restant allongé, attentif au bruit des pas qui avançaient dans leur direction. Un visage mélancolique, à la peau olivâtre et au regard grave, dépassait d'un long manteau au col rouge vif : Juan, le vieil ami espagnol de Robert, s'approchait à grandes foulées.

— Juan Guevara ! *¿Qué tal, amigo?* lui lança Robert sur un ton joyeux.

— *Muy bien, hombre*, répondit Juan en souriant et tendant la main à Robert, qui la serra avec chaleur.

— On s'installe dans les transats ou on prend notre jus au comptoir ?

— Il fait un peu frisquet, dit Juan en inspectant le ciel d'un œil pensif. Mais je préfère rester ici.

— T'en veux un, l'ouvre-boîte ? demanda Robert à son voisin de stand, un garçon d'une vingtaine d'années à la chevelure ébouriffée, qui somnolait sur un fauteuil pliant.

Alors que Robert traversait le quai en direction du Bistro des Augustins, Juan et le jeune homme parlèrent du fond de l'air étonnamment frais de ce matin de mars. Les bouquinistes passant leurs journées dehors, ils remarquaient, au fil des saisons, les moindres variations climatiques. Ils n'avaient que ça à la bouche, le temps et le manque de badauds.

— Dites-moi, jeune homme, pourquoi Robert vous a-t-il appelé « l'ouvre-boîte » ?

— Ah, ça... C'est le nom qu'on donne à ceux qui travaillent de temps à autre pour les locataires des stands. Des étudiants, comme moi, qui se gèlent les fesses sur les quais pour des clopinettes. Mais, dites-moi, pourquoi Robert vous a-t-il appelé Juan Guevara ?

— En fait, répondit Juan sur le ton de la confidence, avec un clin d'œil affectueux, mon nom est Juan Ortega-Fernandez et je viens de Grenade, mais Robert est persuadé que je suis un ancien grand révolutionnaire. Il confond l'Espagne et la Bolivie et, afin de ne pas le vexer, je ne lui ai jamais fait remarquer sa méprise...

De retour avec un plateau chargé de tasses et de gâteaux, Robert s'assit près d'eux pour assister au défilé habituel des touristes matinaux qui s'éloignaient sans un regard pour ses livres.

Le soleil s'était posté en face, sur le quai des Orfèvres, baignant l'île de la Cité d'une lumière douce, presque printanière, tandis que la flèche de la Sainte-Chapelle pointait son nez au-dessus des toits du Palais de Justice. Un Zodiac de la gendarmerie remonta la Seine à toute vitesse, laissant derrière lui des clapotis qui firent tanguer les péniches endormies le long des berges.

Robert abandonna soudain les brumes nostalgiques qui accompagnaient ses pensées et posa brusquement sa tasse sur le plateau.

— Au fait, Juan, j'ai un cadeau pour toi.

Il se leva et fouilla dans une pile de livres en pestant contre le désordre.

— Ça y est ! Je l'ai trouvé ! s'exclama-t-il, triomphant, au bout de quelques secondes.

D'un geste précautionneux, il remit un petit paquet à Juan.

Ce dernier déchira délicatement le papier qui enrobait deux ouvrages, et en l'observant Robert se fit la remarque que les doigts fins aux ongles rongés mais soignés de son vieil ami ressemblaient plus à ceux d'un pianiste qu'à ceux d'un cuisinier. Pourtant, Juan avait régalé le Tout-Paris pendant des années.

— Juan Marsé ! C'est son dernier livre, je n'arrivais pas à le trouver en version originale ! Merci, Robert... Jeune homme, vous avez lu *Teresa l'après-midi* ? C'est une pure merveille...

Avant que celui-ci ne réponde, Juan s'empara du second livre, un exemplaire ancien à la couverture jaunie et enveloppé dans un épais papier translucide. Juan blêmit lorsqu'il en lut le titre, et son corps se tassa en un instant sur le fauteuil pliant.

— Mais qu'est-ce qui t'arrive, Juan ? s'exclama Robert, inquiet. Il fait un malaise ! dit-il au jeune homme. Garde un œil sur lui, je vais demander un verre d'eau au bistro.

Les yeux dans le vague et les lèvres tremblantes, sourd à ce qui se passait autour de lui, Juan fixait déjà un autre horizon, loin des quais de Seine, de Paris et de la France. Celui du passé, de l'Espagne, de son dernier été en Andalousie, de Grenade, de sa jeunesse. Les visages d'Encarnación, d'Ignacio, de Federico ; tout lui revenait. Il ferma les paupières et laissa glisser le livre le long de ses doigts relâchés.

Le jeune homme s'accroupit près de lui et ramassa l'ouvrage à la couverture d'or : *La Amargura del Triunfo*, l'amertume du triomphe, Séville, avril 1925, par Ignacio Sánchez Mejías.

Séville - Madrid, février 1928

Juan aimait sa nouvelle vie à l'hacienda, même si sa famille, ses amis et les soirées dans les bodegas de Séville lui manquaient. Commis, il cuisinait pour Lola Ortega et ses enfants depuis presque trois ans. Le maestro, lui, s'était souvent absenté au cours des deux premières années, pour sillonner l'Espagne et l'Amérique du Sud avec sa cuadrilla. En 1927, à la grande surprise du *mundillo*, il avait pris la décision de renoncer à sa carrière de torero afin de se consacrer à la littérature et à la musique. Mais, au grand dam des employés de l'hacienda, il n'avait pas été plus présent auprès de sa famille.

Lors des rares séjours d'Ignacio au domaine, Lola et lui faisaient chambre à part, et Ignacio avait pris l'habitude de s'enfermer dans une grande pièce du rez-de-chaussée. Il y avait fait installer un lit en fer entre deux murs tapissés de livres, et l'unique fenêtre était habillée de lourdes tentures d'un velours grenat que retenaient des embrasses torsadées. Certaines nuits, Juan entendait Lola descendre l'escalier. Elle passait devant la chambre du jeune homme, puis revenait de la cuisine avec un grand bol fumant pour se rendre au chevet de son mari, en proie à des difficultés respiratoires. Caché dans la pénombre du grand hall, Juan avait épié ces moments de douceur et d'intimité, Lola apposant délicatement des onguents sur le torse de son mari, seules caresses d'un couple déchiré. Lola aimait Ignacio et cachait avec dignité sa douleur de gitane délaissée. Toujours, elle gardait l'espoir que le retour de son époux soit définitif.

L'après-midi, Ignacio écoutait sur son phono-valise, un gramophone portatif qu'il chérissait, des chants accompagnés de mélodies au piano, et la musique passait à travers la lourde porte de sa chambre.

Après le dîner, il lui arrivait d'inviter Juan à se joindre à lui pour partager une liqueur ou un café. Alors, devant une cheminée alimentée au bois d'olivier, le jeune homme écoutait fasciné ce torero atypique, féru de poésie et de flamenco, lui raconter non pas ses anciennes corridas et ses trophées, mais ses voyages et ses rencontres. Parfois, il lisait à haute voix ce qu'il avait écrit dans la journée, raturant au passage les mots qui ne lui plaisaient pas, ou plus. D'aucuns disaient qu'il jouait à l'intellectuel, surtout depuis la lecture publique qu'il avait donnée de son texte, *L'Amertume du triomphe*, un soir de 1925 à Valladolid après avoir toréé.

Les critiques le raillaient avec un dédain amusé. Pourtant, lorsqu'en 1927 Ignacio avait lancé les invitations à une soirée qu'il organisait pour célébrer le tricentenaire de la mort du poète baroque Luis de Góngora, toute la jeunesse littéraire espagnole s'était ruée à l'Ateneo de Séville. Cet hommage rendu au maître de la poésie pure était devenu l'acte fondateur d'un nouveau mouvement artistique. Il puisait son inspiration dans le romancero et les chansons traditionnelles, et on l'avait baptisé ce soir-là « Génération de 27 ». Portés par l'enthousiasme de l'ancien torero, les écrivains, poètes et cinéastes présents avaient affirmé leur rejet du modernisme tout autant que du style académique. Ils revendiquaient la primauté des formes populaires, la prégnance de la métaphore et l'existence d'un lien profond entre la littérature espagnole traditionnelle et les avant-gardes européennes. À cette occasion, Ignacio avait enfin été entouré, reconnu, célébré par ces jeunes intellectuels, non en tant que torero mais comme l'un de leurs pairs.

Juan avait été convié à ce rassemblement et, les yeux écarquillés, il avait écouté les discours sans rien comprendre à ce qui se disait. Pourtant, cela ne l'avait pas empêché, à l'instar des poètes Rafael Alberti, Jorge Guillén et Pedro Salinas, d'être subjugué par la fougue et la verve d'un jeune homme aux cheveux noirs et lissés à la manière des toreros. Un poète qui, après cette première rencontre, deviendrait l'ami intime d'Ignacio et le martyr de tout un peuple : Federico García Lorca.

Aux yeux des jeunes artistes présents dans la salle, les paroles de Lorca avaient paru révolutionnaires. En brisant les codes ancestraux de la poésie, en la libérant de son strict carcan, il leur ouvrait le champ de tous les possibles.

— Dans mon recueil *Impressions et paysages*, je dis que la poésie existe en toute chose. Dans le laid, dans le beau, dans le dégoûtant ; le plus difficile est de savoir la révéler, réveiller les lacs profonds de l'âme. Ce qu'il y a d'admirable chez un esprit, c'est sa capacité à recevoir une émotion, à l'interpréter de bien des manières, toutes contraires les unes aux autres.

Un tonnerre d'applaudissements avait accueilli cette réflexion. Federico avait balayé la salle du regard et n'avait pu réprimer un sourire : il se reconnaissait si bien dans ces visages avides de sagesse.

— À vingt ans, reprit-il, j'ai écrit une lettre qui résume encore assez fidèlement ce que je suis aujourd'hui. Je m'y décris comme un pauvre garçon passionné et mutique. Presque à l'instar du merveilleux Verlaine, j'abrite en mon sein un lys impossible à arroser. Cependant, à ceux qui me regardent avec niaiserie, je donne à voir une rose écarlate, d'un rouge aussi licencieux qu'une pivoine d'avril, et qui ne trahit rien de la vérité de mon cœur.

En prononçant ces mots, Federico avait formulé d'une façon très intime la définition parfaite du poète maudit.

Juan était rentré chez lui sonné par cette effervescence, grisé par l'alcool et galvanisé par ce foisonnement de paroles et d'idées si étrangères à son monde de gitans taiseux. Il avait saisi l'engouement d'Ignacio pour ce nouveau cercle, et eu plus de mal encore à comprendre pourquoi cet homme cultivé, sensible et rêveur avait été la cible d'un tel mépris au sein du *mundillo*, mais aussi sous son propre toit.

Car il circulait alors à l'hacienda une rumeur selon laquelle le maestro passait plus de temps à Madrid dans les bras de sa maîtresse que chez lui avec sa famille. Un secret mal gardé que cette liaison ! Juan, seul homme en cuisine et fraîchement accepté en ce haut lieu de commérages, se retenait d'intervenir pour défendre l'honneur d'Ignacio. Il se contentait, après chaque départ de l'ancien torero, d'écouter sans vraiment les comprendre les femmes aux yeux brillants de colère qui invectivaient la « danseuse argentine », la « traînée », la « fiancée » qui avait trop vite jeté son voile de deuil. Juan récoltait ainsi quelques bribes du personnage fantasmé qui rendait la señora si triste et le laissait si songeur.

En trois ans, le jeune homme était passé du grand escogriffe aux cheveux bouclés au jeune gitan ténébreux à la solide carrure. Il venait aussi de connaître ses premiers émois avec une jeune fille du village voisin, et éprouvait une réelle affection pour Lola. À sa façon, il tentait de faire oublier à la belle épouse l'absence de son mari. Très jeune, il avait compris qu'on pouvait panser certaines plaies en mettant un peu de son cœur dans les plats que l'on cuisinait. Tous les matins, il se rendait donc au potager pour choisir parmi les légumes ramassés ceux qui l'inspiraient, puis il revenait vers la cuisine la tête pleine d'idées.

Ce matin d'hiver, il avait décidé de préparer pour le déjeuner un *salmorejo* avec les tomates récoltées en septembre et conservées dans des bocaux. Cette soupe agrémentée d'ail, d'huile d'olive et de mie de pain était un des plats préférés de Lola et d'Ignacio avec les *croquetas* au jambon. À l'idée d'apporter un peu de douceur à la señora, il pressa le pas vers l'office.

Il était très doué pour son âge et même Dolorès, la cuisinière en titre de l'hacienda, connue pour sa langue fourchue et la parcimonie de ses compliments, se délectait de ses créations. Mais elle le disait à voix basse et uniquement lorsqu'il avait quitté la pièce, de peur que ça ne monte à la tête du garçon. Enfant, déjà, son plus grand bonheur avait été de suivre sa mère sur les marchés. Elle lui avait appris à tâter, à sentir, à croquer et à reconnaître d'un seul coup d'œil la qualité des produits proposés sur les étals. Assis à la table de la cuisine, il avait pris plaisir à la regarder cuisiner, s'essuyer les mains sur son tablier, éplucher, découper, lever des filets, goûter et sourire en se tournant vers lui pendant qu'il lui lisait les recettes à haute voix. Comme la majorité des gitans, sa mère était analphabète et cuisinait à l'instinct, à la mémoire. Mais elle avait voulu donner à son fils une chance de s'élever, d'échapper au destin tout tracé de dresseur de mules ou de journalier. Alors, en l'absence de son père, qui redoutait l'influence néfaste de l'école sur son petit gitan, Juan avait pris plusieurs fois par semaine des cours particuliers avec le vieil instituteur du village. Ce gadjo, sa mère le rémunérait en *potaje gitano*. Il repartait le ventre lourd de pois chiches et l'esprit allégé par le vin de Xérès. Une fois que Juan avait terminé sa lecture, sa récompense consistait à aider sa mère en cuisine. D'elle, il avait appris les gestes, les tours de main et les secrets des meilleures recettes andalouses, les bases de leur complicité.

En ce matin de février 1928, l'office de l'hacienda était calme. L'hiver, les portes restaient fermées afin de laisser au-dehors les vents glacials. Alors qu'il mettait une dernière touche à sa soupe de tomates, Juan entendit le bruit familier mais inattendu d'un moteur de voiture, puis un homme essoufflé arriva en trombe dans la cuisine.

— Le maestro est revenu !

Juan sourit à la perspective de partager ses prochaines soirées avec Ignacio.

Mais, quelques heures plus tard, sa valise installée à l'arrière de la nouvelle Lincoln L, il était assis sur la même banquette en cuir que l'ancien torero, et tournait une dernière fois la tête pour voir disparaître la silhouette de Lola et de ses enfants, en même temps que l'hacienda de Pino Montano. Sentant l'amertume du jeune homme, Ignacio lui tapota la cuisse pour le réconforter.

— Ne sois pas si triste, Juan, on reviendra bientôt ! Tu ne vas quand même pas passer toute ta vie dans la cuisine de l'hacienda ! Tu mérites mieux. Je le sais, je t'observe chaque fois qu'on passe une soirée ensemble. Tes yeux brillent et je sens que tu es curieux. Tu as envie d'apprendre, et à travers toi je me revois adolescent, au moment où je me suis enfui de chez moi. J'ai fini en passager clandestin au fond des cales d'un navire en route vers le Mexique. J'étais déjà en quête d'aventures; je voulais voyager, découvrir des villes, des pays, des femmes et des hommes différents de mon entourage espagnol. Si je t'emmène avec moi à Madrid, c'est pour te donner cette chance que je n'ai pas eue. Peut-être que tu reviendras bien vite en Andalousie, mais au moins tu auras vu autre chose...

Il se tut un instant, les yeux rivés sur la route.

— Je vais te confier un secret, reprit-il. Pour donner du sens à sa vie, il faut être passionné et garder intacte l'envie. Il faut prendre des risques, et surtout, ne pas se contenter de son petit confort. Pour toi, c'est la cuisine; pour moi, c'était la corrida. Dans les yeux des taureaux, j'ai vu mille fois la mort en face. Et dans l'œil du dernier je n'ai plus vu qu'un pantin déguisé. J'étais fatigué des ferias et de leur foire, et je savais que je ne serais jamais le Messie, cette idole qu'attend l'*afición* à chaque corrida. Et puis, surtout, lorsque à trente-six ans j'ai senti que j'avais perdu l'envie, j'ai su qu'il était temps pour moi d'affronter un autre danger. Sinon, j'allais mourir d'ennui. En abandonnant la corrida, j'ai voulu me consacrer à ce que j'aime par-dessus tout, à ce qui me fait envie : l'écriture. On dira ce qu'on voudra de moi, de ce torero qui se prend pour un intellectuel, au moins j'aurai eu le courage d'aller au bout de ce rêve qui me hante depuis des années.

Juan acquiesça. Ce départ précipité pour Madrid le laissait abasourdi. Il avait entendu des éclats de voix derrière les portes de la salle à manger, vu revenir intacte sa soupe de tomates en cuisine. Il avait emballé ses affaires et ses couteaux en quelques minutes, sans rien comprendre aux ordres du maestro. Il avait baisé les doigts tremblants de Lola et vu pour la première fois son chignon se défaire et ses cheveux tomber sur son visage ; ses lèvres pâles s'étaient plissées.

Les paysages défilaient à travers la vitre de la voiture. Du coin de l'œil, Ignacio observait la figure triste du jeune garçon, qui s'essuyait le front et les joues de son mouchoir trempé.

— Tu seras mon *mozo de espadas*, lui annonça-t-il, sensible à son désarroi. Tu seras mon valet d'épée, même si tu ne porteras que mes livres et mes notes. Tu seras mon confident, mon élève et mon maître. Tu me mettras en garde quand tu flaireras mes excès, tu prendras soin de ma santé en cuisinant de bons petits plats pour mes amis et moi, mais, surtout, car tu es le seul en qui j'aie confiance, tu prendras soin de la femme qui m'attend à Madrid et qui m'a rendu à la vie.

Avec un regard soudain empli de fierté et de gratitude, Juan remercia Ignacio pour cette confiance inattendue.

— Vous serez toujours mon maestro, et je vous serai éternellement reconnaissant de m'avoir sorti de la cuisine du Rinconcillo. Vous avez transformé ma vie, et c'est moi qui vous donne ma confiance. Je vous suivrai où vous irez, je suivrai vos amis et j'aimerai comme des sœurs les femmes que vous porterez dans votre cœur. Pour un jeune homme de ma condition, c'est une chance inouïe que d'être à vos côtés.

Pourtant, en prononçant ces mots et alors que la joie pointait son nez, Juan se sentit coupable à l'idée que son père et le reste de la cuadrilla peinaient à se trouver un nouveau maestro depuis le retrait d'Ignacio. Au bout d'une centaine de kilomètres sur les routes nappées d'une pluie tombée plus tôt, et à mesure que ces *peones* quittaient peu à peu son esprit, Juan avala sa salive et se mordit les lèvres : il venait de saisir la véritable raison de sa joie. Dans quelques heures, il percerait le mystère. Il découvrirait celle qui nourrissait les fantasmes de l'hacienda et ses rêves d'adolescent ; il verrait enfin cette danseuse de flamenco qui avait ravi le cœur du maestro : Encarnación López Júlvez, plus connue sous son nom de scène, La Argentinita.

Sur les routes andalouses, Ignacio conduisait sa Lincoln L à tombeau ouvert. Près de cinq cents kilomètres séparaient Séville de Madrid, et Juan sentait bien que le maestro, emmitouflé dans son manteau de laine au col de renard, ignorait le danger et avait déjà oublié sa famille, restée en pleurs dans la cour de l'hacienda. Il semblait n'avoir qu'une hâte : retrouver la femme qu'il aimait. Le moteur V8 vrombissait dans le silence hivernal de la campagne, laissant dans son sillage des nuages de poussière, des groupes de gamins ébahis et des muletiers effrayés qui se réfugiaient en jurant avec leurs bêtes sur le bas-côté. Ignacio paraissait heureux. Vu de profil, son regard semblait encore plus perçant que d'habitude, plus rieur aussi. Le soleil finit par régner dans le ciel dégagé, se reflétant sur la carrosserie et conférant au paysage un air d'été. Le cœur serré, Juan fixait le lévrier d'argent auquel les enfants d'Ignacio et de Lola avaient prodigué des caresses naïves quelques heures plus tôt, avant de laisser leurs petites mains émerveillées suivre les contours de la nouvelle acquisition de leur père.

À peine eurent-ils Cordoue en vue que le moteur pétarada à plusieurs reprises, interrompant les pensées de Juan.

Ignacio ralentit et, inquiet, vérifia les jauges sur le tableau de bord.

— *¡Tonto!* s'exclama-t-il furieux alors qu'un mince filet de fumée commençait à s'échapper du capot. Luis a encore oublié de vérifier le niveau d'huile !

Il tapa sur le volant en bois de sa main gantée de cuir.

— C'est grave ? s'inquiéta Juan.

Tout à sa colère, Ignacio ne répondit pas.

Au ralenti, ils dépassèrent un lavoir. Des femmes en tablier noir et des jeunes filles aux manches relevées, un foulard noué autour des cheveux, offrirent un sourire aguicheur et narquois au jeune homme ébouriffé. Ignacio arrêta la voiture près d'un village et interpella un homme qui marchait le long de la route.

— *Hola*, savez-vous où se trouve le garage le plus proche ?

Quelques kilomètres plus loin, dans un nuage de fumée et de poussière, la voiture et ses passagers débarquèrent devant l'atelier d'Alfonso Tallares. Les yeux écarquillés face au dernier modèle Lincoln, le garagiste essuya ses mains tachées de cambouis sur le revers de sa veste de travail et s'avança vers eux.

Vers 13 heures, Ignacio et Juan déambulaient depuis un peu plus d'une heure dans les ruelles étroites du quartier de la Judería. La voiture devait être prête en milieu d'après-midi, le temps que le moteur refroidisse et que le plein d'huile soit fait. Dans la calleja de las Flores, la rue la plus fleurie de Cordoue, Ignacio s'arrêta et demanda à Juan de lever la tête.

— Regarde, petit, d'ici on aperçoit la tour de la Mezquita-Catedral.

En effet, dans le prolongement des façades blanches ornées de pots en terre cuite bleue, au-dessus des toits de tuiles décolorées par le soleil, s'élevait la tour-clocher qui autrefois avait diffusé l'appel des muezzins avant de s'emplir du son des cloches liturgiques. Ignacio se mit à raconter avec passion et emphase l'histoire de cette mosquée devenue cathédrale. Il était intarissable. Pourtant, au bout d'un moment il s'arrêta et fixa Juan d'un regard inquisiteur.

— Tu m'as l'air ailleurs, Juanito. Depuis notre départ de l'hacienda tu n'as pas prononcé un mot. Qu'est-ce qui te ronge au point de te rendre insensible à toute cette beauté ?

Juan baissa la tête. Le cuir de ses chaussures taché de gras était zébré d'éraflures, son pantalon trop court et sa tête pleine de regrets. Il inspira en relevant la tête, prit son courage à deux mains et planta son regard dans celui du maestro.

— Je ne peux pas m'empêcher d'être triste pour la señora et pour les enfants...

Puis il retint son souffle et se mordit la langue pour sa témérité.

Ignacio parut réfléchir avant de prendre le jeune homme par le bras.

— Allez, viens, je t'offre un verre. Il est temps qu'on parle d'homme à homme.

Ils arrivèrent sur la plaza de las Tendillas, où Ignacio repéra une taverne. La porte franchie, il entraîna affectueusement Juan vers une table libre près de la fenêtre. L'endroit était sombre et ses murs étaient encombrés de bouquets de fleurs séchées, de tableaux et d'affiches de courses de taureaux. Au comptoir, deux hommes se poussèrent du coude d'un air entendu : ils avaient reconnu l'ancien torero. Un sourire aux lèvres, le patron se rua vers eux, bousculant au passage le malheureux serveur qui s'avançait pour prendre la commande.

— Quel honneur, maestro, de vous recevoir dans mon humble bodega ! J'ai eu la chance de vous voir à Madrid le jour de votre confirmation d'alternative avec votre parrain, le regretté Joselito. Ah... quel homme, quelle tragédie ! s'écria-t-il avec respect.

— Oui, un drame que sa mort... Il était le meilleur d'entre nous. Mais, allons, assez parlé de corrida. Nous sommes en vie et allons prendre quelques tapas avec une bouteille de votre meilleure manzanilla !

Juan faillit dire qu'il ne buvait pas d'alcool, mais le patron était déjà reparti vers la cuisine. Et après tout Ignacio avait bien annoncé qu'ils devaient se parler d'homme à homme. Sur le trottoir, de l'autre côté de la fenêtre, un attroupement s'était formé. Des gamins en haillons sur la pointe des pieds, des hommes et des femmes se pressaient contre la vitre pour apercevoir ne serait-ce qu'une mèche de cheveux de leur ancienne idole. Le patron sortit et dispersa le petit groupe d'un geste autoritaire afin qu'Ignacio et Juan puissent déjeuner en paix.

— Tu sais, je m'en veux parfois d'avoir laissé tomber ces gens en arrêtant de toréer, dit Ignacio. Et toi tu m'en veux d'avoir abandonné Lola et les enfants...

Juan acquiesça sans piper mot.

— Ton père, Adolfo, est un homme loyal et courageux. Et ta mère María est une femme que j'admire. Ils ont fait de toi un bon garçon, ils t'ont donné une éducation dans le respect de valeurs que je partage. Mais un père doit être fort, il doit montrer le chemin sans jamais avouer ses faiblesses ou ses frustrations face à ce qu'il a fait de sa vie. Je ne dis pas qu'Adolfo est malheureux, je sais simplement que chacun de nous oscille entre la douceur du rêve et les crocs de la réalité. Je ne devrais peut-être pas te raconter tout cela alors que tu as encore en toi la folle assurance de la jeunesse et la capacité à t'indigner qui va avec. Profites-en, en gardant en tête que ça n'a qu'un temps : dès que les certitudes se fissurent, on s'aigrit. Je sais de quoi je parle, j'avais ton âge lorsque j'ai rencontré Lola.

Ignacio fit une pause et son regard devint plus doux.

— À l'époque, je n'étais qu'un petit banderillero dans la cuadrilla de son frère, Joselito, et comme tous les *peones* j'étais invisible. Lola était belle, libre, elle avait un tempérament de feu. Une vraie gitane qui dansait gracieusement au son de la guitare... Je suis tombé amoureux de ses mains, de ses bras, de ses pieds nus sous les volants de sa robe. Je l'ai aimée, tu peux me croire. Nous avons vécu des mois de passion et j'ai pensé que ça ne prendrait jamais fin. Mais chaque jour j'avais peur de la perdre ; j'étais le plus heureux des hommes et aussi le plus inquiet. Elle me poussait à toréer, à me battre. Elle était ma muse, ma force, mon double. Sans elle, je serais resté dans l'ombre. Jamais je n'aurais eu le courage de prendre la muleta. Il y a des femmes comme elle qui changent ta vie pour le meilleur...

Ignacio interrompit son monologue pour laisser le patron déposer sur la table deux bols d'*ajo blanco*, une bouteille de vin blanc et deux verres.

Juan était tout occupé à refaire intérieurement la recette de cette soupe froide à base d'ail, d'amandes émondées, de mie de pain et d'huile d'olive. Il aurait ajouté quelques grains de raisin, mais ce n'était pas la saison.

— À quoi penses-tu ? lui demanda Ignacio.

— Je me disais qu'il était étrange de servir ce plat en hiver...

Ignacio éclata de rire.

— Tu es vraiment original comme garçon ! Moi qui pensais que tu réfléchissais à ce que je venais de te dire !

— Je suis désolé, je ne peux pas m'en empêcher. C'est plus fort que moi, dès que je goûte un plat... Mais je vous écoute avec attention ! Seulement, je ne sais pas quoi répondre. Chez nous, on ne parle pas beaucoup.

— Tu es passionné et c'est bien, la cuisine sera toujours ton refuge. Crois-moi, tu as beaucoup de chance.

Ignacio versa un peu de manzanilla dans le verre de Juan.

— Allez ! Trinquons à l'amitié et à l'amour ; il n'y a que ça de vrai !

Les verres s'entrechoquèrent et Juan avala d'un trait le contenu du sien, qui lui brûla la gorge. Une sensation de chaleur envahissait son corps lorsqu'il plongea sa cuillère dans le bol de soupe.

— J'étais fou de Lola, reprit Ignacio, et elle me le rendait bien. Puis les années ont passé, et malgré mes deux beaux enfants, ma propriété de Séville et mes succès, le drame nous a frappés de plein fouet avec la mort de Joselito. Ce jour-là, j'ai pris conscience qu'on était peu de chose, que la vie pouvait s'arrêter sur un coup de cornes comme au volant d'une voiture, que toutes les paroles, tous les rires, toutes les caresses et tous les baisers ne valaient rien puisqu'il n'y avait plus que le vide et le silence autour de ce corps. Ensuite, je n'ai eu de cesse de tâter le bord du gouffre, de titiller le risque qui me ferait sentir vivant pour avoir esquivé la charge glaciale de la mort. Comprimé dans mes habits de lumière, d'or, de pourpre, de jade et de gris, je me jetais sous les cris de la foule assoiffée de sang. Je m'élançais comme un fou vers le danger, ces quatre-vingt-dix centimètres qui séparent une corne de l'autre, pensant à chaque amorce que ce serait la dernière, l'espérant aussi. Mon corps a reçu les coups répétés du plat des cornes, ceux qui détruisent de l'intérieur les toreros et les *peones* sans que la moindre goutte de sang soit versée. J'ai collé ma peau à celle des taureaux, pas comme ces toreros qui traversent les saisons sans risquer un cheveu ni tacher un habit. Moi, je revenais la peau couturée et la bouche scellée.

Ignacio s'assombrit ; il prit une grande rasade de vin.

— En rentrant chez moi, poursuivit-il, j'avais besoin d'un silence amoureux, de regards doux et complices, pas de reproches ni d'ingratitude. Je ne suis pas sûr d'avoir valu grand-chose, mais j'ai joué ma vie pour échapper à mon misérable destin. J'ai parcouru le monde en pensant à Lola, à mes enfants, afin de leur donner le meilleur avec le peu de pesetas que les vautours des *empresas* me laissaient après les saisons. Pourtant, au retour des corridas, Lola affichait une mine sombre. Elle était triste, je le savais. Elle m'en voulait. Alors très vite j'ai compris que ce couple m'était devenu étranger. Et, oui, je suis coupable d'avoir abandonné ma femme et mes enfants, je suis prêt à reconnaître toutes les fautes, à accepter tous les reproches. Mais à la vérité je ne pouvais plus respirer. Lorsque la saison taurine espagnole se terminait, elle se poursuivait au Mexique, au Pérou, au Venezuela. Cette année-là, je suis parti plus tôt que prévu pour Mexico. Et c'est là que j'ai revu Encarnación.

— Revue ? Vous la connaissiez déjà ?

Ignacio reprit un verre de vin, s'essuya la bouche et posa sa main sur celle de Juan.

— C'est le moment où tu vas me tutoyer, Juanito, car c'est aussi celui où tu vas me juger encore plus sévèrement. Mais tu vas comprendre, crois-moi, et tu laisseras de côté ta morale et tes préjugés pour écouter la suite de mon histoire avec ton cœur. Encarnación, je l'ai rencontrée pour la première fois en 1914. Elle était alors la fiancée de Joselito, et il s'apprêtait à l'épouser…

En plein hiver, en 1920, alors que son couple se noyait dans la tristesse et le silence, Ignacio était parti pour Mexico avec sa cuadrilla. C'est là, dans le hall de son hôtel, qu'il avait croisé par hasard la fiancée de feu son parrain Joselito. Encarnación avait fui l'Espagne pour faire seule le deuil de son bien-aimé et entamer une tournée de flamenco avec sa troupe de danseurs. Ignacio, lui, se rendait de ville en ville avec ses *peones* pour affronter les taureaux dans les immenses arènes mexicaines.

Ensemble, ils avaient partagé leurs peines, leurs souvenirs du grand torero, s'étaient consolés et aimés en secret pendant sept ans. Jusqu'à ce qu'en 1927 Ignacio décide de quitter les arènes et d'afficher leur amour en public, mais seulement à Madrid.

Juan s'était demandé si le coup de foudre de l'ancien *peón* pour l'inaccessible fiancée du maestro n'était pas, au fond, qu'un moyen de garder Joselito auprès de lui.

Dans le récit sincère de son histoire d'amour, Ignacio avait même confié au garçon la honte qu'il avait ressentie à observer, au premier lendemain, les courbes du corps endormi d'Encarnación entre les draps chiffonnés de l'hôtel.

La rumeur de leur relation était parvenue quelques mois plus tard aux oreilles de Lola. Un coup de poignard en plein cœur, une double trahison pour elle : celle d'une quasi-belle-sœur et d'un mari. Lola avait tenté désespérément de ramener Ignacio à la raison, afin d'éviter le scandale pour les enfants, la pitié des voisins, l'opprobre de la bonne société andalouse baignée de catholicisme; cette même morale qui censure et empêche les gens d'aimer. Pourtant, si le torero était rentré dans le rang en quittant Encarnación, son couple y aurait-il vraiment gagné dès lors que Lola le savait infidèle? Qu'aurait-il eu à subir sinon du mépris pour sa lâcheté si sa femme l'avait contraint à rester auprès de sa famille contre son gré? On ne construit plus rien après le retour à l'ennui, on ne fait que colmater, et Ignacio avait d'autres projets.

— Tu comprendras quand tu la verras : Encarnación est unique. Grâce et intelligence, force et légèreté : c'est un petit oiseau armé de la férocité d'un aigle. Elle me protège et m'instruit, ce que n'a jamais pu faire Lola après la mort de son frère, quoique j'aie tenté de la soutenir dans sa peine. Pour lui changer les idées et lui redonner le goût de vivre, je l'ai emmenée à Paris, à Londres, je l'ai fait danser et boire, j'ai essayé de l'aimer encore mais rien n'a suffi : elle était devenue molle comme une poupée de chiffon et son visage gris m'effrayait. Il me rappelait celui de son frère à l'infirmerie.

Ignacio fit une pause, songeur.

— Encarnación, reprit-il, c'est le souffle de la vie. Sa passion pour le chant, la danse et la poésie me transcende; elle incarne ce à quoi j'aspire. Je suis meilleur avec elle, alors peu importe ce que les gens pensent de moi : j'ai fait le choix, égoïste mais salutaire, d'être un homme avant d'être un mari ou un père. Je n'ai pas le sens du sacrifice au point de gâcher les quelques années qui me restent à me battre pour une cause perdue. Je préfère vivre comme un prince et mourir sous les coups d'une épée tel un taureau de combat que survivre en esclave et m'éteindre dans un lit...

Cette sincérité sans fard ébranla Juan. Au fil du monologue d'Ignacio, l'affection du garçon pour Lola s'était muée en une sorte de pitié, le détachant peu à peu de l'hacienda pour avancer sans culpabilité vers Madrid.

Malgré les efforts d'Alfonso Tallares et de son équipe, la Lincoln ne fut prête qu'à la tombée de la nuit. Ignacio décida qu'ils dormiraient dans une auberge de Cordoue afin d'arriver le lendemain à Madrid, à temps pour le déjeuner. Ils prirent la route à l'aube et, le vent dans les cheveux, Juan repensa à leur conversation de la veille dans la bodega. Ignacio lui avait également parlé des amis d'Encarnación, de sa sœur cadette, Carmen López, danseuse comme elle, des chorégraphes, des musiciens, des poètes et des écrivains membres de la Génération de 27, et de cette quête perpétuelle du beau qui le fascinait tant. Sans savoir ce qui l'attendait mais intrigué par la fougue de son maître, Juan céda peu à peu à l'ivresse de ce nouveau départ.

Une centaine de kilomètres avant Madrid, ils dépassèrent un panneau indiquant la ville de Manzanares. Juan se souviendrait toute sa vie de cet instant où Ignacio, ignorant que s'ouvrirait là son chemin vers la mort, lui parla joyeusement de sa Plaza de Toros et d'un petit restaurant où les gitans se rassemblaient pour chanter des *soleás*.

Devant l'immeuble du 42, calle del General Arrando, une rue bordée de frênes nus, dans son costume trois pièces de flanelle grise, sa chemise blanche et sa cravate de soie, Ignacio remit de l'ordre dans ses cheveux avant de les couvrir d'un feutre gansé de velours et de grimper quatre à quatre les marches menant à l'appartement d'Encarnación.

Dans l'entrebâillement de la porte, le visage de La Argentinita apparut à contre-jour. Juan vit une rangée de petites dents blanches étinceler dans la pénombre, des yeux noirs se fendre de bonheur et des pommettes se gonfler sous le sourire et la joie qui accueillirent Ignacio.

Caché derrière le maestro, Juan épia la scène. Sa première rencontre avec Encarnación eut un caractère d'étrangeté absolue. Il n'avait jamais vu tant d'amour ni une femme si émue. Pourtant, malgré toute l'affection qu'il portait à Ignacio, il fut envahi par la plus insolite et la plus contradictoire des émotions : une forme de honte mais aussi la certitude qu'il n'était coupable de rien. En un regard, il tomba amoureux d'Encarnación.

Ignacio la prit par la taille, la souleva et la colla contre lui. Puis, en un pas de danse, le couple s'engouffra dans le long couloir de l'appartement, laissant Juan tétanisé sur le seuil.

Jusqu'alors, il avait surtout côtoyé des femmes austères. Vêtues de robes strictes descendant jusqu'au sol, elles jetaient le dimanche leur mantille de dentelle sur de hauts peignes andalous. Ces femmes de devoir et de labeur, ces mères courage embrassaient le destin misérable de leur famille. Dans les terres arides des plaines du Sud, la légèreté était synonyme de luxure, et le flamenco était un pleur qui, à la nuit tombée, accompagnait un grattement de guitare sèche. Les gitans restaient un peuple nomade, perdu, et ses fils chéris, *peones* sacrifiés, volaient dans les airs percés par des cornes noires, avant qu'un drap poussiéreux et taché de sang ne recouvre leur corps.

Bien sûr, Juan avait connu le confort et l'élégance de l'hacienda. Il avait humé le parfum capiteux que Lola laissait dans son sillage, et il avait caressé des étoffes soyeuses. Mais il avait très vite compris que ce luxe et cette volupté comblaient seulement le vide et l'ennui d'une femme délaissée. Si la résignation et l'attente des épouses et des mères lui était familière, rien ne l'avait préparé à la liberté et à la détermination d'Encarnación.

— Juanito ! Qu'est-ce que tu fais planté là ?

Ignacio s'était retourné et son visage arborait un large sourire.

— Allez ! Dépose tes affaires dans la première chambre à droite et rejoins-nous au salon ! dit-il à Juan avant de disparaître dans une pièce voisine qui à travers des vitraux projetait sur le parquet un arc-en-ciel multicolore.

Juan s'ébroua et s'empara des deux valises qui se trouvaient à ses pieds. Les lattes du couloir étaient lustrées, et sur les murs peints d'un rouge sombre était accrochée une collection de cadres dans lesquels figuraient de jeunes gens fringants et rieurs. Il jeta un coup d'œil furtif dans une pièce dont la porte était ouverte : s'y trouvait une cuisine spacieuse, baignée du soleil d'hiver. Le sol était couvert de bouquets de fleurs. Avant de rejoindre Ignacio et Encarnación au salon, il déposa ses valises dans une chambre au décor simple.

Encarnación avait replié ses jambes sous les volants de sa robe. Pieds nus, le bras appuyé sur l'accoudoir d'un canapé en velours d'un vert foncé, elle aurait pu paraître lascive, voire aguicheuse, mais son regard perçait Juan comme pour déceler ce qui se cachait en lui. Le jeune gitan se sentit déshabillé en un instant.

Debout près d'une fenêtre flanquée de lourds rideaux de brocart, Ignacio était occupé à soulever une à une les flasques disposées sur une table en noyer, à la recherche de son alcool préféré.

L'expression d'Encarnación finit par s'adoucir. Elle parut rassurée et, sans détourner les yeux, elle tapota la place située près d'elle sur le canapé.

— Viens t'asseoir à côté de moi, Juan, tu dois être fatigué...

Le garçon obéit à cette voix claire, à ces mots tels des perles et à la chaleur de ce ton, inattendue. Mais surtout à ce geste ferme et doux comme on en adresse aux chiens de salon. Les cuisses serrées et le dos droit, il s'installa tout au bout du canapé et attendit dans un bruit de bouteilles entrechoquées. Les murs étaient tendus d'un papier peint à fleurs, quatre fauteuils en cuir fauve entouraient une table basse encombrée de revues et de bougies éteintes. Des plantes vertes en pot étaient posées à même le parquet, et du lustre à pampilles pendaient plusieurs nœuds papillons défaits. Au-dessus des trois fenêtres courait un fil nu, une guirlande d'ampoules qui surplombait un immense piano à queue et conférait à la pièce une atmosphère de lendemain de fête.

Ignacio se retourna vers eux, un verre vide à la main.

— *Mi amor*, dit-il. Aurais-tu la gentillesse d'aller me chercher des glaçons ?

Encarnación déplia son corps avec grâce et, un sourire mutin sur les lèvres, tendit la main à Juan.

— Les hommes sont tous les mêmes, lui lança-t-elle. Toujours prompts à donner aux femmes l'impression qu'elles leur sont indispensables... Viens avec moi, je vais te montrer ton domaine.

Juan se leva d'un bond, déclinant instinctivement l'offre de sa main. Il suivit la jeune femme avec timidité.

Dans la cuisine, Encarnación se fraya un chemin en sautillant parmi les bouquets éparpillés sur le damier noir et blanc des carreaux de ciment.

Juan n'avait jamais vu un tel désordre. La vaisselle sale était entassée dans l'évier, des dizaines de verres à pied étaient disséminés dans la pièce, des restes de tapas mélangés à des mégots traînaient dans des assiettes posées en piles branlantes sur la grande table de la cuisine, et la poubelle débordait de bouteilles vides.

Encarnación ouvrit la porte du congélateur pour en sortir un bloc de glace et se tourna vers Juan, désorienté par le bazar ambiant.

— Il faudra t'y habituer, mon garçon, on reçoit beaucoup de monde ici... dit-elle en cherchant dans un tiroir du buffet un pic. Ignacio m'a dit que tu étais un très bon chef et que tu savais tenir une cuisine. Je suis heureuse que tu viennes vivre avec nous. Comme tu peux le constater, je ne suis pas ce qu'on appelle une femme d'intérieur ; je ne sais même pas cuire un œuf. Et, pour ce qui est du ménage, j'y suis allergique ! ajouta-t-elle en riant.

Juan se racla la gorge et se baissa pour ramasser un bouquet de fleurs blanches emballé dans un papier aux couleurs vives. Il en décrocha une enveloppe et la tendit à Encarnación.

— Il y a un mot pour vous.

Tout en découpant la glace, Encarnación releva la tête et écarta de son avant-bras une mèche de cheveux qui retombait sur son nez. Juan l'observa à la dérobée, et, en cet instant volé à son intimité, il fut bouleversé par sa beauté. Elle était menue et minuscule, mais son air moqueur, rieur, emportait tout sur son passage. On en oubliait sa bouche aux lèvres trop fines, ses petits yeux, billes noires surmontées de sourcils dessinés au crayon, son long nez et son menton en poire, car son regard vous perçait à jour ; il ne vous restait plus qu'à vous demander ce que vous alliez faire de votre vie...

En caressant un pétale de lys, Juan imagina la douceur de la peau d'Encarnación. À l'instant où il lui sourit, la jeune femme prit une expression sévère et sa voix devint glaciale.

— Tu peux le jeter, comme tous les autres bouquets. Je déteste les fleurs, surtout celles qu'on me livre après les spectacles. Ah, et il faudra que je demande à ma sœur Carmen de te montrer où se trouvent le placard à balais et le local à poubelles...

Elle se retourna et finit de briser le bloc de glace. Après avoir rassemblé quelques éclats dans ses mains pour les disposer dans une coupelle, elle disparut sans un mot vers le salon, laissant le pic et la glace sur le plan de travail.

Machinalement, Juan se mit à ranger.

Après avoir mis de l'ordre dans la cuisine, le jeune homme regagna le salon, mais le couple s'était volatilisé et la porte de ce qu'il pensait être la chambre d'Encarnación était close. Il rejoignit alors sa propre chambre, suspendit sa besace en cuir aux barreaux en laiton de sa tête de lit et plaça ses quelques vêtements dans l'armoire à glace en bois sombre dont il ne parvint pas à refermer les portes. Puis, après avoir constaté que la lampe de chevet à l'abat-jour plissé ne s'allumait pas, il ouvrit les voilages pour laisser entrer la lumière.

Assis sur son lit, Juan réfléchit. Sans remettre en question sa décision de suivre Ignacio à Madrid, il se demandait comment il pourrait vivre si près d'une femme dont il était tombé si subitement amoureux et qui, comble du comble, était la maîtresse de son mentor.

Démuni, il choisit d'attendre dans le salon que le couple refasse surface. Il débarrassa la table basse et se dirigeait vers l'office avec le verre vide d'Ignacio et un cendrier plein lorsque surgit une jeune fille hilare.

Juan sursauta sous l'effet de la surprise.

— Avoue que tu as eu peur ! s'écria-t-elle avec espièglerie.

— Évidemment ! C'est dangereux de sauter sur les gens comme ça. Si j'avais eu un couteau dans la main ? J'aurais pu te blesser.

La langue pendante, elle pencha la tête sur le côté et fit mine de rendre l'âme.

— Moi, c'est Carmen, dit-elle en riant. La petite sœur d'Encarnación. Et toi ? Tu es Juan ? Le nouveau cuisinier ?

Carmen avait les traits plus fins que son aînée, un visage plus allongé, un regard plus doux mais les mêmes cheveux d'un noir profond, et un corps tout aussi gracieux. Elle n'avait sans doute guère plus de dix-huit ans. Juan affecta un air sérieux, posa le verre et le cendrier sur une desserte, inclina le torse vers l'avant et répondit avec théâtralité :

— Pour vous servir, mademoiselle...

Carmen lui adressa à son tour une révérence.

— On vous attendait hier, vous êtes arrivés depuis longtemps ?

— Non, en début d'après-midi, la voiture est tombée en panne.

En faisant le tour de la cuisine, la jeune femme émit un sifflement admiratif puis s'assit à même la table, les pieds dans le vide.

— C'est impressionnant, le travail que tu as accompli en si peu de temps... Ils sont encore au lit, les amoureux ?

Juan déglutit, gêné par la malice de Carmen, et surtout par la scène que jusque-là il s'était efforcé de ne pas se représenter.

— Je crois qu'ils sont dans la chambre, oui.

— Alors ils ne sont pas près de sortir, répliqua la jeune femme en sautant sur le sol et en prenant Juan par la main. Viens, je vais te montrer le quartier !

— Et s'ils ont besoin de moi ?

— Ne t'inquiète pas, ce soir ils ne dînent pas là. Allez, mets un manteau et dépêche-toi, on va faire un tour en ville.

Ils dévalèrent l'escalier de l'immeuble, leurs mains glissant sur la rampe de fer forgé, et se retrouvèrent dans la rue.

Quelques heures plus tôt, Juan n'avait perçu de la capitale que les grandes artères et les façades rectilignes. La ville lui avait paru austère et triste. Mais Carmen l'emmena en coulisse, là où se cachait l'âme de Madrid. Dans un fouillis de ruelles et de petites places, ils déambulèrent parmi des femmes à la démarche assurée malgré leurs hauts talons. Certaines portaient un chapeau cloche sur une coupe au carré, et les pans de leur manteau ouvert à col de fourrure laissaient voir de jolis mollets gainés de soie. D'autres, à l'allure plus austère, cachaient leurs formes sous des habits sombres, plus proches de ce que Juan avait toujours connu. Des cafés s'échappaient des rires et des chansons, les étals des primeurs regorgeaient de fruits et légumes que Juan n'avait jamais goûtés, et les hommes avaient l'élégance et la fierté des matadors. Dans ce nouveau monde, le gitan andalou ne savait plus où donner de la tête, mais ce qui le frappa le plus fut de ne voir aucun enfant battre le pavé, quand chez lui les rues grouillaient de gamins essoufflés.

Ils rejoignirent un groupe de jeunes gens dans une bodega enfumée, et Carmen le présenta à ses amis. En serrant les mains qui se tendaient vers lui autour de la table, Juan eut un petit pincement au cœur : cette jeunesse privilégiée ne suscitait en lui ni envie ni amertume, seulement le regret de ne pas être né ici, parmi eux.

Sur le chemin du retour, Juan confia à Carmen être conquis par la gaieté et la légèreté de la vie madrilène. Elle glissa alors son bras sous le sien comme l'aurait fait une sœur.

— Tu vas voir, on va bien s'amuser ! lui dit-elle tandis que les réverbères s'allumaient.

Juan ne répondit pas ; il devait garder la tête froide puisqu'il ne faisait pas partie de cette jeunesse insouciante. Il n'était pas venu à Madrid pour se divertir mais pour servir et travailler.

Ce furent des années folles que ces *felices años veinte*, du moins celles que Juan passa auprès de sa nouvelle famille : Encarnación, Ignacio et Carmen. Tout ce que Madrid comptait d'artistes subversifs se pressait dans l'appartement de la calle del General Arrando, être invité aux soirées organisées par La Argentinita étant le sésame d'un petit cercle très fermé.

Avant chaque dîner, Encarnación s'asseyait dans la cuisine avec une feuille et un stylo pour élaborer le menu. Elle était friande de tapas, et surtout du *jamón ibérico* accompagné de fromage, des filets d'anchois *del Cantábrico* à l'huile d'olive et des *gambones à la plancha*, ces grosses crevettes que Juan faisait revenir sur la plaque en laissant la fenêtre ouverte. Elle insistait pour qu'il y ait toujours trop de vin, pour que les tables soient dressées dès le début de l'après-midi, pour que Juan assure le service et débarrasse les assiettes à la fin de la soirée. Puis elle quittait la pièce, généralement sans un merci.

Parfois, alors que le garçon s'y attendait le moins, elle venait l'aider en cuisine avec Carmen. Elle riait aux éclats en pétrissant la pâte et menaçait sa sœur de mettre ses doigts collants sur son chignon laqué. Juan les observait en cuisinant; il dégustait ces petits moments de joie car il les savait rares.

L'humeur d'Encarnación était changeante. Elle pouvait passer du rire à la colère en un instant, offrant des moments de complicité qu'elle retirait bien vite, et auxquels succédait une froideur glaciale assortie d'impitoyables railleries. Ignacio disait que c'était une enfant, une artiste. Il prenait ces caprices à la légère, mais dès qu'il sentait Juan blessé par une remarque acerbe il venait en cuisine pour le rassurer. « Ne prends pas ça trop à cœur, Juanito, elle ne pense pas ce qu'elle dit, il faut l'aimer sans rien attendre en retour... »

La nuit, dans sa chambre, Juan ne pouvait pas s'empêcher de ressentir dans sa chair la morsure de ces petites humiliations. Pourtant, il restait fasciné par Encarnación ; elle lui rappelait les gitanes de sa famille, qu'on aimait d'un amour inconditionnel tout en redoutant le couperet de leur jugement.

Tôt le matin, lorsqu'il faisait le marché, ses idées noires s'envolaient à mesure qu'il choisissait les poissons, la viande et les légumes. Lorsqu'il s'attardait devant les étals, il avait toujours le cœur léger. Faire plaisir à Encarnación, la nourrir, c'était assez pour donner du sens à son métier. Alors il revenait plein d'entrain et préparait les repas, soucieux de satisfaire l'exigence de la maîtresse de maison.

Une fois que les invités s'étaient délectés de ses plats andalous et madrilènes, la tension retombait. Juan se hâtait alors de servir les desserts, afin de ne pas perdre une miette de ces soirées tant il était fasciné par la culture des convives. Il se faisait tout petit, quasiment invisible. Accroupi derrière le dossier d'un canapé, dont ne dépassait que sa tête, il dénouait son tablier pour observer cette faune venue de toute l'Espagne, mais aussi de France, d'Allemagne, et même des États-Unis, pleinement conscient de la chance qu'il avait de vivre parmi ces artistes d'avant-garde. À cette époque, l'Espagne, ses écrivains, ses peintres et ses journalistes étaient soumis à la censure du général Primo de Rivera, un dictateur soucieux d'éradiquer toute propagande communiste. Il prônait la fin de la prétendue impiété et de l'inculture gauchiste. Toutefois, au cours de ces soirées dans l'appartement d'Encarnación, le bouillonnement artistique ne connaissait aucune limite ; la liberté était totale et la provocation donnait ses lettres de noblesse à la rébellion des intellectuels.

La musique et l'alcool coulaient à flots. Certains soirs, Encarnación et sa jeune sœur dévoilaient leurs nouvelles chorégraphies devant une audience recueillie et muette. Seule la guitare de Manolo de Huelva accompagnait le bruit sec des castagnettes que les deux femmes faisaient claquer au creux de leurs mains. Juan était fasciné par tant de grâce dans le mouvement des bras, des poignets et du corps ; un ralenti sensuel et grave qui claquait, soufflait, résonnait dans le salon enfumé et donnait à tous l'impression que les sœurs étaient traversées par une mystique de la musique andalouse. À certains moments, une émotion soudaine faisait même couler des larmes de joie sur les joues de Juan. Il n'avait jamais été si proche du bonheur et du *duende*, l'état qu'il associait à ces moments où son corps, sa tête et son cœur paraissaient ne plus lui appartenir. Un soir, Federico tenta de répondre à la question que toute l'assemblée se posait : qu'est-ce que le *duende* ?

— Pour chercher le *duende*, il n'existe ni carte ni ascèse, avança-t-il. On sait seulement qu'il brûle le sang comme une pommade d'éclats de verre, qu'il épuise, qu'il rejette toute la douce géométrie apprise, qu'il brise les styles, qu'il s'appuie sur la douleur humaine qui n'a pas de consolation.

Or nul n'en fut satisfait ; sous le regard d'une Encarnación aussi rieuse que captivée, chacun se mit à décrire son propre *duende* sans attendre son tour de parole. La plupart des débats se déroulaient ainsi, la joie et la bonne humeur l'emportant sur des colères feintes. Certains s'en sortaient avec des pirouettes en citant des auteurs inconnus ; d'autres se hissaient sur le piano pour entonner des chants populaires et faire taire les critiques ; d'autres encore, comme Salvador Dalí, se drapaient dans un pan de rideau pour déclamer des vers absurdes en se lissant les bacchantes. Même si les enjeux de ces discussions échappaient à Juan, il jubilait d'assister aux joutes verbales entre Pedro Salinas et le caricaturiste K-Hito lorsqu'ils dissertaient sur la beauté du trait, le lyrisme et l'humour. Juan riait en silence, soucieux de ne pas se faire remarquer, puis repartait en cuisine pour faire le plein de boissons.

La chambre de Carmen jouxtait la sienne. Assis sur un tapis de laine au pied du lit de jeune fille où elle s'allongeait, il passait de longs moments avec elle. Se confiant leurs rêves et leurs déceptions, commentant les soirées, ils devinrent très vite complices. En adolescents pris dans une foule hétéroclite de bateleurs, ils prenaient aussi plaisir à se moquer du poète, du peintre ou du comédien sans talent qui, la veille, avait animé puis lassé le petit cercle d'amis à force d'affirmer que poésie et politique étaient incompatibles. « Lui, on ne le verra plus ! »

Ils avaient de ces assertions entendues et de ces regards mutins quand les discours énoncés dans le salon aux lourdes tentures de soie leur demeuraient obscurs, voire incompréhensibles. Mais ils étaient du bon côté : celui où l'on riait. Lorsqu'elle ne dansait pas, Carmen lui donnait un coup de main en cuisine, et en retour Juan lui apprenait à vider un poulet, s'amusant des cris qu'elle poussait alors. Les leçons de pâtisserie se terminaient régulièrement par des batailles de farine et, si un soufflé levait dans le four, la jeune femme se lançait dans une danse de Sioux endiablée. Ils étaient joyeusement livrés à eux-mêmes, mais Juan ignorait que le petit cœur de Carmen s'ouvrait doucement à son premier amour : lui.

Hélas, Juan n'avait d'yeux que pour Encarnación. Il aimait la voir rire, chanter et danser, même s'il avait du mal à supporter qu'elle expose à d'autres ces moments de joie. Cette contrainte de la partager faisait de chaque homme son rival. Dans l'entourage d'Encarnación, Juan ne tolérait vraiment qu'Ignacio. Lorsque ce dernier était à Madrid, Juan se résignait à la laisser avec lui, sans trop s'éloigner toutefois.

Une fois l'appartement vidé de ses invités, Juan déambulait dans le long couloir menant aux chambres. On y avait exposé les œuvres des amis du couple. Il se contentait de passer devant des dessins accrochés aux murs et signés d'un certain Pablo, un petit homme nerveux chaussé d'espadrilles et au regard noir qu'il avait croisé à une ou deux reprises, mais il s'arrêtait toujours devant un poème encadré, une suite de mots écrits à la main par un ami d'Ignacio, Rafael Alberti. Intitulé « L'Aube de la giroflée », il était daté de 1925. Des années plus tard, dans la solitude accablante que deviendrait sa vie, Juan se réciterait à voix haute ces quelques vers, non pas comme un verset prémonitoire mais pour retrouver l'insouciance du petit marmiton aux pieds nus qu'il avait été dans l'appartement madrilène :

Je ne veux pas, non, te voir rire,
ni de bleu te peindre les yeux,
ni de blanc poudrer ton visage,
ni arborer ton vert corsage,
ni mettre ta jupe écarlate.

Je veux te voir des plus sérieuses,
je veux te voir toujours très pâle,
je veux te voir toujours pleurant,
je veux te voir toujours en deuil.

Au bout du couloir, il y avait la chambre d'Encarnación et d'Ignacio. Le maestro, devenu artiste et mécène de la Génération de 27, rentrait souvent en Andalousie, laissant là aussi derrière lui une femme dans l'attente.

Mais, à la différence de Lola, Encarnación ne perdait ni sa joie ni sa soif de vivre au cours des absences répétées d'Ignacio. Elle avait pour amants le chant et la danse ; ils remplissaient ses jours et ses nuits. Elle était accomplie, libre et passionnée, et, si Juan la craignait, elle était le pinson de la maison.

Cette femme était un tourbillon, elle inspirait jusqu'aux artistes les plus fainéants, poussait chacun dans ses retranchements afin qu'il accouche du meilleur. Auprès d'elle les journées passaient en un souffle et Juan, petit cuisinier gitan aux bottes encore crottées de la boue de l'hacienda, ne se sentait pas à la hauteur. Il restait dérouté par cette joie matinale qui le soir venu se muait en douleur. Lorsque les premiers accords griffaient l'air et qu'Encarnación reprenait de sa voix haute et claire, et dans la plus pure tradition, les airs anciens de tangos sévillans en martelant le parquet du salon de ses chaussures à boucles, Juan sentait que, dans l'assemblée, certains hommes nourrissaient le rêve arrogant de la posséder. Lui voulait seulement être reconnu par elle, qu'elle lui accorde une place dans sa vie et le droit, ou plutôt le besoin d'exister à son côté. Non seulement en tant que cuisinier, mais aussi comme confident ou ami. Secrètement, il caressait l'espoir de lui devenir indispensable.

La nouvelle tomba un matin de grand soleil.

Ce jour-là, en revenant du marché, Juan découvrit avec étonnement que la Lincoln d'Ignacio était garée devant l'immeuble d'Encarnación alors qu'il était censé ne pas rentrer à Madrid avant deux semaines. Depuis plusieurs mois, Ignacio avait pris la présidence du Real Betis de Séville, le club de football qu'il soutenait depuis son enfance. Il avait maintes fois proposé à Juan de l'accompagner afin qu'il assiste à un match et en profite pour passer un peu de temps dans sa famille. Mais le jeune homme préférait sa vie à Madrid, et l'idée de laisser seule Encarnación ne l'enchantait guère. Il se contentait d'écrire de longues lettres à ses parents, leur décrivant la capitale et ses spécialités culinaires. Il leur parlait de Carmen et de La Argentinita, des gens qu'il rencontrait. Il les embrassait, leur disait qu'ils lui manquaient, qu'il viendrait bientôt les voir, mais au fond de lui il ne voulait pas prendre le risque de se couper dans son élan en retournant sur le lieu de ses origines. Sa vie était ici, loin de la crasse des carrioles, de la misère et des dangers du quartier de Triana.

— Ton père est mort dans l'arène. Il a été brave jusqu'au bout. Il est passé sous le cheval d'un picador en tentant d'écarter le taureau; il n'y a rien eu à faire.

Avant de prononcer cette phrase, Ignacio avait demandé à Juan de s'asseoir sur le canapé du salon, entre Carmen et Encarnación, alors que lui était resté debout.

Les mots et les images se bousculèrent dans la tête de Juan. Il vit le corps de son père se faire écraser, le souffle lui manquer et la poussière boire son sang. Sous le coup de l'émotion, il faillit glisser par terre, mais Encarnación le retint en le prenant dans ses bras et le serrant contre elle. De la mort d'Adolfo, il ne garderait pas en mémoire la tristesse infinie de l'orphelin, mais le parfum poudré et la douceur du cou d'Encarnación.

Quelques jours plus tard, lorsqu'il revint de Séville, après l'enterrement d'Adolfo et le retour de sa mère dans sa famille à Grenade, Juan reprit le cours de sa vie madrilène. Il alterna courses, cuisine et longues promenades solitaires sur le paseo del Prado, mais son visage avait changé. Ses traits s'étaient durcis et son regard avait perdu de sa clarté. La mort de son père lui avait retiré son insouciance, le chargeant de la gravité des hommes. Carmen tenta de le divertir avec ses acrobaties et glissades dans le couloir fraîchement ciré, mais rien n'y fit : il ne retrouvait un peu de gaieté qu'en compagnie d'Encarnación. Elle avait changé elle aussi, devint plus attentive, plus préoccupée par le garçon.

Elle faisait de plus en plus souvent irruption dans la cuisine, s'asseyant sur le bord de la table les pieds dans le vide, pour le regarder préparer le repas ou lui parler de sa vie. Juan profitait de ces instants de complicité tout en redoutant ce retour à la froideur et au silence auquel elle l'avait habitué.

— C'est étrange une passion, lui expliqua-t-elle un jour. Ça te bouffe et te nourrit à la fois. Moi, j'ai toujours aimé danser, et quand mes parents sont morts je me suis réfugiée dans la douleur de mon corps. Je lui ai tout infligé : les entorses, les ampoules, j'ai même dansé avec une épaule luxée ! Un jour, on ira rue Olivares, où j'ai pris mes premiers cours de danse, à six ans. Dix ans plus tard, je dansais dans des soirées de riches, devant des femmes décorées comme des sapins de Noël et maquillées comme des *rameras* ! Si tu avais vu les regards furieux qu'elles me lançaient quand leur mari me reluquait !

Elle éclata de rire.

Juan l'écoutait de dos, en épluchant des légumes. Il aimait l'entendre se raconter de cette voix si claire ; il aimait son rire et sa joie insolente.

— Vers vingt ans, j'ai rejoint une troupe à Saint-Sébastien. Une vie de folie, de liberté, d'amour, des années dingues... C'est à cette époque qu'avec Pardiñas, l'impresario des tournées de flamenco, on a choisi mon nom de scène, La Argentinita. C'était mieux qu'Encarnación et ça faisait penser à l'Argentine, où je suis née. Un petit côté exotique en quelque sorte. Puis je suis restée un peu à Séville avec Joselito, et quand il est mort lui aussi j'ai fui vers le Mexique. Au retour, je me suis installée à Madrid avec Carmen, et le bel Ignacio est entré dans ma vie. Ah... Les hommes, Juanito, les hommes ! Ils me rendent si faible, soupira-t-elle.

— Peut-être, répliqua Juan en se tournant vers elle pour planter son regard dans le sien. Mais ils te rendent belle...

Encarnación sourit doucement. Juan aimait sa bouche, surtout sa lèvre inférieure, boudeuse, qu'il imaginait chaude sous les baisers. Encarnación le fixa, et Juan décela dans ses yeux un éclair de malice.

— Tu ne nous parles jamais de celles qui font chavirer ton cœur, Juanito. Dis-moi, elles sont comment les filles de Madrid avec un beau garçon, un bel Andalou comme toi ?

Juan haussa les sourcils. Depuis son arrivée, il avait eu quelques aventures sans lendemain, partagé la couche de femmes expérimentées, mais son cœur était resté à l'appartement.

— Elles sont moins farouches que les Andalouses, c'est l'effet de la grande ville. Ignacio m'avait prévenu : à Madrid on butine, à Séville on se marie. Mais je ne fais pas le poids face à la concurrence ! Les hommes d'ici sont tellement élégants et les mœurs tellement libres qu'il me faudra des années pour leur arriver à la cheville !

Encarnación éclata de rire.

— Ce n'est pas ce que dit Federico... Il te trouve plein de grâce et de vigueur et te surnomme Le Becerro. Ça te va bien, d'ailleurs. Tu as tout du taurillon avec tes yeux noirs et tes cheveux en pagaille !

Juan remit machinalement de l'ordre dans ses boucles et baissa la tête. Il ne pouvait soutenir le regard d'Encarnación : il lui semblait qu'au fond de ses yeux une petite flamme s'était allumée.

À cet instant, on toqua sur la porte ouverte ; Carmen se tenait sur le seuil.

— Je vous dérange ?

Sa voix trahissait la tristesse et la colère.

Encarnación la toisa.

— Tu ne déranges jamais, Carmencita, on parlait de Federico...

Puis elle se laissa glisser de la table et quitta la pièce.

Un matin qu'elle accompagnait Juan au marché, Encarnación lui confia avec fierté être à l'origine de la rencontre entre Ignacio et Federico.

Le nom du jeune poète et musicien revenait souvent dans la bouche de la danseuse. Juan s'en agaçait et voyait d'un mauvais œil cette amitié. Avec son large visage blanc, sa chevelure huilée savamment négligée, Federico était un brillant orateur affublé d'un costume noir et d'un nœud papillon. Issu d'une famille de riches propriétaires terriens de Grenade et élevé par des femmes au goût prononcé pour la littérature, la musique et la liberté, il s'était toujours senti proche du peuple et son *Romancero gitan* avait fait de lui non seulement le poète le plus réputé d'Espagne, mais aussi le plus fervent défenseur des miséreux et des gitans. Comme eux, il pouvait se fondre dans n'importe quel milieu et choisir à quel moment et devant qui il dévoilerait sa véritable personnalité. Sous ses airs de dandy maniéré, il était le cœur même de l'âme populaire, le témoin sans fard de la violence du monde rural, de la brutalité de la *guardia civil* et de l'Espagne intolérante et fanatique qu'il dénonçait dans ses textes.

Charmeur, il exerçait une fascination sur les invités des deux sexes. Toujours prompt à trouver le bon mot, il était pourvu d'un sens inné de la repartie et d'un humour piquant sous la candeur de ses traits poupins. Juan l'avait écouté à Séville en 1927, et le croisait souvent dans l'appartement madrilène sans jamais oser l'aborder alors qu'il venait lui aussi de Grenade. Lorsque Federico accompagnait Encarnación au piano jusque tard dans la nuit en l'absence d'Ignacio, Juan, jaloux de leur complicité, allait se coucher tôt afin de ne pas les imaginer s'éclipsant dans la chambre de la danseuse. Pourtant, dans l'allure de Federico quelque chose l'interpellait. Il n'aurait su dire précisément quoi, mais le poète lui semblait ne pas faire partie des hommes qui représentaient le plus grand danger.

À la fin des années 1920, parmi les artistes de la scène madrilène figuraient deux types d'hommes : ceux qui affichaient fièrement leurs multiples conquêtes féminines et leur virilité de beau ténébreux au regard sombre, cigarette au bec, et ceux dont la tenue vestimentaire et les mouvements suscitaient une certaine ambiguïté. Avec sa chevelure ondulée, ses grands yeux étonnés de poète surmontés de sourcils broussailleux, Federico avait une allure oscillant entre féminité et grâce adolescente et offrait ce contraste à tous ceux qui le rencontraient. Il avait pour Encarnación une indéfectible affection, de celles qui lient les enfants éternels et les âmes sœurs qui se parlent en musique. Un lien que Juan jalousait : son cœur saignait dans l'ombre.

Encarnación s'était imposée comme la muse de cette Génération de 27. Son appartement était devenu le lieu où ces artistes, assoiffés de créativité, liés par une amitié profonde et une admiration sans bornes pour Góngora, participaient sans le savoir à la naissance d'une Espagne nouvelle. Tous vivaient à cent à l'heure, mêlant dans un bouillonnement incessant alcool, musique, revendications sociales, utopies anarchistes et discours vantant les mérites d'une république qui rendrait au peuple justice et dignité.

Juan, seul véritable représentant de la misère andalouse, était tétanisé par leurs prises de parole. Les gitans qui vivaient en marge de la société espagnole ne s'étaient jamais impliqués dans les conflits idéologiques de leur pays. Ils formaient un refuge collectif intérieur, clos et régi par les seules lois et traditions ancestrales. Pourtant le jeune homme n'avait jamais accepté l'idée que la noblesse d'un gitan puisse consister également à subir les injustices de la vie avec humilité. Il connaissait le quotidien des pauvres gens, celui des journaliers qui vendaient leur sueur et leur corps pour quelques pièces. Celui des mères démunies face à leurs enfants affamés. Il aurait voulu hurler la douleur du peuple et faire comprendre à ces jeunes excités à quel point ils étaient privilégiés. Leur démontrer que le simple fait d'avoir la liberté de penser était un luxe. À plusieurs reprises, il eut le courage d'intervenir dans les discussions, mais ses paroles furent vite balayées par la verve de ces artistes qui, sans jamais avoir connu les spasmes d'un ventre vide, se targuaient de savoir qu'éduquer le peuple était plus essentiel que de le nourrir.

Dans ces cas-là, à court de mots brillants, Juan se tassait dans un coin de la pièce, au bord de la nausée.

Il sentait la violence sous-jacente, la haine qui se faufilait dans le quotidien de leur pays. Il voyait les villages s'enflammer, un monde s'éteindre, et ne comprenait pas comment l'art pouvait ainsi s'éloigner de la douceur et de la beauté pour se muer en un effrayant instrument de lutte.

Pourquoi voulaient-ils tous se départir de ce confort, de cette joie, de cette insouciance qui flottaient dans l'air de ces soirées ? Juan avait enfin trouvé son nid, son refuge, et il aurait souhaité que ces après-midi paisibles avec Encarnación et Carmen se poursuivent tard dans la nuit, que la porte de l'appartement reste close à ces fous de Salvador Dalí, Luis Buñuel, Manuel de Falla et autres Pablo Picasso, et surtout à ce diable de Federico qui transformait la femme qu'il aimait en une pasionaria qui lui échappait. Mais le garçon avait conscience que son manque d'éducation faisait de lui un bien piètre adversaire, qu'il n'avait aucune chance face à ces orateurs férus de grandes phrases et de références au fantasme de la culture populaire. Alors il se mit à chérir les quelques moments qu'il partageait seul avec Encarnación, ces instants suspendus, miettes de vie où elle lui parlait de son amour fou pour Ignacio. Ainsi, il prit lentement sa place, la seule qui lui restait, dans l'ombre du quotidien de cette femme aimée de tous, en attendant secrètement sa chute pour la prendre dans ses bras. Il la voulait aussi triste que dans le poème de Rafael Alberti car il était persuadé d'être le seul à même de la consoler.

Lors des absences d'Ignacio et de Federico, qui rendait souvent visite à sa famille à Grenade, Encarnación prit aussi l'habitude d'accompagner Juan au marché de San Miguel. Entre les étals, elle négociait les prix avec fermeté sans parvenir à réprimer un sourire coquin lorsqu'elle payait, puis ils rentraient en faisant un détour par le parc du Retiro. Ils lançaient alors, chacun leur tour, une pièce dans la fontaine de l'Ange déchu en faisant un vœu. Parfois elle lui prenait la main, ses doigts cherchant les siens. Quand leurs paumes chaudes s'ajustaient enfin, quand le poignet d'Encarnación frôlait le sien, l'érotisme fou de ces instants hors du temps bouleversait Juan. Privée de ses courtisans, la danseuse se rapprochait enfin de lui.

Un matin, elle l'entraîna dans l'église San Antonio de los Alemanes qui, derrière son austère façade de brique rouge, arborait des fresques baroques aux formes et couleurs d'une infinie douceur, ainsi qu'un retable majestueux peint par Francisco de Goya. Juan fut subjugué par tant de beauté. Encarnación alluma un cierge et s'agenouilla devant une statue de la Vierge. Debout à son côté, Juan l'observa et eut le sentiment de toucher son âme, l'impression subite qu'ils ne faisaient plus qu'un. Puis il remarqua qu'elle pleurait et crut qu'elle éprouvait aussi cette communion. Il en fut si ému qu'il mit un genou à terre et prit son visage dans ses mains pour sécher ses larmes. Mais elle le repoussa vivement, se releva, lissa les plis de sa jupe et quitta l'église le visage fermé. Dans son ombre, Juan comprit alors que seule la douleur les unissait. Celle d'avoir perdu dans l'arène un être cher. Rien de plus. Leur unique lien était la mort. Et elle accompagnerait leur vie.

Madrid - New York, février 1930 - avril 1931

Depuis quelque temps, la vie à Madrid avait perdu de sa légèreté et Juan s'affolait pour le couple d'Encarnación et Ignacio, ses parents adoptifs, comme il s'amusait à les appeler devant Carmen qui fulminait à l'idée qu'il ne la considère que comme sa demi-sœur. À plusieurs reprises, au retour de soirées arrosées avec des amis, elle avait tenté de l'embrasser et même de le séduire, mais Juan l'avait gentiment éconduite, lui conseillant de boire moins. Le lendemain, il n'y pensait déjà plus alors que Carmen était mortifiée. Elle l'ignorait alors quelques jours, espérant susciter son intérêt, mais Juan avait d'autres préoccupations ces temps-ci : Ignacio l'inquiétait.

Depuis son retrait des arènes, il ne parlait que de taureaux. Au cours de longues promenades dans les rues de Madrid, il racontait à Juan ses meilleures corridas, surtout celles où il avait pris le plus de risques et qui lui avaient valu de sortir par la grande porte, *a hombros*, juché sur les épaules de ses admirateurs. Bien sûr il répétait à qui voulait l'entendre qu'il était comblé par sa nouvelle existence. Mais, derrière ce discours de façade, il semblait insatiable, inépuisable, et cette frénésie de toucher à tout laissait Juan songeur. L'expérience d'Ignacio à la tête du Real Betis de Séville avait duré quelques mois. À l'instar de tous ses projets, celui-ci s'était essoufflé aussi vite qu'il l'avait enflammé. Depuis, l'ancien torero donnait l'impression d'être en quête perpétuelle d'un nouveau gouffre, d'une nouvelle ligne de faille pour éprouver sa peur et son courage.

Le matin, Juan retrouvait sur le sol de son bureau des feuilles jetées en boule. D'une écriture longue et fine, Ignacio s'essayait au théâtre, sa nouvelle passion, sans plus d'inspiration que de réussite. En fin de soirée dans le salon, il lui arrivait de s'aventurer à en lire un extrait à voix haute, mais l'assemblée de poètes et d'écrivains ne l'écoutait pas vraiment, et il repliait ses feuillets sous de timides applaudissements.

De son côté, la fougue d'Encarnación s'était lentement éteinte. Peut-être l'absence de son meilleur ami y était-elle pour quelque chose. Federico, alors âgé de trente-deux ans, avait fui Madrid depuis six mois pour se réfugier à New York, où il comptait panser les plaies de sa rupture avec le sculpteur Emilio Aladrén Perojo, mais aussi oublier la trahison de ses amis Luis Buñuel et Salvador Dalí, qui, il en était persuadé, l'avaient moqué dans leur film *Un chien andalou*, faisant de lui un homme maniéré et conformiste. Buñuel l'avait déjà attaqué au sujet de son homosexualité, ce qui avait laissé Federico indifférent, mais la trahison de Salvador Dalí, elle, l'avait peiné. Cet homme qu'il avait profondément aimé, le seul, au cœur du milieu misogyne et hostile aux homosexuels des intellectuels de l'époque, qui l'ait compris sans toutefois lui donner ce qu'il espérait, cet ami qu'il avait cru si cher l'avait ridiculisé.

De New York, il écrivait de longues lettres à Encarnación, qui les lisait à haute voix à Juan. Federico y décrivait une Amérique exsangue, en proie au chômage, à la famine et aux nombreux suicides engendrés par la crise financière d'octobre 1929. Il y évoquait un monde injuste, une industrie déshumanisée, mais confiait aussi à son amie que, paradoxalement, et malgré le désespoir que lui inspiraient les chômeurs réduits à la mendicité, New York lui avait redonné l'envie de se battre. Il écrivait de nouveaux poèmes, un recueil dont le titre serait *Poète à New York*. Il décrivait aussi une atmosphère indulgente et une liberté sexuelle en total contraste avec l'Espagne répressive. Il racontait enfin ses rencontres avec d'autres opprimés, particulièrement dans la communauté noire, qui le fascinait.

Il y avait aussi des moments plus doux : son séjour dans le Vermont, par exemple, au bord du lac à Eden Mills, avec son ami Philip Cummings. Ou ces semaines passées dans les Catskill Mountains, dans la famille d'Angel del Río, un vieil ami, professeur de littérature au département espagnol de l'université Columbia.

Pour se consoler de l'absence de son âme sœur, Encarnación enchaînait les tournées à travers l'Espagne, et Ignacio attendait à son tour sa moitié dans la solitude de l'écrivain frustré.

Un après-midi, alors qu'il accompagnait Ignacio dans le barrio de las Letras, le quartier littéraire du centre de Madrid, et qu'ils discutaient à bâtons rompus de ces artistes qui envahissaient le salon à la nuit tombée, Juan se permit de lui demander ce qu'il pensait de Federico, persuadé qu'il trouverait en lui un allié.

— C'est un jeune homme fascinant, généreux, drôle. Il a énormément de talent. Encarnación lui voue une admiration sans bornes, et moi je le considère comme un ami, un vrai.

Déçu par la réponse du maestro qui, visiblement, ne percevait aucune malice dans les liens de Federico et Encarnación, Juan se renfrogna et se jura de ne plus jamais prononcer le nom de Federico.

C'est seulement quelques semaines plus tard, un jour de février 1930, lorsque Encarnación entra dans la cuisine en chantant *¡América, América, aquí estamos!*, qu'il prit la mesure de ce qu'il pensait être la fourberie de la jeune femme.

— On part après-demain pour New York, Juanito ! Et Ignacio insiste pour que tu viennes avec nous sous prétexte qu'il ne veut pas changer de régime ! Je le soupçonne d'avoir surtout peur de s'ennuyer... Mais je suis tellement heureuse !

Puis elle repartit dans le couloir, tout à sa joie, en dansant pieds nus sur le parquet.

Le surlendemain, Carmen, qui ne faisait pas partie du voyage, aida Juan à faire sa valise en cachant sa tristesse. Elle lui fit promettre de tout lui raconter à son retour, de lui décrire les buildings, les restaurants et les clubs de jazz, mais surtout elle lui fit promettre de ne pas succomber aux charmes d'une jeune Américaine. Sur le pas de la porte, au moment du départ, il voulut l'embrasser sur la joue, mais Carmen tourna la tête et lui offrit sa bouche avec passion. Au contact de ses lèvres, Juan recula, comme électrocuté. Il comprit enfin qu'elle l'aimait, mais éclata de rire et lui baisa le front alors qu'elle baissait la tête pour cacher ses larmes.

Après avoir rejoint le port du Havre, Encarnación, Ignacio et Juan embarquèrent pour quatorze jours à bord de l'*Île-de-France*, le fleuron des paquebots de la Compagnie générale transatlantique. On surnommait le bâtiment la « plus grande passerelle » puisque, pendant la prohibition, l'alcool y coulait à flots, ce qui n'était pas le cas sur les navires américains. Quelques mois plus tôt, Federico García Lorca, lui, avait pris l'*Olympic*, de la White Star Line.

Juan consacra ces deux semaines à se promener seul sur le pont supérieur, emmitouflé dans d'épais chandails empilés sous un manteau d'Ignacio. Le couple préférait passer ses journées dans l'intimité de la cabine, à l'abri des regards, puis rejoindre le jeune homme au dîner avant de s'élancer sur la piste de danse de la salle à manger. Avec la mer pour seul horizon, Juan lisait le journal imprimé à bord allongé sur un transat à l'abri du vent. Il répondait d'un timide sourire aux œillades des passagères, souvent plus âgées que lui et émoustillées par l'air du large. Elles étaient enroulées dans de lourdes couvertures incrustées de sel.

Pour Juan, l'arrivée à New York fut un choc. La ligne dentelée des gratte-ciel, que perçait la flèche de la toute nouvelle tour Chrysler, le terrorisa. C'était donc là l'avenir qu'espéraient nombre de jeunes Espagnols ? Lui, malgré ses vingt ans, préférait le charme des rues madrilènes, les cimes enneigées de la sierra Nevada et les terres arides plantées d'oliviers de son Andalousie natale. À l'arrière de la voiture dont le coffre débordait des malles d'Encarnación, le front collé à la vitre, il vit défiler dans un chaos organisé et puant des façades hétéroclites mêlant style gothique et barres de fer assemblées par de gros boulons. Les rues étaient encombrées de calèches, d'omnibus, d'automobiles au moteur pétaradant et de files de piétons pressés. Juan eut le sentiment effrayant que cette turbine urbaine aurait pu avaler une marée humaine dans l'indifférence la plus totale. Une ville brutale, moderne, enfumée et gigantesque, une fourmilière dont la nature était exclue, une métropole tentaculaire à l'activité incessante : voilà quelles furent ses premières impressions. Des impressions semblables à celles que Federico avait décrites dans ses lettres.

Mais, dès le lendemain, la gaieté contagieuse d'Encarnación, qui découvrait New York avec des yeux de petite fille, l'emporta sur la morosité de Juan. L'air devint plus respirable lorsqu'ils accompagnèrent Ignacio à l'université Columbia pour une conférence qu'il devait donner sur la tauromachie. L'idée de retrouver la communauté des intellectuels hispanophones venus écouter l'ancien torero réjouissait Juan. L'université était située dans le nord-ouest de Manhattan, près de Harlem. L'enfilade d'immeubles de brique rouge bordant des rues aux arbres dénudés ainsi que la misère palpable de ces quartiers lui parurent plus humaines que les artères du centre-ville.

Ignacio fut acclamé par le public et, du premier rang, Juan remarqua sur le visage de son ami une subtile transformation. Son sourire, absent depuis longtemps, se redessina sur ses lèvres lorsqu'il salua la foule comme s'il répondait aux ovations des aficionados. Sans doute fut-il submergé par une vague de souvenirs de cette reconnaissance qui lui manquait tant. Le soir même, Juan régala les convives d'œufs *a la flamenca*, la seule recette qu'il puisse réaliser avec des ingrédients américains.

— Tu vois, Encarnación, j'ai bien fait de demander à Juan de venir avec nous, dit Ignacio en adressant un clin d'œil au chef.

Le jour suivant, Federico devait intervenir lui aussi. Le succès de son recueil de poèmes inspiré de vieilles légendes andalouses, *Romancero gitan*, avait traversé l'Atlantique. Cela lui avait permis d'accepter l'offre de Fernando de los Ríos, un autre membre de la Génération de 27, de prendre un poste de lecteur dans la prestigieuse université Columbia. Sa conférence avait pour titre « Imaginación, inspiración y evasión ».

Juan avait traîné des pieds, trouvant que c'était faire trop d'honneur à Federico que d'assister à son numéro. Et, face à l'enthousiasme débordant d'Encarnación, la morsure de la jalousie redoublait de vigueur. Il se jura donc de ne jamais aimer cet homme.

Pourtant dès que, debout derrière son pupitre face à une salle comble, Federico prononça ses premiers mots, Juan fut subjugué comme en 1927 à Séville. L'exaltation de la *gitanería* et le parallèle établi entre la condition des Noirs en Amérique et celle des gitans en Espagne ne furent pas ce qui toucha le plus Juan. Non, ce qui le toucha le plus, ce fut la fougue mêlée de douceur, la sincérité et la simplicité des propos de Federico. En une seule image, il parvenait à brosser la violence et l'absence de beauté du monde moderne. En une strophe, il symbolisait l'audace et la nécessité de la poésie face à ce fracas. Juan eut l'impression que ces mots lui étaient destinés, que Federico ne s'adressait qu'à lui, le petit commis perdu dans un univers qui ne lui laissait pas de place. Il lui sembla que le poète aspirait à le tirer de la boue et du grésil pour lui faire respirer un air pur, débarrassé des préjugés de classe, du rôle illusoire de l'intelligence dans la poésie, et de la fatalité d'un destin de misère.

Assise entre lui et Ignacio, Encarnación posa la main sur la cuisse de Juan et, les yeux embués, lui dit d'une voix tremblante :

— Maintenant, tu comprends, Juanito : Federico, c'est un môme qui pleure l'enfance disparue, celle qu'il a passée à Grenade dans l'amour de sa famille. Il est comme moi, il ne veut pas grandir. Et c'est pour ça que je l'aime tant...

Le soir même, à l'occasion d'un cocktail organisé en l'honneur du poète dans la grande salle de Columbia, Ignacio et Federico se donnèrent une chaleureuse accolade. Après avoir bu plusieurs verres d'un ersatz de champagne, l'alcool étant interdit, les deux hommes discutèrent de la théorie du *duende*, « ce pouvoir mystérieux que tout le monde ressent et qu'aucun philosophe n'explique », pour reprendre les mots de Goethe sur Paganini. Le *duende* unit sur le fil l'extase de la beauté et la possibilité de la mort. Pour la danseuse, le poète et le torero, dans la poésie, la tauromachie comme le flamenco, le *duende* représentait une élévation, la transcendance de l'âme tourmentée. Selon eux, en quelque forme d'art que ce soit, se contenter de la beauté ne suffisait pas. Il fallait dépasser l'instant d'autosatisfaction pour continuer à chercher le bord de la plaie. Sinon, pourquoi créer ?

— Ce que j'appelle *duende* dans l'art, conclut Federico, c'est ce fluide insaisissable qui en est la saveur et la racine, quelque chose comme un élixir qui éveille la sensibilité des gens.

Ils levèrent leurs verres au *duende* : un jus d'orange pour Encarnación, une eau pétillante pour Federico et un jus de tomate pour Ignacio. Nul ne remarqua que celui de Juan était vide.

Mais Federico était en verve. Il confia à Encarnación qu'à New York il était parvenu à utiliser sa colère contre Dalí et Buñuel. Il l'avait canalisée et redirigée vers l'écriture de sa réponse à cette « merde surréaliste de *Chien andalou* » sous la forme d'un scénario intitulé *Voyage dans la lune*. Il espérait donc que les deux autres chiens de la meute ravaleraient leur dédain face à ce film qu'il tournerait bientôt. Ignacio acclama ce projet de revanche d'un tonitruant « ¡Muy bien, hombre! ». Puis il leva son verre.

Juan les observait en retrait. Il avait vécu son enfance au sein d'une communauté de gitans à la mine triste, au cœur de la rouille, du sang et des larmes, et avait sa propre conception du *duende*. Il ne l'associait qu'à une chose : sa quête douloureuse mais confortable de l'amour impossible qui croissait en silence dans ses entrailles. Assailli par des pensées invasives, il attendait dans l'ombre, les ongles rongés jusqu'au sang, qu'Encarnación se lasse, se fatigue de ce manège intellectuel et retrouve sa légèreté afin qu'ils reprennent leur vie, seuls, dans l'appartement de Madrid.

C'était compter sans le charme irrésistible de Federico.

Avec son indéfectible sourire, le poète curieux, ivre et décadent donnait à chaque jour une lueur nouvelle, une raison d'être, et Juan finit par se laisser embarquer lui aussi dans cette gigue endiablée.

S'ensuivirent des journées à courir les musées de la ville, à s'enivrer dans les *speakeasies*, ces bars clandestins de New York, et des nuits à danser dans les clubs de jazz de Harlem, dont les caves secrètes regorgeaient d'alcools. L'énergie de Federico étant contagieuse, Juan embrassa le tourbillon.

— Tu le savais, toi, qu'il était homosexuel ? demanda Juan à Ignacio alors qu'ils descendaient ensemble la Ve Avenue pour se rendre à un déjeuner. C'est pour ça que tu n'étais pas jaloux de leur amitié ?

— Détrompe-toi, Juanito, je ne baisse jamais la garde. Je me méfie de tout ce qui tourne autour d'Encarnación. C'est en elle que je n'ai pas confiance ; elle serait capable de s'éprendre d'un *perro* plein de puces s'il n'avait pas de collier ! Dépêche-toi, arrête de flâner sinon on sera en retard. Or, s'il y a bien une qualité qu'on ne peut pas enlever aux Américains, c'est la ponctualité ! *¡Madre de Dios!* Ils deviendraient fous chez nous avec les horaires...

Ignacio avait été invité par un riche éleveur de bovins, un Texan rencontré au cours d'un cocktail huppé, à découvrir la nouvelle tendance culinaire à la mode aux États-Unis. Elle venait de détrôner l'emblématique hot dog : il s'agissait du hamburger.

Encarnación et Federico, qui ne ressentaient aucun intérêt pour la nourriture américaine, avaient décliné l'offre. Mais Juan, toujours à l'affût de nouvelles idées, avait accueilli avec joie cette invitation.

À quelques rues de Times Square, devant un établissement Art déco, les deux hommes s'arrêtèrent pour observer une façade largement vitrée, soutenue par des colonnes en faux marbre et surmontée d'une enseigne aux grosses lettres noires : KEWPEE. Au sommet du bâtiment trônait la statue d'un bébé nu à la mèche folle.

— C'est vraiment un peuple d'enfants... fit remarquer Ignacio avec un sourire malicieux.

À l'intérieur du restaurant, qui évoquait un wagon-bar, un couple d'une cinquantaine d'années était assis près d'une fenêtre. L'homme fit un signe de la main aux deux Espagnols dès qu'ils franchirent la porte. Le ventre coincé contre la table métallique et engoncé dans un costume trop brillant, il leur sourit de toutes ses dents sans tenter de se lever. La femme, elle, maquillée, vêtue et parfumée comme pour une soirée, se leva immédiatement en tendant les bras pour les accueillir avec chaleur. L'éclat des diamants qu'elle portait aux oreilles, au cou et aux doigts, ainsi que le bruit de ses bijoux, qui s'entrechoquèrent à chacun de ses mouvements pendant le repas, rappelèrent à Juan les vieilles gitanes, diseuses de bonne aventure, qu'on croisait dans les rues de Grenade.

Deux heures plus tard, Ignacio fendait la foule à grands pas, les mains enfouies dans les poches de son pantalon à pinces et la tête inclinée, renfrogné comme s'il apprêtait à charger pour l'*encierro*. Juan était quant à lui dubitatif, se demandant par quel miracle un sandwich mou avec un fromage fondu insipide et des pommes de terre prodigieusement grasses pouvait susciter l'engouement des New-Yorkais.

— Quelle vulgarité ! s'indignait Ignacio. Je déteste ce pays ! Vivement qu'on rentre à Madrid. Je n'en peux plus de ces hypocrites ! Tu as vu comme elle nous a serrés dans ses bras même si on la connaissait à peine ? Et puis son air outré quand on a parlé de tauromachie alors que son mari est un boucher plein de fric qui extermine des milliers de bêtes élevées dans des conditions inacceptables… ?

Juan ne dit rien. Ignacio avait un tempérament de feu et le jeune homme savait que sa révolte ne se tarirait qu'au contact d'Encarnación. Et, de fait, en balayant la foule d'un œil empli de colère, Ignacio reprit :

— Regarde-les courir, on dirait des rats ! Tu te rends compte que chez nous tout le monde rêve de l'Amérique ? Y a que de la fumée, des ordures et de la misère ! Et de la merde dans les assiettes ! Bientôt on aura ces hamburgers dégueulasses à Madrid, à Barcelone et à Séville. On les avalera avec leurs milk-shakes et leur Coca-Cola… Et c'est nous qu'ils traitent de sauvages ? Et la grosse vache, quand elle m'a dit que la corrida était cruelle ? J'ai failli m'étouffer ! Son mari venait de nous expliquer comment il comptait révolutionner l'élevage des bovins et des porcs sur le modèle des chaînes de montage automobile ! Tu as remarqué ? À aucun moment il n'a parlé des conditions de vie de ses bêtes. Il s'en fout ! Ce qui l'intéresse, lui, c'est le rendement, l'efficacité, le calibrage ! Non mais tu te rends compte, Juan ? Si son projet voit le jour, les bêtes deviendront des objets de consommation. Il n'y aura plus de fermes familiales, mais des usines avec des chaînes d'élevage et d'abattage, tout ça pour satisfaire une clientèle de gens pressés !

Il s'arrêta pour mettre un genou à terre et nouer ses lacets défaits, puis se releva lentement en murmurant, dégoûté :

— Plus de paysans, plus de bouviers, de pâturages, de basses-cours. Plus de coqs qui te sortent du lit, plus de porcs à l'air libre... Cet avenir, c'est l'enfer ! Et elle, avec ses cheveux gonflés comme un Zeppelin, qui verse sa petite larme en pensant aux taureaux de combat qui ont un hectare à eux seuls, vivent en liberté et dans le respect pendant plus de six ans, et non parqués les uns contre les autres pour être tués au bout d'un an ! Tu vois, la souffrance quotidienne de ces millions de bêtes me révulse. En plus on les tue en coulisse. De cette façon, on n'a conscience ni de leur vie ni de leur mort. Cette indifférence à leur sort ne nous grandira pas, je te le garantis...

Rouge de colère, Ignacio fit une halte puis se tourna vers Juan.

— Toi qui es jeune, demanda-t-il, tu en penses quoi, au fond, de la corrida ?

Juan prit le temps de réfléchir.

— C'est une question de culture, Ignacio, ici ils ne peuvent pas comprendre.

— Mais ils veulent même pas écouter !

— Tu sais, dit calmement Juan, j'ai beau venir d'Andalousie, je n'ai jamais aimé la corrida et je ne prends aucun plaisir à voir mourir une bête. Mais je n'ai pas eu le choix : j'ai été élevé par mon père, qui plantait les banderilles au deuxième *tercio* et se faisait hurler dessus quand il ne prenait pas assez de risques. Il en est mort...

Ignacio posa une main sur l'épaule de Juan.

— Il était brave ton père, et c'est grâce à l'argent qu'il gagnait en mettant sa vie en danger qu'il a pu subvenir aux besoins de ta famille. Ne l'oublie pas, Juanito, sans quoi il sera mort pour rien.

Juan leva les yeux vers le ciel dégagé et repensa à sa mère qui chaque jour avait prié pour que son mari soit épargné, et il revit cette larme restée au coin de son œil, le jour de l'enterrement.

— Je sais que la mort des taureaux m'a nourri. Pourtant, quand tu me demandes si j'aime la corrida, c'est comme si tu demandais à un enfant de mineur s'il aime la mine. Il te dirait la même chose que moi, qu'il avait peur, et qu'il aurait préféré un père balayeur, ou chauffeur, mais n'a pas eu le choix. Lui, son sort, c'est l'attente. L'attente et l'espoir que son père ne soit pas la énième victime d'un coup de grisou. Je n'ai jamais été un aficionado, tu le sais. Et d'ailleurs chez toi ce que j'aime c'est l'homme, pas le torero.

— N'empêche, cette Américaine aurait dû se renseigner sur la misère du peuple espagnol avant de juger les corridas. Tu as déjà vu le regard d'un *espontáneo* ? C'est la famine et le désespoir qui le font sauter dans l'arène. C'est l'envie de se faire remarquer pour gagner sa vie à la risquer. Combien d'hommes sont morts en en faisant rêver d'autres ? Moi-même j'ai failli laisser cent fois ma peau dans les arènes...

Ils longèrent un square et Juan proposa de s'asseoir sur un banc. Là, ils regardèrent défiler les passants qui tête baissée zigzaguaient entre les voitures, puis fendaient brutalement la foule sur le trottoir d'en face sans s'excuser.

— Ici, ils sont déconnectés de la nature, dit Juan. Ce sont des citadins ; ils ne connaissent que les animaux domestiqués et les traitent comme des humains. Ils mangent de la viande, mais entre le porc et les *ribs* à la sauce barbecue il y a un trou noir. La mort du petit cochon, ce serait compliqué de l'intégrer dans leur culture. Mais certains actes qui paraissent nécessaires aux carnivores sont inacceptables intellectuellement.

— Justement, c'est ça leur problème : ils n'ont aucune culture ! Les taureaux de combat, ce ne sont pas des animaux de compagnie, ils vivent à l'état sauvage et ne tuent pas pour se nourrir mais pour sortir vainqueurs d'un combat et affirmer leur suprématie. Et puis on n'en fait pas des sacs à main ou des manteaux, on les mange ! Tout comme les poulets, les veaux, les agneaux et les poissons élevés pour mourir. Mais bien plus que leur mort qui, elle, est inéluctable, ce sont leurs conditions de vie qui m'importent. On vend du rêve aux Américains, on leur cache la vérité : ils achètent de la viande déjà emballée, joliment présentée entre deux bouquets de persil. Je leur accorde que c'est beaucoup plus agréable que de voir le corps entier de l'animal abattu. Ils se goinfrent de hot dogs sans jamais voir la mort en face ! Crois-moi, si chaque restaurant exposait dans un aquarium ou une cage les bêtes encore vivantes en proposant aux clients de choisir celle qui terminerait dans leur assiette, je doute qu'ils boufferaient autant de hamburgers et de poissons frits ! On mange de la mort, et ça, il faut l'accepter. C'est pour la vie qu'il faut se battre, et une fois qu'on aura réglé ce problème, alors on pourra reparler des corridas !

Juan acquiesça et, bras dessus bras dessous, ils remontèrent en silence et d'un pas plus lent vers leur hôtel. Devant le fronton, Ignacio s'arrêta.

— Tu sais, Juanito, je suis heureux que tu sois venu à New York avec nous. J'aime qu'on parle tous les deux, ça me fait du bien, et puis tu vois, je ne t'avais pas menti quand je t'ai sorti de l'hacienda : tu en as vu, du monde ! Tu as mûri, mais il te manque encore le courage, les *cojones* pour penser à nous quitter. Il te faut d'autres projets que rester à Madrid avec le vieux torero et sa danseuse. Tu dois trouver une autre passion que la cuisine pour animer ta vie ou faire battre ton cœur, non ? Une femme, par exemple ?

Son visage se fendit d'un sourire malicieux, puis il prit Juan dans ses bras.

— Ne t'inquiète pas pour moi, Ignacio, je suis heureux avec vous. Un jour, je partirai, je le sais. Mais quand je serai prêt.

S'il savait... pensa Juan. Si Ignacio se doutait que c'est justement l'amour et la passion qui me paralysent et me laissent sans courage...

Mieux valait qu'Ignacio ne découvre jamais la vérité : il était l'obstacle qui séparait Juan de la femme de sa vie.

Madrid - Paris, hiver 1933

Après une tournée de conférences à Cuba, Federico rejoignit Madrid et ses amis en juillet. Ignacio, qui semblait tourner en rond depuis son retour de New York, l'accueillit avec enthousiasme. Le trio se lança avec frénésie dans des projets de spectacles. Federico serait au piano, Encarnación au chant et à la danse, et Ignacio chargé de l'écriture du livret. Étranger à ces projets, Juan s'affairait devant les fourneaux, concentré sur le seul domaine dans lequel il excellait. Il passait ses journées à faire le marché et à cuisiner des plats andalous, comme les *tortillas del Sacromonte* aux rognons et à la cervelle d'agneau, ou les œufs *a la flamenca*. Après les dîners, il quittait discrètement l'appartement et retrouvait, dans les bodegas du quartier, un groupe de garçons et de filles de son âge ; pour la plupart des employés catalans et andalous. À son retour d'Amérique, et pour éviter de nourrir les illusions de Carmen, Juan avait pris la décision de mettre de la distance entre eux. Il s'arrangeait pour être le moins possible seul avec elle dans une pièce et ne la présenta pas à ses nouveaux amis. D'une humeur de plus en plus sombre, Carmen déserta la cuisine, se chargeant seulement de remplir les verres et de vider les cendriers. Mais, toutes les nuits, au fond de son lit, elle pleurait.

Un matin, elle confia sa peine à Encarnación qui, encore enivrée des vapeurs et des chants de la veille, balaya son histoire d'amour d'une remarque cinglante.

— Allons, tu es trop jeune pour souffrir comme ça ! À ton âge, il est inconvenant de t'effondrer parce qu'un garçon t'ignore. Tu verras. Plus tard, quand tu danseras en public, il y aura tant de grands hommes à tes pieds que tu en oublieras Juan, puisqu'il est assez sot pour ne pas te voir aujourd'hui.

Pourtant, Carmen sentait bien qu'il n'y aurait jamais personne d'autre ; elle restait convaincue que Juan était l'homme de sa vie et qu'il lui ouvrirait un jour son cœur et ses bras.

Un soir, Federico convia tout le monde au salon pour lire des extraits de sa nouvelle pièce, *Que passent encore cinq ans*, l'histoire d'un homme dont la fiancée s'est amourachée d'un autre, et qui se tourne vers une dactylographe qui l'aimait en secret pour la demander en mariage. Mais celle-ci lui intime d'attendre cinq ans avant de l'épouser. Or, lorsque les cinq années sont écoulées, il perd l'as de cœur et sa vie au cours d'une partie de cartes. Un texte sur les regrets d'une enfance perdue, la nostalgie d'une jeunesse qui s'éloigne. Des phrases chargées de l'amour impossible pour une autre femme et un héros si emprisonné dans ses rêves qu'il souffre jusqu'à sa mort. Pour Federico, l'amour n'était jamais synonyme de plénitude, mais de malheur.

Avant de partir se coucher, la mine sombre, Ignacio confia à Juan que chaque mot de cette lecture, chaque phrase lui étaient allés droit au cœur et lui avaient fait mal, lui jetant au visage son manque de talent. Pour finir, il ajouta avoir la conviction d'être un imposteur parmi ces intellectuels.

De son côté, porté par la voix du poète et par ce qui le liait à lui par-dessus tout – l'obsession de l'amour impossible –, Juan n'avait pas quitté Encarnación des yeux. Dévoré par son irrépressible passion, il avait inversé les rôles de la pièce et était devenu cette femme de l'ombre, cette dactylo, faisant d'Encarnación le héros aveugle et sourd à l'amour qu'on lui portait. Comment cette femme si sensible pouvait-elle ne percevoir aucun signe de son attachement ? Pourquoi n'avait-elle pas encore compris qu'il était le seul à la connaître vraiment, à savoir de quoi elle avait besoin et à pouvoir la rendre heureuse ? Dans sa chambre ce soir-là, il avait fermé les yeux pour s'endormir dans les bras d'Encarnación, répétant à haute voix une réplique qui l'avait marqué : « Quand je pense à elle, je la dessine... »

Il l'avait imaginée lui appartenant à lui seul, enfin débarrassée des hommes qui l'entouraient. Secrètement, il avait commencé à souhaiter la mort d'Ignacio et de Federico, les seuls qu'elle ait jamais autorisés à l'aimer.

Dans le salon de l'appartement, chaque nuit s'étirait jusqu'à l'aube. Assis en tailleur sur le parquet, le trio d'artistes ébaucha, ratura, dessina l'un des rêves chers à la Génération de 27 : démocratiser et diffuser la culture en milieu populaire grâce à des ballets et des compagnies de théâtre itinérantes. Ils voulaient pour l'Espagne une création libérée de la norme, de la censure du régime et de l'Église, une création affranchie de l'idée que l'art est un divertissement réservé à une élite narcissique et désabusée.

Federico le résuma en une phrase :

— À mon sens, il serait absurde d'imaginer que l'art puisse être dissocié de la vie sociale, puisqu'il permet à des tempéraments sensibles d'interpréter des phases de la vie...

Ils rêvaient, pourtant depuis quelque temps l'espoir flottait aussi sur les rues de la capitale espagnole. Le 14 avril 1931, dans la liesse populaire, la IIe République fut proclamée à la suite de la victoire des républicains et des socialistes aux élections municipales.

Au cours des mois qui suivirent le départ en exil du roi Alfonso XIII, une gaieté folle et naïve se répandit dans toutes les strates de la société, de la bourgeoisie aux boîtes des cireurs, portée par les avancées et excès, parfois sanguinaires, inhérents à toutes les révolutions. Un vent de liberté farouche se mit à souffler sur un peuple assoiffé de justice après des années de censure et d'oppression. La réforme agraire mise en place par le nouveau pouvoir prévoyait l'expropriation des propriétaires terriens et la fin du latifundisme. À Barcelone, on proclama la création de la République Catalane, le gouvernement lança un programme d'alphabétisation, légalisa le mariage civil et le divorce, les femmes obtinrent le droit de vote et le nouveau président du Conseil, Manuel Azaña, porta le coup de grâce aux mœurs rétrogrades issues de la religion en déclarant : « L'Espagne a cessé d'être catholique. »

S'il avait toujours considéré qu'un poète n'était pas un politicien, qu'un artiste se devait d'être anarchiste pour n'entendre que les trois voix de la mort, de l'amour et de l'art, Federico comprit que la fin de la royauté signait la disparition de la censure. Il accueillit donc ces réformes avec l'enthousiasme d'un gamin ayant atteint la majorité.

Face à ces changements tous azimuts, du haut de ses vingt et un ans Juan perdit tous ses repères : toutes les valeurs que la société andalouse lui avait enseignées venaient de tomber en morceaux. Ébranlé par cette vague de joie violente qu'il ne maîtrisait pas et par la destruction d'un système auquel il s'était habitué, il se contenta de rester à sa place, à la lisière des choses, entre *sol y sombra*.

Il ne fut pas le seul à se maintenir à la périphérie de cette liesse. Alors même qu'il reprenait la plume et participait avec enthousiasme à cet élan de création émancipé, écrivant de magnifiques textes qu'il signait de son propre nom ou du pseudonyme Jiménez Chávarri choisi pour le livret de *Las Calles de Cádiz*, Ignacio semblait las. Un soir que Federico et Encarnación étaient sortis, il pénétra dans la cuisine et se confia à Juan.

— Chaque soirée passée avec eux me pousse contre mes propres *barreras*. Ce foisonnement, cette ébullition artistique me stimule et m'effraie tout à la fois. Entre ces petits génies, je ne peux pas m'empêcher de me sentir vieux, de douter de mon talent. Je plonge dans l'enfer : mon rêve devient alors une folie cauchemardesque. Mais il y a aussi des instants de grâce. Quand par exemple à tour de rôle ils se mettent au piano ou me déclament des vers. Là, leur énergie me tire vers la surface et je respire à nouveau. Tu sais, j'ai souvent dit qu'affronter les taureaux c'était dialoguer avec la mort, mais que c'était là le sens de ma vie. Eh bien ces moments sont de plus en plus rares, Juanito, et j'ai de moins en moins l'impression d'être à la hauteur...

Il consacra pourtant toute son énergie à fonder, avec Encarnación, Carmen et Federico, la Compagnie de ballets espagnols de La Argentinita, et l'accompagna dans ses tournées. Il finança aussi, avec Fernando de los Ríos, devenu ministre de la République, La Barraca, la troupe de théâtre universitaire créée par Federico. Elle s'élança sur les routes d'Espagne jusque dans les bourgades isolées à bord de camionnettes, proposant des spectacles du répertoire classique joués sur des estrades de fortune. Ignacio mettait dans ces projets tout son cœur et toute son énergie, mais cela ne suffisait pas : il s'ennuyait.

Quant à Encarnación, elle acquit une grâce nouvelle, d'une beauté ardente. De représentation en représentation, porté par le souffle de tout un peuple qui s'élevait, son corps tourné vers le ciel communiquait au public la transe des danses sacrées. Ses pieds frappaient le sol pour en faire jaillir des bouquets de roses aux épines acérées. Et, tel un ruisseau sauvage, sa voix rauque se suspendait au silence pour accompagner les femmes et les hommes vers leurs feux intérieurs.

Chaque soir, Juan recueillait une Encarnación épuisée mais heureuse d'avoir su tant donner. Il la raccompagnait à l'hôtel et refermait la porte de la chambre, laissant la danseuse allongée sur un lit trop grand tandis qu'Ignacio poursuivait la soirée dehors avec les convives, jusque tard dans la nuit.

Juan vit la lassitude s'immiscer sournoisement dans le couple et eut la douloureuse sensation de revivre ses derniers moments à l'hacienda. Encarnación devenait une nouvelle Lola, guettant à la fenêtre de l'hôtel le retour d'Ignacio pour découvrir un visage empreint d'un amour qui se mourait.

Il avait fallu du temps pour que Juan, l'employé et confident d'Andalousie délaissé depuis le retour de New York, recueille à nouveau le fruit des réflexions d'Ignacio. Non qu'il ait perdu sa confiance, mais les rares moments qu'ils avaient réussi à passer ensemble, puis la cadence infernale des tournées de son ami avaient empêché Juan de mesurer à quel point le torero avait changé depuis le départ de l'hacienda. Atteint du syndrome de l'imposteur, le maestro se laissait aller à tous les excès. Il s'adonnait à l'alcool à en perdre l'équilibre ; il déclamait des vers de Góngora dont il ne maîtrisait pas la subtilité. Partant en virée avec les amis de Federico, il ne rentrait plus qu'à l'aube, l'œil voilé et la voix rauque. En 1933, un constat frappa Juan : en quelques années Ignacio avait pris quinze kilos. À l'époque où il toréait, on le qualifiait déjà de « lourd et vigoureux ». Mais ses mains, son ventre et même son cou s'étaient épaissis sous l'effet de l'inactivité et de la richesse des plats qu'il dévorait.

Un soir d'hiver, alors qu'Ignacio devait rejoindre des amis à une soirée chez Jorge Guillén, où Federico avait prévu de faire une lecture de ses *Noces de sang*, il proposa à Juan de l'accompagner. La clarté du ciel démentait l'heure tardive et, après quelques pas dans le froid, le menton enfoui dans le col de son manteau, Ignacio se mit à parler.

— Tu te rappelles les rêves que je t'ai racontés, Juan ? Ce destin dont je te parlais dans la voiture lorsque je t'emmenais vers Madrid ? Eh bien, j'y suis !

Il fit un tour sur lui-même, désignant les fenêtres des immeubles allumées pour la nuit.

— M'y voilà, et je ne suis pas satisfait. Ni de ce que je fais ni de ce que je suis devenu. Je suis un pseudo-intellectuel bouffi, une caricature de ce que je voulais être. Et tu sais ce qui est le pire ? Depuis que j'ai renoncé aux arènes, mon plus rude combat est celui que je livre à cet homme maniéré qui se prend pour un écrivain et ne parvient pas à monter un escalier sans souffler comme un bœuf !

Un rire sarcastique emplit l'air frais de la rue. Juan, tête baissée, marchait dans le sillage d'Ignacio, en proie à des sentiments mêlés. Pris entre la joie d'un nouveau départ possible pour Ignacio et la tristesse qu'il éprouvait à voir son ami torero devenu un picador en surpoids, il tenta de le rassurer à grand renfort de mots dictés davantage par la raison que par la sincérité.

— Mais tu as l'amour, l'amitié, la reconnaissance… Que te faut-il de plus ?

— Je veux retrouver la jouissance du drame. Frôler le corps chaud du taureau. Me mouiller de son sang. Éprouver sa première course, quand il sort du toril, quand je l'observe de derrière le *burladero* et me demande s'il plantera ses cornes dans ma chair ou si je transpercerai la sienne de ma lame. Je veux sentir son souffle et entendre le bruit de sa charge. Sentir le vent me rapporter l'odeur de la harde perdue des taureaux, entendre les cloches des bœufs et les cris des hiboux dans les pâturages du Guadalquivir. Depuis que j'ai quitté les arènes, il me semble être le taureau après l'*apartado*. Tu sais, quand après avoir piétiné des heures dans son box dans l'attente du combat, il se voit remplacer par un autre au bout d'un tour de piste parce qu'il boite ! Ici, je meurs d'ennui. J'ai donc décidé de revenir à la corrida. Après toutes ces années, il faut penser aux choses sérieuses.

Il prononça la dernière phrase dans un souffle, fouillant les ombres furtives des ruelles sombres. Juan le fixa d'un regard dur avant de le dépasser. À aucun moment Ignacio n'avait prononcé le nom d'Encarnación. Paradoxalement, alors que Juan était lui-même épris de la jeune femme, cette omission de son rival suscita chez lui un sentiment d'injustice et de colère. Le maestro était un enfant gâté, un insatisfait de nature. Aucun amour, si pur soit-il, ne pourrait jamais le contenter.

Ils reprirent leur chemin sans un mot.

Juan ne sut jamais si la femme qu'Ignacio rencontra ce soir-là eut une réelle incidence sur la décision qu'il prit quelques jours plus tard. En revanche il fut certain d'une chose : avoir été témoin de cette affaire faisait de lui son complice, et il enrageait.

Marcelle était belle, intelligente, vive ; une Française blonde aux yeux clairs, une journaliste mariée, amie de Federico et férue de culture espagnole. Ignacio la fit danser jusqu'à l'aube à La Bombilla. Ils rirent beaucoup, se frôlèrent, s'enlacèrent sous l'œil inquiet de Federico et de Juan. Dès leur rencontre, dans le salon de Jorge Guillén, le poète et le cuisinier avaient compris : un drame allait se nouer et ils y seraient mêlés.

Ignacio et Marcelle eurent tout le loisir de devenir complices : Encarnación et Carmen dansaient en Amérique. L'ancien torero retrouva vite son sourire, sa joie de vivre et l'inspiration qui lui faisait défaut. Federico, lui, vécut cette passion foudroyante entre deux de ses amis chers comme un drame. Il redoutait le retour de la danseuse et sa réaction si elle apprenait que le cœur d'Ignacio était ailleurs.

— Quelle calamité ! Le problème avec notre ami, c'est

qu'il est sincère à chaque fois. Mais sa situation est plus grave désormais : Marcelle a un mari et des enfants, et lui, La Argentinita. Crois-moi, Encarnación serait capable de les tuer tous les deux...

Lorsqu'elle apprit le retour imminent d'Encarnación à Madrid, Marcelle décida sur un coup de tête de quitter Ignacio pour rejoindre son mari à Paris. Mais l'amoureux transi fit ses valises et partit dès le lendemain pour la France, avec dans son sillage un Juan défait.

Dans le train qui le menait vers la capitale française, Juan comprit que ce coup de foudre pour une femme inaccessible deviendrait le nouveau combat d'Ignacio. Pour la première fois de sa vie, on lui résistait et il était bien décidé à remporter la bataille, coûte que coûte. Juan se borna à espérer que cette folie lui ferait au moins oublier l'idée de rallier les arènes.

De Paris en hiver, le jeune homme ne releva que la tristesse des rues et le visage fermé des passants. Il déambula seul sur les quais, le nez au vent, attendant qu'Ignacio revienne à la raison. Au cours d'une de ces promenades, il entra se réchauffer dans un café-restaurant, Le Catalan, sis au 25 de la rue des Grands-Augustins et tenu par Maurice Desailly, un homme aux épaules larges et au regard franc épris de culture espagnole. Après avoir bu un café et discuté avec lui pendant plus d'une heure des bouleversements de son pays, Juan partit rejoindre Ignacio, le numéro de téléphone du Catalan dans la poche. Maurice le lui avait donné au cas où il reviendrait un jour à Paris.

Ignacio était survolté.

— Je l'ai vue, Juan, et j'ai même affronté son mari ! Un écrivain bellâtre qui ne m'arrive pas à la cheville ! La guerre est déclarée et elle se déroulera sur mon terrain ! J'ai vu dans les yeux de Marcelle qu'elle m'aimait comme on ne m'a jamais aimé ; elle m'a promis de me rejoindre en Espagne. Il est donc grand temps de quitter cette ville de petits snobs mal fagotés. Allez, on fait les valises et on rentre à Madrid ! Et là je montrerai à tous ceux qui l'ignorent de quoi je suis capable !

Encarnación l'attendait à l'appartement. Elle l'accueillit avec chaleur et passa les jours suivants à lui raconter sa tournée, sans se douter que l'étincelle qui luisait dans les yeux d'Ignacio était née d'un autre feu. Juan et Federico gardèrent le secret, dans l'expectative du retour redouté de Marcelle en Espagne.

Mais le véritable drame fut tout autre. Un soir d'été, Ignacio se leva de table et fit l'annonce solennelle que Juan redoutait tant :

— Chers amis, j'ai pris une grande décision : je vais recommencer à toréer, et personne ne pourra m'en empêcher. Je veux revenir dans l'arène à la *temporada* prochaine et être meilleur que jamais !

Le silence qui suivit fut strié du cri d'Encarnación, puis du fracas de son verre sur le parquet.

Paris, avril 2000

Rue des Grands-Augustins, Robert se tenait devant un établissement qui semblait fermé depuis fort longtemps et dont le nom, Le Catalan, était encore lisible sur le bois foncé de la façade. C'était la première fois qu'il venait chez Juan. Il savait que son ami vivait au-dessus de ce restaurant désaffecté mais, en dix ans d'amitié, il n'avait jamais été invité chez lui. Il toqua à la porte vitrée jusqu'à ce que Juan apparaisse sur le seuil, le salue chaleureusement et lui demande de monter au premier étage. Robert aperçut en passant la salle du rez-de-chaussée, qui sentait le propre. Une odeur de détergent citronné flottait dans l'air, et un escabeau duquel pendait un chiffon gris était placé près des vitres de la façade. Le bois des tables semblait fraîchement ciré. Au premier, une latte du parquet craqua sous le poids de Robert avec un bruit inquiétant. Sur le palier, devant le salon, se trouvaient des fauteuils au velours élimé, et sur une table en bois sombre de fruitier s'empilaient journaux, livres, bougies fondues et bibelots de toutes sortes. Aux fenêtres, les rideaux se décoloraient. Tout, ici, paraissait dans son jus, en décalage total avec la modernité du XXIe siècle qui se profilait au-dehors.

Quelques minutes plus tard, assis autour de la table en formica beige de la cuisine, les deux amis attendaient en silence que le café remonte dans la partie haute de la Bialetti. Sur la gazinière, les flammes bleues léchaient l'aluminium noirci. Juan avait posé ses mains à plat près des tasses vides, et ses ongles rongés firent sourire Robert, toujours à l'affût des vestiges de la jeunesse. Une fois les cafés servis, et alors que Robert soufflait sur le liquide brûlant, Juan fixa son ami avec attention. C'était un petit vieillard maigre et sec, à la bouche rieuse et ridée. Il avait toujours le menton levé, sans doute pour compenser sa petite taille, et ses yeux pétillants de malice, enfoncés comme des noyaux dans son visage, semblaient capables de percer à jour les secrets les plus intimes. Arrivé de Pologne avant la guerre, Robert avait été hébergé par une famille en Auvergne, et s'était amouraché de la fille aînée, Suzanne, qui dans les années 1970 avait hérité du Bistro des Augustins. Depuis, il s'était glissé avec aisance dans la peau d'un véritable Parisien et s'était réinventé bouquiniste.

En tambourinant sur les fenêtres, la pluie vint briser le silence. L'orage qui menaçait la capitale depuis le matin venait d'éclater.

— Dis-moi, demanda Robert à brûle-pourpoint, c'est le livre que je t'ai offert qui t'a mis dans cet état jeudi dernier ?

— C'est une longue histoire, répondit Juan avec un soupir. Mais oui, ça m'a fait un coup de découvrir ce livre après tant d'années. Tu voulais me faire plaisir, et tu ne pouvais pas savoir que ça rouvrirait des plaies. Moi-même, je n'aurais pas pu soupçonner que ça me ferait un tel effet...

Ses mains se mirent à frotter vigoureusement le fer-blanc de sa chaise de cuisine et son torse se lança dans un faible mouvement de balancier. La nostalgie l'envahissait, mais son corps nerveux se refusait à l'accepter. Il semblait en proie à un violent combat intérieur.

— Je suis désolé... murmura Robert en posant délicatement sa main sur celle de Juan.

— Ce n'est pas ta faute, dit ce dernier avec un sourire. Je t'ai tellement parlé des livres que j'aimais que tu les as recherchés comme un vrai bouquiniste. Et honnêtement c'est un très beau cadeau.

— Tu sais, je me suis permis de lire *L'Amertume du triomphe*, mais je n'ai rien trouvé sur l'auteur, si ce n'est ce texte magnifique de Federico García Lorca, *Chant funèbre pour Ignacio Sánchez Mejías*. Tout le monde a entendu parler de ce poète et de sa mort tragique, mais peu l'ont lu, et j'avoue honteusement que c'est ce poème qui me l'a fait découvrir. Tu l'as bien connu, cet homme, ce torero, Ignacio Sánchez Mejías ?

Juan se gratta la nuque, puis se leva lentement et, circonspect, se dirigea vers la salle à manger, laissant Robert se mordre nerveusement les lèvres, embarrassé par son manque de tact.

Juan revint quelques minutes plus tard, muni d'une sorte de béret noir.

— C'est sa *montera*. Il la portait le jour de sa mort... dit-il en déposant sur la table la toque en astrakan frisé.

La pluie s'était arrêtée, et Robert fixait avec un mélange de fascination et de répulsion le chapeau du mort.

Juan, lui, semblait ailleurs. Le regard dans le vague, il s'était rassis devant sa tasse de café, qu'il n'avait plus touchée.

Robert hésita à rompre le silence et, tenté de caresser la fourrure bouclée, il tendit la main vers la *montera* avant de se ressaisir, comme électrocuté.

— Comment as-tu pu être ami avec un torero ? demanda-t-il à voix basse.

Mais sa question n'était pas opportune, et Juan se contenta de fixer la *montera*, puis d'avancer la main vers elle pour la caresser.

— Comme je le lui ai dit un jour, j'étais ami avec l'homme, pas avec le torero.

Quelque chose dans la voix de Juan dissuada Robert de poursuivre sur le sujet. Juan croisa les bras. Quelques gouttes de sueur perlaient sur son front. Il les essuya prestement, puis posa les mains sur sa bouche comme pour éteindre le feu de paroles enfouies.

— On parlait plutôt littérature, non ?

— Tout à fait ! On parlait d'un torero écrivain, et j'étais curieux de savoir de qui il s'agissait et pourquoi Federico García Lorca avait écrit un si beau poème à son sujet.

— Figure-toi que Lorca n'a pas été le seul à lui rendre hommage. Rafael Alberti a écrit lui aussi un très beau texte pour Ignacio : *Te voir et ne pas te voir*. Un jour, je te le ferai lire, et peut-être que j'arriverai même à te faire respirer l'air de ces années en Espagne. Parce que, Ignacio, on l'a tous aimé et pleuré... D'ailleurs, tiens ! dit Juan en tendant à Robert le livre qu'il était allé chercher avec la *montera*. C'est le *Romancero gitan* de Lorca. La dernière fois, quand on s'est vus sur les quais, tu me disais que tu voulais que je te raconte mon Espagne. Eh bien ces poèmes en disent beaucoup plus sur l'âme andalouse que tout ce que je pourrais te raconter. Et puis à la fin il y a le *Chant funèbre pour Ignacio*...

Robert lut la quatrième de couverture, puis reposa le livre.

— Tu étais avec lui quand il est mort ?

— Je n'étais pas loin...

Madrid, été 1934

Tous les amis d'Ignacio tentèrent de le dissuader de reprendre le chemin des arènes, mais personne ne parvint à le faire changer d'avis. Rien n'y fit : ni les pleurs d'Encarnación le soir au coucher, ni la réalité du danger, ni même les implorations de Federico. Tout de même, affronter des taureaux à quarante-trois ans, dans une condition physique déplorable...! Pour le poète, Ignacio venait d'annoncer sa propre mort – c'est en ces termes qu'il en parla à cette époque à l'un de ses amis.

Seul Juan resta muet. Il accepta cette décision comme un signe du destin, une suite logique à ses excès. Il n'intervint pas et laissa faire, avec le fatalisme du gitan qui remet sa vie et sa mort entre les paumes ridées d'une cartomancienne de roulotte.

Ignacio se soumit pendant près d'une année à un régime draconien et à un entraînement physique quotidien. Son corps se redessina peu à peu, mais il souffrit de crises de sciatique qui le clouèrent régulièrement au lit et affolèrent son entourage. Il retourna à Séville mais ne put s'exercer chez lui puisqu'il avait fait remplacer la placita de Pino Montano par un champ de maïs, de peur que son fils José Ignacio n'ait des velléités de devenir torero comme son oncle et son père - ce qu'il fit pourtant. Profitant des absences d'Encarnación qui dansait avec Carmen dans un ballet de Manuel de Falla et enregistrait un disque de chansons populaires espagnoles avec Federico, Ignacio continua de voir Marcelle en secret, faisant de leur amour sa fontaine de jouvence.

Ignorant la liaison de son amant, Encarnación revenait sans cesse à la charge, démunie mais persuadée qu'il restait un espoir, si mince soit-il, de le faire changer d'avis.

— Mais qu'est-ce que je pourrais faire pour l'empêcher de toréer? demanda-t-elle un soir. J'ai l'impression de ne plus servir à rien depuis qu'il s'est mis ce projet en tête! Comme si je ne lui suffisais plus... Pourtant, je l'aime de tout mon cœur! Juanito, toi qui le connais si bien, comment je pourrais le ramener à la raison?

— Il n'y a rien à faire, Encarnación. Laisse-le aller au bout. Tu ne veux pas d'un homme frustré, d'un homme aigri qui t'en voudrait s'il renonçait pour toi? Tu sais, Ignacio, je l'ai connu torero. Sous ses costumes sombres et ses airs d'écrivain, il a toujours gardé son habit de lumière. Il fera la saison, il sera acclamé, et ça lui suffira. Crois-moi.

De discussions en pleurs étouffés, Juan devint un roc pour Encarnación, une sorte d'ange gardien, une épaule pour pleurer. Si Juan se réjouissait de cet abandon, Carmen, elle, les observait les yeux emplis d'une colère froide.

La rumeur du retour d'Ignacio aux arènes se répandit vite dans le monde taurin, et l'appartement fut soudain envahi d'hommes aux doigts chargés de chevalières, d'agents et d'impresarios avides de se rallier le torero. Pour sa future cuadrilla, Ignacio fit aussi venir des jeunes parés de foulards voyants. Plus ou moins expérimentés, tous avaient les cheveux gominés. Venus de Grenade, de Séville et de Cadix, ils défilèrent pour la sélection jusqu'à ce que, en juillet 1934, tout soit prêt.

Et, le 12, Juan partit en tournée avec Ignacio.

Le 15 juillet à Cadix, Ignacio fut si brillant qu'il donna l'impression de ne jamais avoir délaissé la tauromachie. À Saint-Sébastien, il retrouva son style si particulier, un engagement total au mépris du danger, et sortit triomphant de la corrida. Le 5 août à Santander, Marcelle, qui assistait aux cours de l'Université internationale, était assise dans la foule parmi les amis d'Ignacio. Seul Federico, qui pourtant était en ville, ne vint pas le voir affronter les taureaux dans son costume bleu et or. De son côté, Juan ne suivit aucune corrida ; il resta à l'infirmerie ou à l'hôtel afin de préparer les repas du maestro. Chaque jour il prenait le temps d'appeler Encarnación à Madrid, la rassurant et lui relatant les succès d'Ignacio.

Le soir du 5 août, alors qu'il allait se coucher, Juan surprit une conversation téléphonique entre Ignacio et Marcelle.

— Il me reste trois contrats : demain à La Corogne, le 10 à Huéscar et le 12 à Pontevedra. Après, ma petite Parisienne, j'arrête définitivement et je suis tout à toi. Je veux te voir toute ma vie.

La gorge nouée, Juan regagna sa chambre à pas de loup.

Le 10 au soir, après la corrida de Huéscar, Juan et Ignacio s'engouffrèrent dans une berline en direction de Madrid, le torero ayant décidé d'envoyer sa cuadrilla à Pontevedra et de faire une halte dans la capitale, où l'attendait Encarnación. Pour sa dernière corrida, il devait toréer avec Juan Belmonte, un contemporain de Joselito, et Domingo Ortega, l'étoile montante de la tauromachie. Ignacio n'aurait pu rêver meilleur cartel pour la fin de sa carrière.

— Juanito, lui dit-il au bout de quelques kilomètres. J'ai beaucoup d'affection pour toi, tu le sais. Je te considère comme un fils, un ami cher. Depuis des années, je tiens à ce que tu sois près de moi parce que tu es le seul en qui j'aie une confiance totale. Tu as eu largement l'occasion de voir toute cette foire et cette pacotille qui gravitent autour des arènes, tous ces rémoras qui se collent aux toreros. Aujourd'hui, je suis leur héros; demain, ils me feront payer mon mépris et mes années d'« intello ». Alors j'arrête après la prochaine corrida, pour me consacrer à ce qui me donne le plus d'émotion : l'amour.

Ignacio laissa ce dernier mot flotter dans l'air de l'habitacle avant de reprendre.

— Si je rentre à Madrid ce soir, c'est pour annoncer à Encarnación que je la quitte. Notre histoire est terminée depuis un moment, tu t'en es aperçu. La flamme s'est éteinte, et nous ne sommes plus que de bons amis. Pourtant, je crois qu'elle ne se doute de rien, et je compte sur toi pour prendre soin d'elle après mon départ, aussi longtemps qu'elle en aura besoin. Je te dédommagerai, ne t'inquiète pas. Mais tu ne viendras pas avec moi à Pontevedra : demain, tu seras à Madrid, et tu sauras trouver les mots qui vont me manquer tout à l'heure. Elle a confiance en toi, Juanito, et moi je ne mérite plus ni son amour ni son respect. Tu dois la protéger des autres, mais surtout d'elle-même.

Juan n'eut pas le temps de réagir. Au passage à niveau, la voiture fut arrêtée par le gardien, qui remit un télégramme à Ignacio.

— C'est pour vous, maestro, fit l'homme avec déférence. On m'a prévenu que vous prendriez cette route.

Surpris, Ignacio déplia le papier.

— On ne va plus à Madrid mais à Manzanares ! annonça-t-il à Juan entre abattement et excitation. Domingo Ortega est blessé et me demande de le remplacer demain. Prépare-toi à passer une nuit blanche sur la route.

Juan accueillit ce changement de programme avec soulagement tant il redoutait la douleur qu'infligerait à Encarnación l'annonce de la rupture. Cette nuit-là, pour la première fois depuis leur rencontre, en le dévisageant, il ressentit une haine profonde pour l'égoïsme d'Ignacio.

Le lendemain, alors que la cuadrilla de Domingo Ortega avait refusé de toréer avec lui, Ignacio avait gardé pour lui son *miedo*, le stress du torero. À 5 heures de l'après-midi, entre ses *peones* de fortune, il fut encorné à la cuisse droite par le petit taureau Granadino tandis qu'il exécutait une passe à l'*estribo*.

Autour des arènes, la foule compacte attendit avec anxiété des nouvelles du maestro abîmé. Des journalistes, des aristocrates, des jeunes filles à la mantille noire se mêlaient au peuple d'aficionados pour prier. Les deux autres toreros, quelques agents et l'éleveur de Granadino réussirent, eux, à se frayer un chemin vers l'infirmerie, sans avoir le droit d'entrer. Assis près d'Ignacio sur un lit en fer-blanc, Juan regardait avec désarroi la table de soins – coton, flacon d'iode, jarre d'eau –, puis la tache de sang rouge vif qui noircissait l'habit du maestro de l'aine au genou.

— S'il m'arrive malheur, lui dit ce dernier en lui serrant la main avant de perdre connaissance, promets-moi de prendre soin d'Encarnación. De rester auprès d'elle, Juanito...

— Qu'est-ce qu'on fait ? demanda alors le médecin. On tente une opération ici ou on prend le risque de le rapatrier à Madrid ?

Quelques heures plus tard, en pleine nuit, assis à l'arrière de l'ambulance qui ramenait Ignacio à Madrid, Juan pria pour qu'Encarnación ne sache jamais que le matador était sur le point de la quitter.

Et, le 13 août 1934, à 10 heures du matin, auprès de ses deux enfants et de Lola, sa femme légitime, le torero fut emporté par la gangrène sans avoir pu revoir sa danseuse.

— Que de veuves tu laisses derrière toi…

Federico apprit l'accident d'Ignacio alors qu'il donnait une conférence à l'université de Santander. Il se rendit au *sanatório del doctor* Presco avec José Bergamín, mais quitta la ville aussitôt : malgré tout l'amour qu'il portait à son ami, il ne put se résoudre à le voir mourant. Il préféra rester au côté de Marcelle, qui avait fait le voyage avec lui.

Frappé par une peine incommensurable, les jours qui suivirent le décès du maestro il n'eut plus goût à rien. Il se mit à découper fébrilement des articles, à rassembler des affiches et des photos d'Ignacio dans un cahier. On le vit à la terrasse des cafés avec une paire de ciseaux, un pot de colle et une montagne de papiers. Ce cahier fut son cadeau à Marcelle, la seule veuve n'ayant pas eu la chance de partager la vie du torero.

Il se mit bien plus tard à la rédaction de son *Chant funèbre pour Ignacio Sánchez Mejías*, au moment, peut-être, où les traits de son ami commençaient à se brouiller dans sa mémoire.

À Madrid, Juan, lui, ne comprit pas d'où lui venait cette sensation d'être à nouveau orphelin. S'il avait souhaité à plusieurs reprises qu'Ignacio disparaisse de la vie d'Encarnación, il fut submergé par une détresse insoupçonnée face à la perte réelle de son ami. C'est lui qui avait appris la mort de son grand amour à Encarnación, après qu'elle eut appelé maintes fois l'hôpital sans succès. N'étant ni la femme ni un membre de la famille d'Ignacio, elle n'avait eu droit à aucune nouvelle sur son état de santé. Chancelante, encore vêtue de sa chemise de nuit, ses doigts vidés de leur sang à force de serrer le combiné, elle avait entendu Juan prononcer la phrase qu'elle avait tant redoutée :

— Il est mort à 10 heures. Je suis désolé...

Les sanglots avaient englouti tous les autres mots qu'il aurait aimé dire, et il avait raccroché, tel un coupable. Ce jour-là, il n'avait pas eu le courage de se rendre à l'appartement ; il avait veillé le corps inanimé de son ami.

Le 15 août 1934, à 11 heures du matin, lorsque les portes du *sanatório* s'ouvrirent pour laisser sortir le corps d'Ignacio couvert d'un drap blanc, la foule se pressa pour le voir. Au milieu des gens en pleurs, Juan crut voir les deux sœurs serrées l'une contre l'autre ; deux silhouettes noires découpées sur un mur blanc. Quand il put enfin les rejoindre, elles avaient déjà disparu, laissant flotter dans l'air le parfum d'une insouciance sacrifiée.

À Atocha, la gare de Madrid, Juan monta avec la dépouille d'Ignacio dans un train vers Séville. À Manzanares, on s'arrêta pour qu'une gerbe de fleurs soit remise à Lola et ses enfants, puis le convoi reprit sa route en direction de la capitale andalouse, où une foule encore plus compacte attendait son fils. Une procession suivit le cercueil, tiré par quatre chevaux noirs, de la plaza de Armas au Rincón de los toreros, le carré réservé aux maestros près de l'entrée du cimetière de San Fernando.

Ignacio fut enterré au pied du mausolée de son parrain, Joselito, repérable à son imposante sculpture de Mariano Benlliure. Elle représentait le corps d'El Gallo porté par Ignacio, Rafael « El Gallo », le frère de Joselito, Eduardo Miura, ainsi que par une petite gitane serrant contre sa poitrine la statue de la Macarena et accompagnée de quelques anonymes. Celui qui n'avait eu de cesse de lutter contre un sentiment constant d'incomplétude rejoignit là sa dernière demeure, son passé et cette paix qu'il avait combattue toute sa vie.

Juan resta trois jours et trois nuits à l'hacienda auprès de Lola et des enfants. Sa mère María avait pris en main l'intendance de la maison de sa cousine et l'organisation des veillées funèbres. Malgré les circonstances, Juan fut heureux de la retrouver après de si longues années. Il se sentit redevenir l'enfant andalou qui avait enfoui ses larmes dans les jupes noires des gitanes.

Chaque soir, les membres de la famille, venus de contrées très éloignées pour certains, se réunirent dans le patio pour parler et pleurer à la lueur tremblante des bougies, sans la moindre musique et sans jamais prononcer le prénom d'Ignacio, qui n'aurait plus le droit d'être évoqué avant un an, selon le traitement que les gitans réservent à ceux qui ne font plus partie de ce monde.

Juan observa de loin ces rituels auxquels il avait maintes fois participé. Il revoyait les roulottes incendiées, les vêtements jetés au feu et les quelques babioles sauvées pour être remises aux proches des défunts. Chez les gitans, l'héritage n'existe pas, porter les affaires d'un mort attire le malheur. Pour la première fois de sa vie, Juan se sentit détaché des croyances de sa communauté. Lui, il voulait garder Ignacio dans son cœur. Et pour cela il lui fallait des souvenirs : un chapeau, une écharpe ; il désirait même porter ces gants de cuir élimé que le torero avait tant aimé poser sur le volant de ses chères voitures. Juan souffrait à l'idée de devoir l'oublier.

Le dernier soir, alors qu'il préparait ses valises pour repartir à Madrid, sa mère vint chercher Juan dans sa chambre.

— Mon fils, Lola et moi avons des choses à te dire. Viens.

Il la suivit dans le couloir et, dans le vaste hall d'entrée, en passant devant la porte close du bureau d'Ignacio, il tendit l'oreille avec le fol espoir d'entendre à nouveau des notes de musique. Puis, résigné, il monta l'escalier, tête baissée.

Lola les attendait dans un petit salon austère et faiblement éclairé, installée dans un fauteuil canné, tout de noir vêtue. Ses yeux secs retiraient à son regard toute trace de douceur. Elle invita Juan à prendre place face à elle, sur un haut canapé droit, et María s'assit sur une chaise de paille, en retrait. Il était cerné.

— Juanito, tu es un bon fils et tu aimais mon mari. Tu lui as prouvé ta fidélité et ton amitié tout au long de ces années, et je te suis infiniment reconnaissante de l'avoir accompagné jusqu'au bout de sa trop courte vie. Avant de partir, il t'a légué sa *montera* et une belle somme d'argent afin que tu continues sans lui et que tu puisses ouvrir ton propre restaurant auprès de ta mère, à Grenade. Comme tous les gitans, tu es un fils du vent, mais il est temps que tu reviennes à ta terre.

Lola adressa un regard à María, qui émit un humble remerciement.

— Il ne faut pas que tu retournes à Madrid, tu n'as rien à faire dans cette ville de débauchés. Ta famille est ici, en Andalousie. Si elle existe encore malgré les tragédies, c'est qu'aucun d'entre nous n'a jamais pensé que naître Ortega était suffisant. Non, on ne naît pas Ortega, on doit le devenir. Alors, par respect pour tes racines et tes aïeuls, honore la volonté de mon défunt époux et de ta mère de t'avoir auprès d'elle. Ton frère étant parti pour l'Amérique, tu es le seul homme qu'il lui reste. Rentre et prends soin d'elle.

Juan n'en crut pas ses oreilles, ces femmes n'avaient aucune idée des dernières volontés d'Ignacio et de ce qu'il lui avait demandé à l'arrière de la voiture qui les menait vers Manzanares et sa mort prochaine.

— Mère, tu es ce que j'ai de plus cher au monde, fit-il avec émotion. Pendant des années, je n'ai agi qu'après t'avoir demandé conseil. Grâce à toi, je suis resté fidèle aux valeurs de nos ancêtres, en essayant d'être aussi droit et juste que toi. Mais je ne peux pas accepter ce que vous dites de mes amis, Lola et toi. Vous jugez les gens sans les connaître. Ma vie à Madrid est celle d'un cuisinier, d'un travailleur, et non d'un noceur ou d'un débauché. C'est par fidélité pour Ignacio que j'y retourne : je l'aimais et je veux continuer sur le chemin qu'il a tracé pour moi. Quoi que vous disiez, sachez que je ne prends pas cette décision contre vous ni contre la famille. Pour la première fois de ma vie, je le fais pour moi seul.

Puis il se leva et quitta le salon. Sur le seuil de l'hacienda, alors qu'une voiture l'attendait pour l'emmener à la gare, Juan soutint le regard empli de peur et de colère de sa mère.

— C'est une sorcière que tu vas rejoindre, lui dit-elle d'une voix tremblante. Elle a porté malheur à son fiancé Joselito puis à son filleul, le mari de Lola. Sais-tu que Joselito est mort lui aussi d'avoir remplacé un torero ? Qui sera le prochain ? Toi ? Si tel est le cas, je ne te pleurerai pas, mon fils, car tu auras manqué de respect à ta famille pour l'amour d'une femme indigne.

Juan fixa sa mère d'un regard noir.

— Comment peux-tu médire ainsi d'une personne que tu n'as jamais rencontrée ? Encarnación est une femme honorable, courageuse, tout le contraire d'une sorcière ! Cette croyance naïve en une malédiction t'aveugle. J'espère que le jour où nous nous retrouverons, vous ne verrez en moi ni un traître ni un ingrat, mais un homme qui respecte la promesse faite à un ami : protéger la femme qu'il aimait.

Ce fut là leur dernier échange. Ils ne s'embrassèrent pas et Juan reprit le chemin de Madrid, la *montera* tachée du sang d'Ignacio dans les mains, et une enveloppe gonflée de billets au fond de sa valise. Ce souvenir du torero, il se promit de ne jamais y toucher.

Le front collé à la vitre, il ferma les yeux et, le cœur lourd, laissa le train le mener vers la capitale. Il venait de quitter cette mère qu'il aimait, pour laquelle il s'était toujours tenu droit, qu'il avait toujours tenté de satisfaire. Il venait de se couper de sa famille pour se lier à une femme qui, inconsciemment, avait déjà pris dans son cœur la place de sa mère.

DEUXIÈME PARTIE

FEDERICO

Madrid, novembre 1934 - février 1935

Les mois qui suivirent la mort du torero, Juan reprit son poste de cuisinier. Avec ses plats, il nourrissait l'espoir de redonner à Encarnación le goût de la vie. Mais malgré tous ses efforts elle refusait de s'alimenter. Devenu aussi invisible que sa nourriture, Juan fut incapable de la consoler et se mit à douter de l'utilité de sa présence en ce lieu : Encarnación n'avait pas besoin de lui puisqu'elle ne mangeait presque plus. Pourtant, Juan sentit peu à peu que son rôle devait dépasser la cuisine. S'il partait, elle se laisserait aller, la présence du jeune gitan pouvant seule lui rappeler celui qu'elle avait aimé et perdu. Et si, parfois, elle se rapprochait de lui, autorisant sa main à traîner sur son bras lorsqu'elle le croisait dans le couloir, elle finissait toujours par la retirer brutalement, comme si ce geste d'une douceur anodine avait revêtu la forme des pires desseins.

Carmen, elle, l'ignorait tout à fait. Évitant de croiser son regard, elle venait se servir en cuisine sans un mot, puis repartait s'asseoir à la table de la salle à manger. Une atmosphère lourde régnait donc dans l'appartement, et l'attitude des deux sœurs semblait propre à lui faire comprendre qu'il n'était guère plus qu'un employé. Seul devant ses fourneaux,

Juan ruminait, se demandant ce qu'il valait vraiment aux yeux d'Encarnación. Il finit par prendre la décision de quitter Madrid puisqu'on n'y voulait pas de lui et il allait le dire à Encarnación quand elle le devança : elle partait avec Carmen pour une tournée de flamenco dans toute l'Espagne.

— Merci, Juanito, lui dit-elle alors en le prenant dans ses bras. Merci d'être resté avec nous. Je ne sais pas comment j'aurais fait sans toi. Ignacio t'aimait tellement que t'avoir là, près de moi, ç'a été comme l'avoir un peu plus longtemps...

Et l'amour de Juan, tel un feu mal éteint, s'embrasa à nouveau.

Elles partirent donc, laissant Juan désorienté mais rassuré se rapprocher de Federico, qui avait élu résidence à l'appartement. L'affection commune qu'ils avaient eue pour Ignacio scella leur amitié, et ils passèrent leurs soirées à raviver les souvenirs de leur ami en mélangeant le rire aux larmes.

C'est par une nuit d'octobre, alors que Juan paraissait inconsolable, que Federico trouva les mots qui le menèrent sûrement au *Chant funèbre pour Ignacio*.

— L'Espagne est le seul pays à faire de la mort un spectacle national, le seul pays à faire résonner de longs clairons à l'orée du printemps. Partout ailleurs, la mort signe une fin : lorsqu'elle arrive, on tire les rideaux. Pas en Espagne.

À l'instar de Juan, Federico n'était pas un amateur de corrida. Il pleurait lui aussi la perte de l'homme et non celle du torero.

Le 4 novembre, invité à une soirée chez son ami Carlos Morla, conseiller à l'ambassade du Chili, le poète lut pour la première fois en privé, devant Juan et Encarnación de passage à Madrid, son *Chant funèbre pour Ignacio*, une ode faite de larmes qu'il dédicaça à La Argentinita.

Dès les premiers vers, « À cinq heures de l'après-midi », et jusqu'aux tout derniers, « Je chante son élégance en des mots qui gémissent / Et me rappelle une brise triste dans les oliviers », la petite assemblée retint son souffle mais pas ses larmes. Elles ruisselèrent sur toutes les joues. Dans cette ode au torero, il n'y avait ni politique ni dimension religieuse : Federico comptait simplement transmettre au monde sa douleur profonde d'avoir perdu un ami. Dès la première lecture, il fit d'Ignacio un mythe.

Les jours et les mois se succédèrent, couverts de ce fin voile de deuil. Si l'appartement restait désert, Encarnación semblait recouvrer un peu de légèreté lors de ses retours à Madrid avec sa jeune sœur entre deux spectacles. Carmen avait changé elle aussi et redevenait aimable à l'égard de Juan. Elle paraissait plus sûre d'elle, plus détachée, ce qui aux yeux de tous excepté Juan la rendit tout à coup très séduisante. Le jeune homme ignorait que, sur les conseils d'Encarnación, Carmen avait tout manigancé : ayant feint l'indifférence avant son départ afin de susciter l'intérêt et la crainte, elle mimait la femme fatale à son retour. Un stratagème qui, selon sa sœur et sa grande expérience des hommes, aurait dû faire tomber Juan dans les filets de Carmen. Mais le jeune homme, toujours aussi épris d'Encarnación et naïvement rassuré par la joie revenue dans l'appartement, se contenta de se remettre en cuisine en attendant que l'ombre d'Ignacio se dissipe enfin et que tout redevienne comme avant. À aucun moment, il ne décela la déception puis l'aigreur qui finirent par glacer le regard de Carmen.

Quant à Federico, il perdit sa joie contagieuse et devint taciturne, ne sortant plus qu'à de rares occasions, pour la venue de Pablo Neruda à l'université de Madrid par exemple, puisqu'il devait y prononcer une courte allocution. Mais dans l'ensemble il était triste, profondément triste et déçu aussi, comme un lendemain de fête, et d'autant plus triste qu'une violence sourde grondait dans les rues espagnoles. La République se divisait, les courants politiques s'affrontaient, et l'opposition semblait reprendre des forces. Il décida donc de voyager pour échapper à cette atmosphère étouffante. Il se rendit à Paris, à New York, et rentra souvent à Grenade afin de retrouver sa mère doña Vicenta, sa sœur Concha et son père don Federico, ainsi que les souvenirs d'une jeunesse insouciante à la huerta de San Vicente, la résidence d'été familiale. Au sein d'un riche village de la plaine grenadine et à trente minutes à pied seulement du centre de Grenade, Federico se ressourça dans le bourdonnement des abeilles sur le jasmin, le macassar et les géraniums. Du balcon, il regardait les reliefs de la sierra Nevada, l'Alhambra et le Generalife échapper à la brume légère. Dans les allées, il frôlait de la main les buissons de lavande avant de retourner écrire dans sa chambre, sur son bureau de noyer verni, et, lorsque l'inspiration lui faisait défaut, il humait l'odeur des fleurs restée sur sa paume.

Certains soirs, il ouvrait les fenêtres donnant sur la terrasse et, accompagné du chant des cigales et des hululements d'une chouette perchée dans l'immense noyer, il laissait courir ses doigts sur les touches du piano à queue du salon. Cet instrument qui lui était si cher faisait remonter de doux souvenirs. Sur sa table de travail gisaient les croquis de décors qu'il avait créés pour ses pièces de théâtre, des dessins maladroits en regard de ceux de Dalí ou d'Alberti disposés juste à côté. Il aurait aimé revenir en arrière, être à nouveau cet enfant couché sous la *colcha* blanche conçue au crochet par sa mère et qui attendait, les paupières closes, la venue des rêves loin des dangers du dehors. Dormir et oublier les voisins.

Car, si Federico aimait son Andalousie, il avait toujours craint cette bourgeoisie grenadine pétrie de traditions et de paraître. Il en était conscient : elle le jugeait au long des rues chaudes et asphyxiantes. Femmes et hommes, familles : leur idéologie était celle d'une société en déclin prompte à opprimer les individus, à mépriser le peuple, à répandre le fiel des commérages et des rumeurs pour tuer dans l'œuf les instincts « contre nature ».

— *¿Qué dirán ?*

Oui, que penseraient tous ces voisins si Federico cessait de réprimer ses désirs et pulsions pour affirmer au grand jour sa sexualité ? Eux qui, à travers tout ce qu'ils racontaient et les horreurs qu'ils colportaient, forgeaient l'opinion publique de ces villages soumis au joug de l'Église et à la peur du jugement d'autrui. « Pour faire avancer les choses, avait-il dit à ses amis, il faudrait que j'affiche mon homosexualité. Ce ne serait qu'une soumission provisoire, puisque bientôt nous serons tous libres. »

Mais, enfermé et protégé à la fois par les murs en pierre de sa maison grenadine, et soucieux d'épargner le scandale à sa famille, il continuait à douter de pouvoir un jour vivre ses amours au vu et au su de tous.

Allongé sur son lit de métal surmonté d'une icône de la Vierge, il se jura de décrire un jour cette misère morale, ce carcan conservateur de l'Espagne, au risque d'en mourir.

À Madrid, Juan attendait le retour du poète et d'Encarnación et, dans l'appartement madrilène livré aux échos de la joie passée, certains après-midi il lisait les textes laissés là par Federico.

C'est en découvrant *Yerma*, une pièce de théâtre montée plusieurs fois en Espagne et à l'étranger, que Juan entra pour la première fois dans le monde dramatique et symbolique de Federico. Yerma était une épouse frustrée qui, se refusant à l'infidélité pour devenir mère, tuait son mari, Juan (cela fit sourire le jeune homme), qui n'avait aucun désir d'enfant. Un combat intérieur entre maternité, seule affirmation possible de la féminité dans une société aux solides convictions morales, et libre choix de procréer. Juan fut bouleversé par ce manifeste féministe, cette rude fresque du monde paysan et de ses enjeux dont nul, outre les habitants de ces villages brûlés par le soleil, n'avait su saisir pleinement l'importance jusque-là. Ce texte toucha le jeune homme en plein cœur. Si Federico n'était pas un véritable Andalou, il était encore moins ce dandy précieux que la rumeur tentait de détruire. Il était à la fois lucide et plein de bienveillance, il aimait cette Espagne qui bientôt allait se déchirer dans une guerre fratricide. Mais Federico gênait, son homosexualité choquait, ses prises de position dérangeaient et son mépris du danger avait pour Juan la saveur trop familière du destin tragique d'Ignacio.

Lorsque, au retour du poète, Juan fit part à Federico de cette peur qui l'étreignait, le poète se contenta de lui rétorquer cette phrase fataliste :

— Je n'y peux rien, je suis comme le ver luisant caché dans l'herbe et qui attend l'horrible pas qui va l'écraser.

L'« océan de deuil » s'apprêtait déjà à engloutir le poète andalou.

Dans la lumière du soir, les mains de Federico remontaient avec douceur et fermeté le long de la plante des pieds d'Encarnación. Ses pouces appuyaient par endroits et un fou rire la gagnait, alors elle dégageait une jambe puis la reposait un peu plus loin sur le canapé. Assis en retrait, Juan les observait, partagé entre l'envie et le bonheur de les entendre rire à nouveau.

Carmen, écrasée de douleur par son indifférence, avait quitté Madrid pour Barcelone. Encarnación avait raison : il lui fallait oublier cet homme.

Depuis quelque temps, les présences masculines se faisaient rares à l'appartement. Ignacio parti, Encarnación ne l'avait pas remplacé : elle vivait avec son fantôme, reniflant ses habits et portant ses chemises le matin au petit déjeuner. Federico affirmait quant à lui avoir un profond besoin de féminité, de douceur et d'intelligence ; les hommes le fatiguaient avec leurs discours de révolutionnaires paternalistes.

— On dirait que les républicains découvrent tout juste la misère du peuple ! lançait-il en parcourant les journaux. C'est bien beau de faire des lois, mais il faudra des années pour que les mentalités changent vraiment. On a besoin de temps pour éduquer l'Espagne, et ils sont trop pressés.

La sonnette retentit et Juan se leva, laissant flotter derrière lui les notes d'un album de jazz que Federico avait rapporté d'un récent voyage à New York. Un vent glacé s'engouffra dans l'entrée lorsqu'il ouvrit la porte sur deux femmes brunes grelottantes. Il les fit entrer après les avoir débarrassées de leur manteau.

Les deux femmes furent accueillies avec chaleur. Elles prirent place sur les fauteuils en cuir qui faisaient face au canapé et Juan remplit leurs verres de vin blanc. Margarita Xirgu et Lola Membrives étaient les actrices fétiches de Federico. Comme d'autres grandes comédiennes, elles avaient leur propre compagnie, montaient des pièces et choisissaient les rôles qu'elles jouaient. C'étaient des femmes comme elles, au caractère bien trempé, qui menaient la barque du théâtre espagnol.

— On vient de terminer les dernières répétitions. La troupe est prête pour la première de *Noces de sang* et je suis persuadée que ce sera un immense succès ! déclara Lola Membrives sur un ton enjoué.

Federico applaudit comme un enfant et sourit en levant son verre à l'intention de la jeune femme.

— Le public madrilène va adorer ta mise en scène, Lola. Et toi, Margarita, tu te souviens du four qu'on a fait à Barcelone en 1927 avec *Mariana Pineda* ? Tu avais même peur que la *guardia civil* interrompe la pièce, et le pauvre Salvador, qui s'était donné tant de mal avec ses décors, il était inconsolable ! Alors qu'à Madrid la même année tu avais séduit le public et la critique !

Encarnación faillit s'étouffer avec son absinthe.

— Et moi, quand j'ai fait la danse du papillon au Teatro Eslava, tu te souviens des insultes et des tomates que j'ai reçues ? Et quand on a fui par une ruelle parce que le public réclamait l'auteur pour lui lancer ses chaussures à la tête ?

Federico partit d'un éclat de rire tonitruant au souvenir de cette soirée mémorable avec Luis Buñuel.

— J'aurais dû monter sur scène et les affronter. Whistler, un grand peintre anglais, disait qu'il ne pensait pas qu'« être grand implique d'être incompris », et pour moi c'est le plus beau témoignage de la responsabilité de l'artiste face à son public. Alors je bois à notre succès, à un public de connaisseurs et aux avant-gardistes qui, comme nous, sont restés au pays, contrairement à tous ceux qui se sont dits « engagés » et qui, à la première embûche, se sont défilés pour vivre un exil doré !

En trinquant, la petite assemblée perçut une certaine amertume derrière le ton léger de Federico. Tous savaient qu'il faisait référence à Picasso, à Dalí et à tant d'autres artistes espagnols qui avaient élu domicile à Paris pour connaître une ascension plus rapide. Des « traîtres », comme il disait avec une moquerie bienveillante puisque, au fond, il n'avait jamais cessé de les aimer.

— Tu es beau quand tu joues au révolutionnaire ! lui dit Encarnación pour le taquiner.

Mais cette remarque déplut à Federico.

— Je suis révolutionnaire, rétorqua-t-il avec gravité, parce qu'il n'y a pas de vrai poète qui ne le soit pas. Mais je ne serai jamais un politicien. Ma seule arme, c'est l'écriture. Et dans ce monde je suis et serai toujours du côté des miséreux. Je serai toujours du côté de ceux qui n'ont rien et à qui on refuse jusqu'à la tranquillité de ce rien. Mon seul parti est celui des pauvres.

La gêne emplit la pièce. Encarnación avait touché un point sensible, celui de la légitimité de Federico dans sa lutte pour le peuple, lui, le fils d'une famille de riches propriétaires terriens. En 1931, il avait accueilli avec joie la nouvelle Constitution qui supprimait les privilèges et les discriminations en fonction de la naissance, de la race, du sexe, de l'idéologie ou des croyances. Et pour cela les conservateurs le raillaient. Mais ses proches savaient que sa solidarité viscérale de la lutte contre toute oppression ne relevait pas d'une conscience politique, mais de sa douleur de devoir faire face à une société qui le forçait à vivre son homosexualité dans l'ombre, ce « calvaire charnel », comme il l'appelait. C'est cet écart entre son instinct sexuel, ses désirs, et les diktats de la société qui l'avait amené à se battre pour les minorités. Mais il avait toujours refusé d'adhérer à un parti, au grand dam de son ami Rafael Alberti, qui s'efforçait en vain de lui faire rejoindre le camp communiste.

Federico but son verre de vin d'une traite et reprit :

— Vous ne connaissez pas votre chance d'être toutes, et toi aussi, Juan, dans la norme. Hétérosexuels, catholiques, blancs, vous êtes libres de vous aimer, de vous tenir par la main et de vous embrasser dans la rue. Vous pouvez vivre ensemble au grand jour ; rien ni personne ne peut vous en empêcher. Bien sûr, mesdames, vous devrez vous marier et faire des enfants, sans quoi vous retomberez sous le joug de la critique moralisatrice. Mais moi, je suis moins que rien. Et pour les hommes je suis encore moins qu'une femme, c'est dire ! Être de Grenade m'invite sans doute à éprouver de l'empathie pour les persécutés. Grenade sent le mystère, renifle ce qui ne peut être et qui est pourtant. Dans les rues la rumeur court, sur chaque place vous êtes jaugé par des gens sans valeur, des songe-creux, comme disait Gogol. Grenade grouille de femmes et d'hommes asservis à une morale qui ne tolère aucune différence et condamne à mort les rêveurs. Pour eux, je suis un déviant, je marche sur des chemins de traverse, je suis un cafard bon à écraser et c'est pour cette raison que j'aime les femmes, les gitans, les Juifs, les Noirs et les pauvres : ce sont eux mes frères de sang !

Il tapa du pied sur le parquet, prit une longue inspiration et ajouta sur un ton plus léger :

— En fait, je suis une femme fatale. J'aime les fleurs et l'amour des hommes bien bâtis ! J'ai une sexualité exacerbée, une folle envie d'aimer, mais malgré toutes mes avances Juanito reste de marbre !

Federico fit un clin d'œil grivois au jeune homme et les femmes rirent de la boutade. Enfin, l'atmosphère se détendit un peu.

— Laisse Juan tranquille, intervint Encarnación. Il a déjà assez à faire avec Carmen ! La pauvre, elle est transie d'amour pour lui depuis des années, et il ne l'a même pas remarqué ! C'est pour ça qu'on ne la voit plus, elle a abandonné la partie.

Juan, les joues cramoisies, se demanda s'il s'agissait d'un jeu, si Encarnación le provoquait pour connaître ses sentiments.

— Arrête de dire des bêtises, répondit-il en se donnant un air détaché. Elle est sûrement partie rejoindre un amoureux à Barcelone.

— Un Catalan ! *¡Madre de Dios!* Ta sœur est perdue à jamais… s'exclama Federico avec un dépit feint.

Puis il se resservit un verre, et se leva pour changer de disque.

— Dis-moi, Federico, intervint Margarita. Honnêtement, de toute ta vie, tu n'as jamais été attiré par une femme ?

Debout devant la fenêtre, le poète prit le temps d'observer les passants transis par le vent et le froid sous les lumières des réverbères.

— Détrompe-toi, Margarita, lui répondit-il enfin d'une voix douce, comme empreinte de souvenirs. J'ai toujours été attiré par les femmes, et aujourd'hui encore je suis sensible à leurs charmes. Elles suscitent en moi de l'admiration, mais je les trouve tellement belles qu'elles en deviennent inaccessibles, intouchables… Si tu veux savoir, je n'ai vraiment eu d'intimité qu'avec une jeune fille. C'est Salvador qui me l'avait présentée. En 1926. C'était une ravissante étudiante des Beaux-Arts. Une féministe. Et elle avait le même prénom que toi : elle s'appelait Margarita Manso.

Federico avait eu avec elle une petite aventure. Il aimait son humour, son intelligence et les combats qu'elle menait, mais avait vite compris que ses désirs ne se nichaient pas dans un corps si doux. Ç'avait été sa seule expérience avec une femme, quoiqu'on lui en ait présenté des dizaines d'autres depuis, toutes plus belles et intelligentes les unes que les autres. Mais, incorrigible, il avait toujours préféré leurs frères…

— Le seul regret qui m'habitera jusqu'à ma mort, avoua-t-il, c'est de ne pas être père. L'enfance est si belle, et il doit être si doux de tenir un bout de soi au creux de ses bras ! Voilà un amour réciproque et inconditionnel, sans jugement ; un lien d'une force inimaginable qui doit combler pour la vie… Et je n'exclus pas, un jour, de sauter le pas avec une femme aimante et compréhensive, pour le seul bonheur d'avoir un enfant.

Il s'interrompit pour se tourner vers Encarnación qui, les yeux embués, buvait ses paroles.

— Tu te souviens de ce que tu m'as dit à la première de *Yerma* ? Que c'était là ta propre tragédie, et que, plus que tout au monde, tu aimerais porter un enfant et donner la vie…

La musique s'arrêta, laissant le diamant sauter par à-coups vers le centre du disque en un refrain discret. Federico jeta un regard voilé sur son auditoire puis, d'une voix profonde, il entonna un *cante jondo* qu'Encarnación accompagna aussitôt d'un chant cristallin en se levant pour le prendre dans ses bras.

Tétanisé par ce spectacle, Juan recula vers la porte et regagna la cuisine à pas de loup. Dans les regards échangés, dans les voix entremêlées, il avait senti bien plus que de l'amitié. Ses deux amis s'aimaient comme des enfants perdus. Dans leur douleur, hébétés par la violence sourde qui grondait dans les rues. Conscients du danger qui les menaçait et du peu de temps qu'il leur restait.

Juan comprit alors que, à travers leur amitié, leurs caresses et leurs jeux, ils n'avaient jamais cherché qu'à se fondre l'un dans l'autre. Or, en ce soir de février, les paroles de Federico et les chants anciens leur avaient peut-être permis d'entrevoir un chemin différent. Une voie pour unir leurs solitudes.

Madrid, mai - juillet 1936

Une douce brise de printemps soulevait les voilages de la chambre, charriant le parfum des fleurs précoces du bougainvillier qui grimpait jusqu'au balcon, les bruits de la rue et le pépiement des oiseaux. Allongée sur le ventre, les pieds relevés vers le plafond et le menton posé sur ses bras nus, Encarnación était plongée dans la lecture d'un texte. Des feuilles éparpillées recouvraient les draps et une portion de plancher le long du lit.

— Juan ! Qu'est-ce que c'est que cette odeur de friture ? s'exclama-t-elle soudain en humant l'air. Tu m'avais promis que tu m'appellerais pour qu'on fasse les *croquetas* ensemble !

Sans attendre de réponse, elle sauta à terre et courut vers la cuisine. Juan se tenait devant une marmite dont s'échappait une épaisse fumée et, à l'aide d'une écumoire, il sortait un à un de l'huile bouillante de petits paquets dorés pour les déposer sur un plat en terre cuite. Il se retourna et prit un air faussement coupable.

— Je suis venu te chercher il y a vingt minutes, mais tu paraissais si concentrée que je n'ai pas voulu te déranger...

Un foulard noué dans les cheveux et un gilet de coton blanc torsadé sur les épaules, sanglée dans un pantalon retroussé qui dévoilait ses chevilles fines, Encarnación s'avança vers lui. Elle le prit affectueusement par la taille puis, sur la pointe des pieds, lui déposa un baiser sur la joue. Juan fut envahi par une vague de chaleur teintée d'extase, comme chaque fois qu'il était face à elle.

— Juanito, je suis désolée, je lisais la pièce que Federico est en train d'écrire et je n'ai pas vu le temps passer. Parfois, je me dis que j'aimerais être comédienne rien que pour jouer une de ses héroïnes. Il a un talent fou !

Juan sourit en replaçant une mèche de cheveux que le foulard avait laissé échapper. Vraiment, ce tempérament passionné le fascinait, et chaque jour il la trouvait plus belle encore que la veille. Il se retint de la prendre dans ses bras de peur de la faire fuir.

— Mets la table, lui dit-il. On va déjeuner. Ensuite, je te propose de me raconter ça pendant une promenade digestive au Retiro.

— Bien, chef ! lui répondit Encarnación en faisant un tour sur elle-même avant de s'exécuter à grand bruit de faïence entrechoquée. Au fait, j'ai eu Carmen au téléphone : elle est encore à Séville, et il paraît que ça chauffe, là-bas. Tu en as entendu parler ? Elle m'a dit qu'elle t'écrivait de temps en temps.

Elle fixa Juan d'un regard inquisiteur, mais il fit non de la tête. Oui, il avait bien reçu des lettres de Carmen, des pages entières de son écriture tassée, de mots d'amour et de passion qu'il avait choisi d'ignorer. À la réception de la cinquième, il lui avait écrit qu'il ne partageait pas ses sentiments, qu'il en aimait une autre à Madrid. Depuis, il n'avait plus de nouvelles.

— Ça ne doit pas être si grave puisque personne n'en parle ici, dit-il pour masquer son inquiétude et cacher ce qu'il savait.

À Grenade, passée à droite puis revenue à gauche, et dans toute l'Andalousie circulaient des rumeurs de règlements de comptes, d'exécutions sommaires, de pillages et d'exactions commises par deux camps rivaux.

Depuis quelques mois, la déception grandissait en Espagne, et les républicains semblaient totalement dépassés par l'instabilité du régime parlementaire, la grève générale et les conflits incessants au sein de leur parti. S'ils s'étaient assuré le soutien du peuple, qui les avait portés à la tête du pays en 1931, plus personne désormais ne contrôlait cette force qu'ils avaient mise en branle et qui se divisait en groupuscules disparates. Dans les municipalités socialistes, la *guardia civil*, le corps de police traditionnel qui, depuis 1932, devait collaborer avec la *guardia de asalto*, la garde d'assaut mise en place par le gouvernement de gauche, avait décidé de ne plus intervenir pour maintenir l'ordre face à l'escalade de la violence. Plus le temps passait, plus les récriminations devenaient personnelles et brutales. Le rêve de l'unité nationale et du bien-être de tous avait disparu au profit d'intérêts triviaux fort éloignés de la force populaire qui s'était levée dans l'espoir de voir apparaître une Espagne égalitaire et avait permis l'avènement de la IIe République. Le peuple en voulait désormais aux riches, à l'Église, à tous les nantis qui restaient encore debout. De leur côté, les propriétaires terriens, les industriels dépossédés et la bourgeoisie commençaient à se rallier à la droite nationaliste, entrevoyant enfin la déroute de la gauche après cinq longues années. En octobre 1934, déjà, la droite était revenue sur le devant de la scène en entrant au gouvernement. Mais, plus encore que les représentants du parti conservateur, les phalangistes inquiétaient les républicains. Ce groupe d'extrême droite aux idées fascistes avait été créé en 1933, devant le Teatro de la Comedia de Madrid, par José Antonio Primo de Rivera, le fils du dictateur déchu Miguel Primo de Rivera. Et ses rangs d'hommes assoiffés de revanche et de sang gonflaient de jour en jour.

Lorsque ces affolantes rumeurs lui parvenaient aux oreilles, Juan repensait à cette nuit où, à la veille de sa mort, Ignacio lui avait confié l'un de ses secrets de torero. Si, dans une arène, le maestro répondait à la violence d'un taureau par sa propre violence, le combat tournait à la boucherie. Et, dans ce cas, le matador perdait tout contrôle de la situation : la violence avait raison de tout, toujours. Et elle dominait, seule.

Ce printemps-là, alors que l'air se réchauffait à Madrid, Juan eut le pressentiment que cette douce brise portait en elle les graines d'une haine fratricide qui dès l'été déchirerait le peuple espagnol, divisé en deux camps irréconciliables.

— Quand même... dit Encarnación en soufflant sur une *croqueta*. J'ai l'impression que le vent tourne. Tu as vu que le poème de Federico sur la *guardia civil* dans son *Romancero gitan* avait encore été attaqué dans les journaux ? La Phalange est partout, même dans la presse. Je lui avais déconseillé de prendre la parole le 1er mai, devant l'Union générale des travailleurs d'Espagne. Mais il n'en fait qu'à sa tête. Et tout ça pour quoi ? Pour faire plaisir à ses amis ! Lui qui affirme sans cesse ne pas faire de politique, il prend trop de risques. Mieux vaudrait faire profil bas et attendre que ça passe, non ? Et puis il serait temps qu'il quitte sa compagnie La Barraca pour profiter un peu de son nouvel amoureux...

Après plusieurs aventures sans lendemain, un homme avait récemment fait irruption dans la vie de Federico : Juan Ramírez de Lucas, le « blond d'Albacete », un étudiant qui voulait devenir acteur et avait ravi le cœur du poète.

Ces liaisons l'avaient un peu éloigné d'Encarnación, pour le plus grand bonheur de Juan, qui prenait bien soin d'elle. Il la nourrissait, lui massait les pieds et lui préparait des grogs pour soigner ses cordes vocales après ses spectacles. Surtout, il demeurait celui dans les bras de qui elle se blottissait lorsqu'un amant de passage la décevait.

Car Encarnación, sans avoir jamais fait le deuil de son torero, éprouvait un besoin viscéral de souffrir de l'amour des hommes. Elle aimait être triste, sa peine alimentant ce vent d'ailleurs, ce souffle intérieur qui menait son chant et son corps vers la grâce. La sachant deux fois presque veuve et donc libre, ses admirateurs lui faisaient livrer des fleurs accompagnées de cartes de visite. Des visites que par ailleurs plusieurs d'entre eux n'avaient pas manqué de faire. Mais ces conquistadors au torse bombé se tassaient bien vite pour disparaître dès lors que l'envie d'Encarnación était passée. S'il arrivait à Juan de s'enquérir d'un amant disparu, elle s'en sortait avec un clin d'œil taquin suivi d'un rire sauvage et cristallin ; une pirouette pour cacher qu'elle peinait à retrouver non pas les gestes ou le visage de ces *peones* de l'amour, mais leur nom, qu'elle n'avait pas jugé utile de retenir.

Juan se glissait chaque jour un peu plus dans le rôle du confident, de l'ami indispensable qui écoute, panse et rassure. Celui qui reste debout une fois la bataille terminée.

Depuis plus d'un an, Federico avait pris l'habitude de se rendre en fin de journée calle Hermanos Bécquer, dans les salons de l'hôtel particulier de Carlos Morla et de son épouse Bebé Vicuña. Ce couple élégant et raffiné recevait chaque soir des philosophes, des écrivains, des peintres et des toreros, ce qui faisait de ce lieu un joyeux havre littéraire et artistique, cosmopolite et érudit. Federico y croisait des amis chers et aimait l'atmosphère de ces soirées où il avait toujours pensé que tout pouvait être dit sans peur d'être jugé. Pourtant, depuis quelques semaines, un changement subtil s'était opéré dans le regard de certains invités, et cela l'inquiétait.

Juan Ramírez, son amant, rentré fin mai chez son père près de Grenade pour préparer ses examens universitaires, passait ses journées à réviser ses cours et ses soirées à écrire à Federico. Mais ses lettres témoignaient davantage du climat délétère et brutal qui régnait en Andalousie que de la douleur de leur séparation.

Federico avait emménagé dans un appartement proche de celui d'Encarnación et consacré son temps à écrire. Le 18 juin, il mit un point final à sa nouvelle pièce en trois actes : *La Maison de Bernarda Alba*. Le texte achevé, la tension se relâcha, et il ne put retenir ses larmes lorsqu'il se retrouva seul face aux fantômes et aux plaies qu'il avait rouvertes. Toutes les rivalités familiales enfouies dans la mémoire d'un autre siècle étaient remontées à la surface. Car, pour créer ses personnages, il avait dû plonger sa plume comme un glaive dans les origines de la haine entre les García Lorca et deux riches familles voisines de la plaine de Grenade : les Roldán et les Alba. Une banale histoire de betteraves sucrières, de lopins de terre achetés en sous-main, de conseils municipaux élus et révoqués. Une rivalité qui avait entaché jusqu'au parcours universitaire des fils des deux camps.

Federico s'était promis de dénoncer un jour l'implacable emprise, dans les villages andalous, de l'honneur et de la vertu au mépris de l'épanouissement des individus. Pour sa vengeance littéraire, il s'était inspiré de femmes et d'hommes qu'il avait côtoyés enfant, comme Francisca Alba et sa grande maison au patio nu et sec.

Encarnación fut une de ses premières lectrices, et elle lui fit part de son enthousiasme, mais aussi de son étonnement face à cette œuvre au style nouveau, si réaliste et si peu poétique.

Federico fut lui-même surpris du résultat. Pour la première fois, il n'avait pas écrit une tragédie. Aucune faute préalable n'avait été commise par l'un de ses protagonistes, aucun chœur sur scène, aucun hymne au peuple ou à la nature. Seule Bernarda, une femme cruelle et sévère, veuve deux fois, enfermait ses filles toutes de noir vêtues entre les murs d'une maison devenue prison, afin de protéger leur virginité et d'arranger le mariage de son aînée. Une mort au début ; un suicide à la fin. Et, entre-temps, au son du glas, la dénonciation du scandale de vies sacrifiées sur l'autel de la bonne réputation.

Le 23 juin, Federico fit une première lecture publique de sa pièce chez le comte et la comtesse de Yebes, devant un parterre d'amis. Il fut applaudi par ceux qui ne connaissaient pas l'Andalousie et ses querelles de voisinage. Les Andalous, dont Juan faisait partie, lui firent part de leur inquiétude.

— Tu prends des risques à ne pas changer les noms, lui dit-il. Si ça se sait à Grenade, ça peut être dangereux pour toi. Les villages sont à feu et à sang, et j'ai entendu dire qu'on fusillait des innocents pour bien moins que ça... Ne mets pas d'huile sur le feu, Federico. Si tu ne le fais pas pour toi, pense à ta famille, et cherche d'autres noms. Modifie certaines scènes pour que les gens ne se reconnaissent pas. Cette pièce, c'est de la provocation, et tu risques de le payer très cher...

Federico balaya les remarques de Juan avec un grand sourire et se voulut rassurant.

— Ne t'inquiète pas, Juanito, je n'ai aucune intention d'attiser la haine. Mais avoue que ce serait quand même drôle qu'ils se reconnaissent ! Tu sais, quand je me promène dans les rues de Grenade, le regard hypocrite de ces crétins médisants me donne la nausée. Ils me félicitent pour mon succès, mais dès que j'ai le dos tourné ils crachent ces louanges comme si leurs propres mots pouvaient les empoisonner. Je n'ai jamais eu l'occasion de les affronter, puisqu'ils taisent leurs critiques devant moi. Mais je les dérange, et mes amours les choquent. Alors, oui, cette pièce risque de leur donner de bonnes raisons de me détester, et je m'en moque : ils me haïssent déjà !

Juan regarda Encarnación, qui se tenait près de lui. Elle semblait inquiète elle aussi, mais changea de sujet.

— Il paraît que tu as prévu d'accompagner Margarita dans sa prochaine tournée au Mexique avec Juan Ramírez ? lui demanda-t-elle avec nonchalance. C'est une très bonne idée, au moins tu seras loin de cette folie, et quand tu rentreras ça se sera sûrement tassé...

— Vous êtes incorrigibles, mes amis ! s'écria Federico en levant son verre. Puisque je vous dis que la politique ne m'a jamais intéressé ! Quand les journalistes m'en parlent, je leur réponds qu'à l'heure actuelle les gens ne s'intéressent plus qu'aux problèmes sociaux et au sexe... Et je préfère le sexe !

Cette réflexion laissant ses amis dubitatifs, il éclata de rire.

— Mais qui donc pourrait avoir peur d'un poète ayant pour seules armes un bout de papier et un stylo ? Même si je restais je ne risquerais rien. Je suis tout à la fois : un anarchiste communiste libertaire, un païen catholique et un traditionaliste monarchique. Inattaquable !

Pourtant, sous ses airs désinvoltes, Federico entendait lui aussi gronder l'orage. L'Europe sombrait dans les extrêmes et le fascisme avait trouvé ses idoles ; Mussolini et Hitler gagnaient du terrain.

Il continuait de s'informer mais refusait de prêter l'oreille aux bruissements du pire : il était persuadé que la lumière reviendrait.

Un matin de juillet, il reçut une lettre de Juan Ramírez. Son amant lui annonçait que son père lui interdisait de l'accompagner au Mexique. Ayant entendu des rumeurs d'une liaison de son fils avec le poète, il avait même menacé de dénoncer Federico à la *guardia civil* si Juan s'obstinait. Federico envisagea de se rendre à Grenade afin de convaincre son amant de désobéir à sa famille, puis de l'arracher à ce nid de vipères. Un rapt romantique qui lui fit passer une journée. Mais, le soir, livide, il apparut à la porte de son amie.

— Juan Ramírez me lâche, il m'a oublié...

Encarnación le prit dans ses bras comme l'enfant triste qu'il était, puis prépara son lit dans la chambre inoccupée de Carmen pendant qu'il se glissait dans un bain. Une fois qu'ils se furent installés autour de la table du salon et eurent avalé quelques bouts de fromage accompagnés de tranches de *jabugo* et de verres de vin, elle ébouriffa les boucles encore humides du poète, et ils employèrent une grande partie de la nuit à chercher les bons mots pour se rassurer l'un l'autre sur le canapé. Le visage de Federico reflétait tous ses sentiments : il passait du rire aux larmes comme s'il n'avait rien à cacher, et son corps exprimait aussi bien la grâce que l'abandon. C'était le seul endroit où il se sentait en sécurité.

En début de soirée, Juan était resté à distance, incapable de panser les plaies d'un amour qui lui paraissait si étranger. Il observa ces deux enfants au regard nu, sous l'emprise d'une peur incontrôlable. Il leur arrivait d'émerger de la pénombre pour se blottir dans l'éblouissement des rêveries de l'avenir. Puis il les laissa pour dîner seul dans la cuisine, le nez dans un ciel qui s'étirait, en proie à une immense lassitude.

Lorsqu'il entendit Encarnación entonner une complainte sévillane sur un air que Federico jouait au piano, il comprit qu'il n'était pas de trop, mais tout à fait invisible. Ne supportant pas l'idée d'être le témoin et voyeur de cette complicité retrouvée entre la chanteuse et le poète, il claqua la porte dans l'indifférence générale, et partit s'enivrer dans une bodega du quartier.

Puisqu'il dévalait les marches, il n'entendit pas la confidence qu'Encarnación fit à Federico

— Le sérieux de ce garçon m'inquiète, dit-elle sur un ton maternel. Il paraît en quête d'un bonheur absolu... Il est beau, gentil, il a tout pour être heureux. Mais depuis qu'il est à Madrid aucune fille ne semble avoir conquis son cœur. Avant que je le lui dise, il n'avait même pas compris que Carmen avait le béguin pour lui ! Pourtant, dans ce monde si cruel, le bonheur est rare ; il faut profiter de chaque instant comme si c'était le dernier. Que fera-t-il le jour où il s'en rendra compte ?

— Nous sommes tous vulnérables... soupira Federico, désabusé.

Vers 4 heures du matin, Juan se remplissait un verre d'eau au robinet. Il entendit alors craquer le parquet du couloir. Il passa la tête dans l'embrasure et vit la silhouette de Federico se détacher dans la pénombre. À découvert sous le halo de lune qui éclairait l'appartement, il sortit sans un bruit de la chambre d'Encarnación. Il ne vit pas Juan, blême et tremblant de colère, se retenir au chambranle d'une main blanche, crispée. Tant de douceur et de caresses inutiles ! Juan se retourna, écœuré.

Au début du mois de juillet, Madrid s'enflamma comme un fétu de paille et la ville se déchira entre partisans de la droite catholique et tenants de la gauche républicaine. Le clivage se propagea jusque dans le cercle des amis de Federico. Rongé par une peur aussi soudaine qu'inexplicable, le poète resta plusieurs jours cloîtré dans la chambre d'amis d'Encarnación. Il sursautait au moindre bruit dans l'escalier, persuadé qu'on le traquait.

Face à ce climat d'incertitude et de violence, Carmen écourta sa tournée andalouse et rentra à Madrid pour annoncer sa décision de fuir l'Espagne et de s'installer à New York avec une de ses cousines. Elle tenta de convaincre sa sœur de l'accompagner, mais devant le refus de celle-ci elle se résigna et, le 11 juillet au matin, prit seule le chemin de la gare après avoir fait promettre à Juan de prendre soin de ceux qui restaient. Toujours persuadé que Federico et Encarnación vivaient un amour caché depuis cette fameuse nuit de juin, Juan se contenta de hocher la tête en signe d'assentiment avant d'aider Carmen à porter ses valises jusqu'à la voiture qui l'attendait dans le soleil matinal de l'été.

À l'arrière du véhicule, alors que le moteur tournait déjà,

Carmen baissa sa vitre et saisit une dernière fois la main de Juan.

— Je t'aime d'un amour incompréhensible, lui dit-elle avec gravité. Tu es épris d'une autre et ça me fend le cœur, mais je l'accepte. En revanche, pour te racheter de tous les moments où tu m'as ignorée, accorde-moi une dernière faveur : oublie cette femme et pars avec Encarnación et Federico. Ce sont des enfants exigeants et capricieux et ils réclament une attention constante. Je sais que c'est fatigant, Juanito. Mais il n'y a plus que toi maintenant pour prendre soin d'eux. Je te les confie donc comme à un frère.

Juan eut envie de répondre avec honnêteté, mais les mots qui se bousculaient dans sa tête ne lui seraient d'aucun secours. Alors il lâcha la main de Carmen et laissa la voiture glisser sur les pavés.

Deux jours plus tard, le 13 juillet, Juan arpentait les rues de Madrid en quête de provisions. La chaleur était accablante et, hormis les affiches placardées sur les murs et portant le slogan MORT AUX ROUGES DE LA RÉPUBLIQUE, ainsi qu'une série de magasins dont les vitrines avaient été cassées, rien ne transparaissait de la violence qui rythmait les nuits de la capitale. Alors qu'il remontait l'escalier, son panier chargé du peu de victuailles qu'il avait trouvées, Juan entendit des éclats de voix en provenance de l'appartement d'Encarnación. Il gravit à la hâte les quelques marches qui l'en séparaient et se figea devant la porte. La voix de Federico trahissait colère et incompréhension.

— Tu crois que je n'ai pas remarqué que les gens commencent à m'éviter à Madrid ? Comme ces lâches ne savent pas qui gagnera, ils préfèrent tourner la tête quand ils me croisent. Hier ils étaient républicains ; aujourd'hui ils seraient prêts à lécher les bottes de ces chiens enragés de la Phalange ! Je n'ai rien fait de mal mais je dérange ; j'ai toujours dérangé parce que je suis libre. Alors je ne vais pas rester ici à attendre qu'on m'accable de tous les maux ni fuir à l'autre bout de la planète. Je vais rentrer chez moi, à Grenade, dans ma famille.

— Mais tu ne peux pas aller là-bas, c'est encore pire qu'ici ! l'implora Encarnación. Tout le monde te connaît en Andalousie, et tu risques de mettre en danger les gens que tu aimes ! Viens avec moi, partons en France, en Angleterre, au Mexique, n'importe où mais quittons ce pays ensemble. S'il te plaît, Federico, tous tes amis te le disent, ne va pas à Grenade...

— C'est décidé, et rien ne me fera changer d'avis. Ni tes conseils, ni ceux de Neruda, ni ceux du peu d'amis qui me sont restés fidèles. Je ne quitterai pas l'Espagne !

Le silence envahit l'appartement.

— Alors je viens avec toi !

Sur le palier, l'oreille collée contre la porte fermée, Juan dut réfréner son envie d'interrompre la conversation, d'entrer et de prendre Encarnación dans ses bras pour lui dire de ne pas y aller, de laisser Federico faire ce qu'il voulait, et de venir avec lui à Paris...

Mais à aucun moment elle n'avait parlé de lui ni ne l'avait inclus dans ses projets. Il pensa donc fuir seul à Paris. Pourtant, la seule idée de faire ses adieux à Encarnación, contre la promesse qu'il avait faite à Ignacio puis à Carmen, l'en dissuada. Il avait donné sa parole, et un gitan ne revient pas sur un serment, quitte à passer pour un simple employé aux yeux de ce couple infernal. Il retrouva ce point de douleur, cette humiliation qu'il persistait à entretenir, ce petit caillou qu'il replaçait scrupuleusement chaque jour dans sa chaussure. De toute façon, n'importe quelle souffrance aurait été plus supportable que l'éloignement d'Encarnación. Il inspira, sonna. Sa décision était prise : il les suivrait à Grenade.

Quelques heures plus tard, l'annonce de l'assassinat du monarchiste José Calvo Sotelo par des militants républicains se répandit dans la capitale. La foule envahit les rues ; ses appels à la vengeance et ses tirs en l'air remontèrent jusqu'aux trois amis, calfeutrés chez eux.

Le lendemain, ils partaient.

C'est une pluie fine et silencieuse qui les accueillit sur le quai de la gare de Grenade. Suivis de leurs valises, ils se frayèrent un chemin entre les chemises trempées et le torse nu des déchargeurs de sucre, de bois et de tabac qui remplissaient les trains à destination de Madrid, Séville et Barcelone. Après avoir acheté le journal local et des cigarettes, ils montèrent dans la voiture envoyée par le père de Federico et traversèrent la ville sans un mot, étreints par la crainte de ce qui flottait dans cet air brouillé.

Grenade avait conservé la douceur et la tristesse des pauvres bourgades d'Andalousie. Nul danger manifeste, rien qu'une menace diffuse. Ils eurent alors, chacun de leur côté, l'intime conviction que ce pays, qu'ils avaient cru tourné vers l'avenir, était au contraire ancré dans son passé. Sous leurs yeux défilèrent des bicoques au toit crevé le long de routes embourbées. On était si loin de ces avenues de Madrid bordées d'hôtels de luxe, où marchaient des femmes vêtues de jupes s'arrêtant au-dessus du genou. Elles tiraient sur de longs fume-cigarette pour mieux oublier leur mère et leurs sœurs engoncées dans des robes strictes et coiffées serré. Un peuple tiraillé entre omniprésence de la religion et sursauts de frivolité, respect des traditions et besoin de provoquer. Federico et son cercle d'amis avaient cru naïvement que Madrid était l'Espagne. Mais les feux de joie de la capitale n'étaient que le scintillement d'une petite étoile dans un grand ciel noir.

Assis à l'avant de la voiture près de Francisco Murillo, le fidèle chauffeur des Lorca, un homme sans âge dont les lunettes aux verres épais laissaient voir des billes lointaines et fuyantes, Juan voyait avec une pointe d'amertume se redessiner les paysages de son enfance. Alors qu'ils avaient quitté les faubourgs d'une ville effervescente, ils traversaient désormais des quartiers déserts. Rien n'avait changé : les mêmes places avec leurs fontaines et leurs bancs de pierre où se posaient les vieux pour bavarder ; les mêmes ruelles enchâssées le long de murs décrépits ; les mêmes pavés couverts d'une couche de terre mouillée menant aux églises et aux deuils qu'elles sonnaient inlassablement les jours d'été. Ils croisèrent des paysans faméliques traînant des charrues vides aux mancherons vermoulus, et des apprentis en guenilles marchant en file sur le bas-côté pour mieux esquiver les fouets des muletiers et la boue projetée par les voitures. Tout paraissait figé ; ils étaient les seuls à bouger. Une ombre passa dans l'esprit de Juan. Non celle du souvenir, mais l'intime conviction que les jours à venir seraient porteurs d'un grand malheur.

Il se tourna vers Encarnación. Ses sourcils fins, arche de son regard noir et dur, se fronçaient par intermittence et ses doigts se contractaient nerveusement sur le tissu de sa robe. Elle appréhendait elle aussi ce que Grenade leur réservait ; on aurait dit un oiseau prêt à s'envoler.

Juan se tourna pour voir Federico, assis derrière lui et seul responsable de ce voyage précipité. Son regard s'arrêta sur la main du poète, posée à plat sur un journal déplié, qui semblait vouloir cacher son portrait en une du *Defensor de Granada* ainsi que le titre de l'article qui annonçait son arrivée en ville.

Ils l'attendaient.

Juan soupira : tout s'était passé trop vite, il n'aurait jamais dû les écouter.

Huerta de San Vicente – Madrid, juillet-août 1936

Dans la résidence d'été des Lorca, entouré de sa famille et de ses amis, Federico était convaincu qu'il n'aurait pu être nulle part mieux que là, à Grenade. Il aimait se perdre dans les forêts de l'Alhambra, déambuler dans les jardins suspendus du Generalife, écouter la brise frôler les bosquets et suivre la ligne serpentine des sources dans le labyrinthe de lauriers-roses, de myrtes et de rosiers. Tôt le matin, en compagnie d'Encarnación, il faisait de longues promenades dans les allées bordées d'arbres de la propriété. Ils faisaient halte devant l'immense noyer de l'entrée, humaient le jasmin et cherchaient dans l'air une trace du parfum intense des cestreaux nocturnes, dont les fleurs s'ouvrent à la nuit tombée. Tout en marchant, Federico citait des extraits de son ouvrage de jeunesse *Impressions et paysages* et évoquait son attachement à ce lieu.

— J'aime tellement me promener ici, Encarnación. Chaque mélancolie a une essence qui nous étreint avec amour. Ici, c'est une paisible amphore de mélancolies. Dans les jardins se cachent la mansuétude, l'amour, et cette sorte de vague à l'âme que donne l'oisiveté...

Puis il se taisait pour laisser la place au vent qui faisait chanter les peupliers. Le soir, Juan les accompagnait. Il aimait admirer la lumière violacée du crépuscule qui s'éteignait sur les sept collines entourant la plaine grenadine et écouter le pépiement des oiseaux. À Madrid, les saisons se ressemblaient. Les journées se fondaient les unes dans les autres et le temps filait à une vitesse stupéfiante. Ici, dans cet endroit vierge, loin du brouhaha de la ville, le temps était suspendu, un pointillé de jours et de nuits. Encarnación, Federico et Juan y nourrissaient l'espoir secret que le festin interrompu de la vie reprenne enfin son cours.

Cet environnement paisible redonna de l'inspiration à Federico. Il s'enferma de longues heures dans sa chambre, qu'il surnommait « l'usine », pour écrire sur son petit bureau en bois. De sa fenêtre s'échappaient de temps à autre quelques notes de piano, ou des airs de Mozart, de Bach ou de *cante jondo* sortis de son vieux gramophone. Il redescendait les yeux brillants, lisait quelques vers d'un poème à sa famille rassemblée pour fêter la San Federico.

Persuadé d'être à l'abri du danger et désireux de transmettre sa vision d'une vie libérée de la morale et de la vertu, il se mit à arpenter gaiement les rues de Grenade. Il s'attablait à la terrasse du café Alameda, sur la plaza del Campillo, entouré d'amis de tout bord. Il y avait même Luis Rosales, poète et membre éminent de la Phalange, et Juan Ramírez, qui terminait ses examens. Ensemble ils buvaient, chantaient et riaient beaucoup, se remémorant les fêtes et excès des années 1920 dans ce même café et le groupe d'intellectuels bohèmes qu'ils constituaient alors, El Rinconcillo, « le petit coin ». Federico racontait les fervents débats animés par Francisco Soriano Lapresa, auxquels prenaient également part les frères Rosales, Manuel de Falla, Fernando de los Ríos, ainsi que d'éminents étrangers comme Rudyard Kipling ou Arthur Rubinstein.

— Tout le monde me conseille de fuir, dit-il un soir. Mais y a-t-il endroit plus paisible que cette bonne ville de Grenade ? Merci, mes amis. J'aime votre gaieté, votre amour et votre fidélité...

Aveuglé par cette légèreté et ce semblant de normalité, il organisa une veillée pour la lecture de sa pièce *La Maison de Bernarda Alba* dans la propriété du saxophoniste et ami de Manuel de Falla, Fernando Vilches. Aveuglé à l'excès. Les mots qu'il lut furent rapportés aux familles Roldán et Alba, de même que ses déambulations et sa joie, qu'épiaient les voisins puritains. Sans s'en rendre compte, il avait atteint un chemin de crête et surplombait l'abîme.

Tout bascula le 18 juillet.

L'aube avait pourtant apporté la promesse d'une belle journée. En début d'après-midi, le vent chargé de sable du Sahara s'était engouffré dans le jardin pour secouer sur son fil le linge blanc qui tranchait sur le ciel bleu. Le vieux domestique sommeillait sur une chaise de paille devant la maison aux murs de chaux et, allongés côte à côte, Encarnación et Juan faisaient la sieste à l'ombre d'un figuier. Avec sa sœur cadette Concha, Federico aidait son père, don Federico García Rodríguez, à déplacer les meubles du salon. L'atmosphère de cette vie facile et protégée était paisible.

Mais un cri transperça la quiétude de la huerta : le hurlement d'un gamin qui remontait l'allée en courant pieds nus vers la cour. Essoufflé, le visage trempé de sueur, il était porteur de ce que les membres de la famille croiraient être la pire des nouvelles.

— Il y a eu un soulèvement à Grenade, et aussi dans tout le Sud ! Il y a des morts partout ! C'est la guerre !

Tétanisé, Federico prit soudain conscience de s'être aventuré trop loin : ce havre de paix n'avait été qu'un mirage, une énième construction poétique qui allait voler en éclats.

Des villages voisins affluèrent les récits d'exécutions sommaires et de rafles arbitraires. Le nom de Francisco Franco était au centre de toutes les conversations. L'homme était à la tête des insurgés avec ses troupes venues du Maroc ; elles répandaient la terreur et le sang dans toute l'Andalousie.

Deux jours plus tard, le 20 juillet, Concha s'effondrait sur le sol de la cuisine en apprenant l'arrestation de son mari, Manuel Fernández Montesinos, maire socialiste de Grenade par intérim. Privés de cet appui politique essentiel, les Lorca n'étaient plus à l'abri. Et, les jours qui suivirent, l'étau se referma autour de Federico. Le 6 août, des phalangistes investirent la huerta. Persuadés que Federico cachait une radio pour communiquer avec Moscou, ils mirent la maison à sac et brutalisèrent le poète avant de repartir bredouille.

Au matin du 9 août, Federico débordait d'inquiétude. Il n'avait pas fermé l'œil de la nuit. La chaleur était écrasante et devant la maison qui s'éveillait il était assis avec Juan sur un rocking-chair en bois canné, un café à la main.

— Les gens ne dansent plus, Juan, tu as remarqué ? La joie et la musique se sont enfuies, même les oiseaux chantent moins. Depuis quelques jours, je n'ai plus goût à rien, pas même à me mettre au piano avec Encarnación...

Un vent chaud bruissait dans les tilleuls de la cour. Juan leva les yeux pour suivre un instant le vol d'un guêpier en quête d'ombre et de fraîcheur.

— C'est pareil pour nous tous, Federico. La peur nous ronge. Je me sens comme un prisonnier, ici, j'ai l'impression qu'on attend un jugement, une sentence ; j'étouffe. Si tu savais comme je regrette que personne n'ait réussi à te convaincre de quitter le pays ! Il n'y a pas de honte à fuir devant des monstres. Là, on peut rejoindre Santa Fe. C'est à quelques kilomètres seulement, et les républicains contrôlent encore la zone. Arrête de jouer les héros, Federico, tu mets tout le monde en danger...

— Je suis un *payo*, Juan, mais j'ai été élevé comme toi, en vrai gitan. Tout petit les femmes de ma famille m'ont appris à regarder les gens droit dans les yeux, et surtout les adultes. Pour prouver que je n'avais rien à cacher. C'est autant du respect que du manque de respect. Donc ce n'est pas maintenant, alors que je n'ai rien fait, que je vais baisser les yeux. Ils sont capables de tout, c'est sûr, mais jamais ils n'oseront s'attaquer à ma famille...

Un bruit de moteur se fit entendre et deux voitures arrivées à tombeau ouvert freinèrent au bout de l'allée, soulevant un nuage de poussière. Juan et Federico bondirent de leur fauteuil et don Federico, débraillé, sortit sur le perron.

— Que se passe-t-il ? Qu'est-ce que c'est que ce raffut ? Monte dans ta chambre, Federico, je m'occupe d'eux.

Alors que le poète s'enfuyait vers le premier étage, huit phalangistes armés s'avancèrent au pas de charge en hurlant.

— Il est où, ton fils ? Elle se cache où, la pute des rouges ?

Apercevant Federico à la fenêtre de sa chambre, deux d'entre eux bousculèrent don Federico et montèrent chercher le poète, le traînant dans l'escalier puis dans la cour, où toute la famille et les employés avaient été rassemblés.

Federico tremblait de tous ses membres. Un homme de l'escadron s'avança vers lui, le regard défiant.

— Ben alors, tu fais moins le malin, sale petit pédé !

— Je vous interdis de parler à mon fils de cette façon ! s'exclama don Federico.

Le chef des phalangistes s'avança vers lui et lui colla le bout de son fusil sur le ventre. Respirant avec peine, le père de Federico eut un mouvement de recul et blêmit.

— Tu sais, je pourrais tous vous aligner, et ordonner à mes hommes de vous fusiller. On commencerait par ton fils, une balle dans le cul de ce communiste de merde ! On appellerait ça une bavure...

Le rire gras des phalangistes accueillit cette menace avec joie, pourtant certains d'entre eux paraissaient mal à l'aise.

— Ne dis rien, papa, intervint Federico avant de se tourner vers les hommes de l'escadron. Vous ne nous faites pas peur. Quand Luis Rosales, mon ami et votre chef à tous, apprendra de quelle façon vous avez traité ma famille, vous allez le regretter !

À cet instant, la scène bascula dans une violence inouïe.

Sous le regard empli d'effroi de sa famille, une pluie d'insultes et de coups s'abattit sur Federico. Mû par la folie des *espontáneos*, ces gamins qui sautent dans l'arène au mépris du danger, Juan décida de porter secours à son ami et se rua vers les brutes qui le frappaient.

— Arrêtez ! cria-t-il en levant la main. Il n'a rien fait !

Sa voix pleine de colère ne put masquer sa peur. Interloqués, les agresseurs, bâton levé, le dévisagèrent de la tête aux pieds.

— Et tu es qui, toi ? lui demandèrent-ils, goguenards. Un *maricón* de plus ? Une sale pédale ? Viens là, que je te fasse tâter de ma matraque !

Alors que les hommes hilares s'approchaient dangereusement, Juan sentit sur lui les yeux pleins d'espoir de Federico. Il inspira, bomba le torse et, la tête haute, riva son regard sur ces hommes assoiffés de sang et armés jusqu'aux dents.

— Je m'appelle Juan Ortega, fils de María Ortega, cousine du maestro Joselito...

Le silence se fit dans la cour. Les hommes se regardèrent, rongés par un doute qui suspendit leur barbarie. Ce nom, c'était l'histoire andalouse. Il inspirait le respect, et le chef dut se rendre à l'évidence : il venait de perdre ses hommes, et la partie. Il leur fit signe de remonter en voiture mais, avant de partir, il lança cette menace à l'intention de Federico :

— T'inquiète pas : on reviendra, et là, on s'occupera bien de toi ! Fais-moi confiance...

Plus que les coups, ce furent les mots qui heurtèrent Federico : « sale petit pédé », « pute des rouges ». Pourtant, malgré cette humiliation en public, il décida de ne pas fuir Grenade, persuadé que les forces républicaines ne tarderaient pas à libérer la province de ces monstres.

Encarnación n'avait pas assisté à l'agression. Elle était partie rendre visite à Manuel de Falla dans sa *carmen*, une maison andalouse au cœur d'un jardin luxuriant baptisée Ave Maria. Elle se situait à quelques kilomètres de la huerta.

À son retour, les sanglots de Concha lui faisant le récit des horreurs de la matinée laissèrent Encarnación sans voix. Seuls ses yeux, alors qu'elle caressait les cheveux de Federico recroquevillé au fond de son lit, parvinrent à faire comprendre à Juan qu'il fallait faire quelque chose. Les frères Rosales ne feraient pas le poids contre la barbarie qui s'annonçait, et plus personne à Grenade ne pourrait protéger Federico.

Le lendemain, à l'aube, alors que la huerta se réveillait peu à peu, Juan demanda à Francisco Murillo de lui prêter une voiture des Lorca et prit la route vers le village de Pampaneira, berceau de la famille de son père. Quelques heures plus tard, en ce gris matin du 10 août 1936, il quittait le grand axe reliant Grenade à la ville de Motril, au bord de la Méditerranée, pour rejoindre une route en lacet montant sans fin vers les sommets enneigés des monts Veleta et Mulhacén. Pied au plancher, manquant plusieurs fois plonger la voiture dans le fossé, il fixait l'horizon, aveuglé par les rayons de soleil que les nuages laissaient filtrer, se fendant et se ressoudant sans cesse sous les rafales de vent. De temps à autre, un flanc de colline flamboyait en une palette de verts et de jaunes argentés, puis disparaissait dans une morne grisaille. Lorsqu'il arriva dans le ravin du Poqueira, sur les versants brûlés par le soleil d'été, la tache blanche de son village apparut enfin. Cette vision, loin de réjouir Juan, lui serra le cœur. Il n'était pas venu dans la sierra Nevada depuis si longtemps que tout lui revint d'un coup. Il reconnaissait ces ruisseaux et rivières à truites, ces grottes auxquelles on accédait par des sentiers escarpés. Il fallait pour les voir traverser des forêts de pins, de chênes rouvres et d'érables dont il connaissait tous les coins à champignons. À mesure qu'il approchait lui revinrent par bribes les images du passé, mêlées au parfum des essences de thym et de romarin et au souvenir des brûlures du soleil sur ses bras nus, jadis zébrés d'égratignures.

Il gara la voiture au bas du village, dans le *barrio bajo*, proche des terres cultivables où se serraient les familles d'agriculteurs. Il remonta vers la plaza de la Libertad, le centre du village, point de départ et d'arrivée de toutes les rues et de toutes les vies.

En foulant les ruelles pavées de pierres et de galets sur lesquels, enfant, il avait couru pieds nus, il eut l'étrange sensation de renouer avec une partie oubliée de lui-même. L'envie lui prit de tendre la main à ce passé enfoui, de tirer le fil invisible d'un temps où tout était possible, où, pour un gamin au visage noir de terre et de soleil, une simple boule de papier apportée par une rigole de pluie dans les rues tortueuses devenait la plus belle des goélettes.

En regardant remonter lentement du lavoir arabe les femmes aux jupes qui recouvraient leurs chevilles, il se dit qu'à part lui rien n'avait changé. Les femmes chantaient toujours ces complaintes extraites de *corridos gitanos*. Devant l'église de Santa Cruz, une vague d'amertume l'envahit. C'était le quartier des bergers ; celui de son père avec ses dégradés familiers d'ocre et de rouge, ses briques et ses tuiles enchâssées entre des maisons blanches montant en terrasse. Dos à l'église, il songea qu'en fin de compte sa vie n'était qu'une succession de moments de solitude. Il avait parcouru le monde en quête de rien et, enfin revenu au point de départ, il se fit la sensation d'une araignée tournant sur elle-même à l'approche d'un danger. Toujours, il était inutile et désœuvré.

La maison de son oncle se trouvait au sommet du village, près des sentiers qui menaient les moutons vers les pâturages. Elle tenait toujours debout, mais semblait déserte. Juan toqua à la porte, recula et attendit en scrutant les ombres inquiètes qui se succédèrent derrière les voilages à la fenêtre du rez-de-chaussée.

Lorsque la porte finit par s'ouvrir, il ne put réprimer un mouvement de panique. Sa mère, María, qu'il croyait encore à Grenade, se tenait dans l'embrasure, enveloppée dans un long tablier taché de gras. Elle le dévisagea avec dureté avant de s'effacer pour le laisser entrer, sans un mot. Dans la pénombre de la pièce, il vit autour d'une grande table dressée pour le déjeuner plusieurs membres de sa famille. S'il les salua, personne ne se leva pour l'accueillir, et sa mère reprit sa place, bras croisés, sur une chaise paillée.

Juan fut saisi par le contraste entre ces regards froids et les arômes réconfortants de pomme de terre, d'oignon frit et de chorizo qui flottaient dans l'air.

— J'aurais dû vous prévenir de ma visite, je suis désolé, parvint-il à balbutier.

Tous les regards se portèrent sur María, qui se contenta d'émettre un claquement de langue. Un homme se leva enfin, son oncle Pablo, frère de son père et maître de maison. Il alla chercher une chaise adossée au mur et la posa près de lui, loin de María.

— Sois le bienvenu, Juan, viens t'asseoir avec nous. Hilaria, va chercher un couvert pour ton cousin ! ordonna-t-il à une femme sans âge qui s'exécuta immédiatement.

Juan prit place à table, en proie à des émotions contradictoires. Il aurait aimé prendre sa mère dans ses bras, l'étreindre assez fort pour rendre les mots inutiles et lui faire sentir à quel point elle lui avait manqué. Toutefois, il se battait aussi contre l'envie de fuir l'asphyxiante atmosphère de cette salle à manger, ce repas annonçant le deuil de celui qu'il avait été, et de reprendre la route pour ne plus jamais revenir. Juan prit soudain la mesure de sa naïveté. L'Andalousie de son enfance ne l'inviterait pas à la contemplation du passé ; comme Federico, il avait laissé ses fantasmes prendre le dessus sur la réalité. Une assiette d'*alpujarreño* lui fut servie, et Juan se décida à parler.

— Je suis venu vous demander de l'aide, leur dit-il.

Autour de lui, on continua à mâcher bruyamment, ou on suspendit ses gestes sans lever les yeux. Sa mère reposa sa fourchette et le fixa.

— Je sais que tu n'as pas approuvé mon choix de rentrer à Madrid après la mort d'Ignacio, lui dit-il alors à elle seule. Je sais que je t'ai fait beaucoup de peine et que, peut-être, ce jour-là tu as décidé de ne plus me considérer comme ton fils. Mais aujourd'hui j'ai besoin que tu m'écoutes une dernière fois, comme une mère.

Il sentit que ses paroles l'avaient troublée car un voile était passé sur ses yeux, d'une douceur qui atténua son regard de braise.

— Parle, mon fils, je t'écoute.

María n'ajouta rien. Pourtant, derrière ce ton en apparence bienveillant, se cachait une colère froide. Juan hésita, la présence de sa mère bousculant tous ses plans. Mais il était aux abois.

— J'ai un ami qui aurait besoin d'être protégé de la *guardia civil*. À Grenade, il n'est plus en sécurité, et je crains pour sa vie. C'est un homme qui n'a rien fait de mal, je m'en porte garant. J'ai pensé qu'on pourrait le cacher ici pour quelques jours, avant de le ramener à Madrid.

Le silence s'intensifia.

— Qui est cet ami ? demanda alors Pablo en lissant la longue moustache qui lui descendait jusqu'au menton.

— C'est un poète de Grenade... répondit Juan en adressant un regard implorant à sa mère.

— C'est un homosexuel, le reprit María avec haine, suscitant un brouhaha dans la famille sous le choc.

— Il est hors de question qu'un *maricón* s'installe chez nous ! lança un jeune homme assis en bout de table en crachant sur le sol.

— *¡Madre de Dios!* s'exclama la cousine de Juan en se signant.

— J'espère bien qu'ils vont l'attraper, ce dépravé ! renchérit la voix d'une vieille femme venue de la cuisine.

Juan était désespéré. Madrid n'était pas l'Espagne ; cela se confirmait. Dans ces villages isolés, les femmes et les hommes se nourrissaient du mépris des minorités, des étrangers et de tout ce qu'ils ne comprenaient pas. Il allait se lever et quitter la table lorsqu'une canne de bois martela le sol, intimant le silence à l'assemblée. Un vieil homme était assis dans l'ombre.

— Laissez-le parler ! cria-t-il, et tout le monde se tut.

Juan reconnut la voix de son grand-père Francisco, le patriarche de la famille, qu'il croyait mort depuis longtemps. Un mélange fugace de ses peurs et de sa témérité d'enfant lui revint, le chef du clan ayant toujours imposé sa loi.

— J'ai besoin d'une cachette pour une nuit ou deux. Si j'avais une autre solution, je ne vous le demanderais pas. Mais mon ami risque la prison et la mort. Des rumeurs courent sur sa prétendue collaboration avec les communistes, alors qu'il ne se préoccupe pas de politique. Quant à sa sexualité... il est accompagné de sa fiancée.

Juan attendit le couperet de la question qui suivrait.

— Et quel est le nom de cette charmante personne ? s'enquit María d'une voix perfide.

Juan déglutit et la regarda droit dans les yeux.

— Encarnación.

Il s'attendait à tout sauf à ce rire, un rire de folle qui emplit toute la pièce avant de s'achever sur un bruit sec : celui de sa main, cette main qui l'avait caressé, réconforté. Elle s'abattit avec force sur la table dans un entrechoc de vaisselle.

— Jamais ! Tu m'entends, Juan ? Jamais cette prostituée n'entrera dans la maison de ton grand-père ! Si elle met un pied au village, je te promets de la dénoncer sur-le-champ à la *guardia civil*. Et pareil pour ton ami pédé ! Maintenant, va-t'en ! Sors d'ici et ne reviens jamais !

Le visage de sa mère était déformé par la haine. Juan balaya du regard ces gens qui autour de la table le fixaient tous avec la même colère. Il se leva pour s'adresser à eux, son grand-père compris, debout en appui sur sa canne et solidaire des autres dans le mépris.

— Je m'en vais, leur dit-il d'une voix basse et étrangement paisible. Mais, avant de ne plus jamais remettre les pieds ici, j'ai une dernière question à vous poser. Après les républicains, les rouges et les homosexuels, à qui le tour, à votre avis ? Vous pensez que les soutiens de Franco, ces fascistes de la pire espèce, vous laisseront tranquilles ? Vous tentez une intégration et subissez le rejet de vos voisins depuis des générations ! Mais qu'est-ce que vous croyez ? En tant que gitans, vous êtes le contre-modèle de l'idéologie qui se met en place. Vous vivez en marge de la société, avec vos propres règles, repliés sur les traditions et les lois de votre communauté. Vous pensez que ça va passer ? Que les *payos* vont régler ça entre eux ? Que vous serez épargnés ? Aujourd'hui, vous vous drapez dans votre puritanisme et votre égoïsme en faisant comme si ce conflit ne vous concernait pas, comme si la honte était pire que la mort d'un innocent… Mais vous aussi vous n'êtes qu'une minorité ! Au même titre que ceux que vous traitez de pédés ! Alors préparez-vous à être les prochains sur la liste des humiliés, des bannis et des fusillés.

Dans le silence qui étreignit la pièce ne retentit plus que l'écho de sa voix, une vibration grave suspendue dans l'air tels les accords libres d'une guitare que l'on aurait aussitôt étouffés de la main, mais dont les notes auraient, malgré tout, atteint les âmes.

Juan quitta la maison sans refermer la porte. Avant d'atteindre la plaza de la Libertad, il s'entendit appeler et se figea sur place.

— Juan, lui dit sa cousine essoufflée en arrivant vers lui. Juan, ne pars pas comme ça, viens avec moi, lui dit-elle en lui tendant la main.

Sous les traits fatigués d'Hilaria, il tenta de retrouver l'enfant qu'il avait connue. Lui revint alors un visage poupin. C'était la dernière fille de Pablo, celle qui courait pour rattraper le groupe des grands dans la forêt. Il prit sa main et la serra. Quelques mètres plus loin, près de l'église, Juan reconnut la fontaine de San Antonio. C'était donc là que sa cousine le menait…

— Je ne te connais pas bien, Juan, mais je crois avoir compris ce qui te tracasse et que tu n'oses pas avouer. Bois à cette fontaine, Juan, tu t'y laveras de tes péchés et tu trouveras une compagne pour remplacer ton ami.

Juan eut un sourire tendre pour cette femme encore jeune, qui croyait aux bienfaits de la Chumpaneira. Alors, afin de ne pas lui faire de peine, il but à cette fontaine des célibataires et s'en alla après avoir déposé un baiser sur la joue de sa cousine apaisée.

Dans le rétroviseur, il vit s'effacer Pampaneira et inspira une dernière fois l'odeur de terre humide qui s'élevait des champs. Puis il referma la fenêtre sur sa famille et sur son passé.

La soirée était encore jeune mais le soleil enflammait déjà les toits de Grenade. Réfugié dans la chambre du troisième étage du numéro 1 de la rue d'Ayulo, Federico faisait les cent pas, en proie au doute. N'avait-il pas cédé à la panique en demandant l'asile à la famille de son ami poète et membre de la Phalange Luis Rosales ? Il ressassait les mots que, la veille, ses agresseurs lui avaient crachés au visage, refusant toujours de croire que son homosexualité, son amitié avec Fernando de los Ríos ou ses écrits puissent constituer une menace pour lui ou ses proches. Son regard balaya la pièce et son pyjama à rayures dépassant de sa valise fit retomber la tension ; un habit familier, associé aux rêves et à la tranquillité. Le mieux était peut-être de continuer à vivre avec douceur, à écrire des poèmes, à écouter tinter l'eau dans la fontaine du patio et à laisser ses doigts courir silencieusement sur les touches du piano de cette chambre. Il finirait par trouver un moyen de fuir ce climat d'angoisse et de violence pour rentrer à Madrid. Le matin même, en pleurs, sa mère et sa sœur l'avaient convaincu de quitter la huerta et de se rendre en lieu sûr puisque les trois frères Rosales combattaient la République. À court d'arguments, il avait accepté. Lui, si fier de son esprit libre et subversif, s'était pour la première fois de sa vie rendu à la raison et à la pression. Il allait fuir son nid.

— Où est-il ? Je veux le voir !

La voix de Juan résonna dans l'escalier, suivie de ses pas montant les marches et de doña Esperanza Rosales, qui tentait de l'en empêcher. Federico ouvrit la porte et les deux hommes se jetèrent dans les bras l'un de l'autre.

— Mais que fais-tu ici, Juan ? Et pourquoi as-tu l'air si apeuré ?

Juan baissa les yeux avant de murmurer :

— J'ai eu peur qu'ils t'aient arrêté...

Le rire de Federico sonna faux.

— Ils ne peuvent rien contre moi, ici. Je suis en sécurité. Ne t'inquiète pas, Juanito, tout va bien se passer, on n'arrête pas un poète. Bientôt, nous serons de retour chez nous et tout ça ne sera plus qu'un mauvais souvenir !

Juan releva la tête et parvint à esquisser un sourire. Federico s'assit sur le lit et l'invita à prendre place à son côté.

— Tu sais ce que m'a dit Ignacio avant de rallier les arènes ?

Juan fit non de la tête.

— Que la seule façon pour lui de se sentir libre était de risquer sa vie. Et moi, même si j'ai l'air enfermé, ce n'est pas le cas. Je suis libre parce que je pense, je me récite de vieux poèmes, j'écoute le chant des oiseaux et le bruit du vent dans les arbres. Crois-moi, cette liberté, jusqu'à mon dernier souffle, on ne pourra jamais me l'enlever. Mais rassure-toi : je n'ai pas besoin du danger pour exister, et tu ne perdras pas un ami de plus. Maintenant, va retrouver Encarnación. Elle a besoin de toi, et puis je vais te confier un secret : elle ne le sait pas encore, mais elle t'aime...

Juan ne put cacher sa stupeur.

— Ne fais pas l'étonné, Juanito ! Sinon, pourquoi t'aurait-elle demandé de rester auprès d'elle après la mort d'Ignacio ?

Lorsqu'il revint à la huerta dans la nuit, Juan répéta cette conversation à Encarnación, en en omettant les dernières phrases.

Ils passèrent les jours qui suivirent à rendre visite à leur ami et à échafauder des plans d'évasion. La montagne était proche, mais Federico était fatigué et sa jambe blessée lui faisait mal. Prendre une voiture était risqué, les routes étant barrées par les « nouvelles chemises », ces jeunes fascistes qui voulaient imposer un ordre nouveau, plus sanglant et cruel. Le train n'étant pas non plus une option, il ne restait plus qu'à attendre et espérer que les Rosales aient assez de pouvoir sur José Valdés Guzmán, le nouveau gouverneur civil de Grenade, pour que Federico puisse rentrer à Madrid sans encombre.

Le 14 août au soir, sous une chaleur écrasante, Encarnación descendit chercher un peu d'air frais dans le patio. Concha, la sœur cadette de Federico, pleurait en silence dans la pénombre, sur un fauteuil en rotin. La danseuse s'agenouilla face à elle et lui prit doucement la main pour unir leurs forces. Nul mot n'aurait pu avoir la force et l'intensité de cette communion dans l'angoisse et la crainte.

— Manuel va être fusillé, je le sens, et nous n'avons plus de soutien chez les phalangistes. Ils ne m'ont pas laissée le voir aujourd'hui à la prison. J'ai peur, tu sais. Pour lui, pour moi et aussi pour nos enfants. Leur père n'a rien fait de mal et pourtant il croupit au fond d'une cellule, traité comme un chien ! Qu'est-ce qu'on va devenir, Encarnación ? Que vont-ils faire de Federico s'il est arrêté lui aussi ? Mon père ne s'en remettra pas ; notre famille ne survivra pas à une nouvelle humiliation.

Encarnación prit une profonde inspiration. La lune gibbeuse transformait les branches d'arbres en griffes menaçantes grattant le ciel noir.

— Je ne sais pas, Concha, tout est allé si vite... Mais nous sommes encore tous en vie, et il faut garder l'espoir et la foi que nous allons vers des jours meilleurs. Federico est en sécurité à Grenade, Manuel de Falla et les frères Rosales intercéderont en faveur de ton mari auprès du nouveau gouverneur. Ils ont encore du poids dans la région, il sera libéré, crois-moi, et nous partirons tous d'ici.

Les lèvres de Concha dessinèrent un timide sourire sous ses larmes et ses doigts se refermèrent sur ceux d'Encarnación.

— Si seulement tu pouvais dire vrai...

Elles regagnèrent leur chambre aux premières gouttes de pluie.

Le matin du 15 août était humide, encore imprégné des averses nocturnes, mais le soleil était déjà haut dans un ciel d'azur. Juan éteignit le four avant de se rendre à la ferme voisine, pour récupérer les œufs qui lui manquaient. Il était accompagné de la cuisinière de la famille. Une femme au visage fermé, aux mains fortes et aux épaules larges, vêtue d'une blouse noire et d'une jupe paysanne retombant sur de lourdes jambes chaussées d'espadrilles, noires elles aussi. Sur la route, un paysan menait des mulets chargés de cruches d'eau remplies à la fontaine d'Avellano. Au bruit d'un moteur de voiture arrivant à toute vitesse, l'homme et la bête sautèrent dans le fossé. Lorsque les véhicules dépassèrent Juan et la cuisinière, ils laissèrent derrière eux une poussière aveuglante, mais Juan crut les voir tourner à droite. Rassuré qu'ils ne prennent pas la direction de la huerta, il poursuivit son chemin.

La ferme était miséreuse. Un amas de cabanes de pierres aux portes dégondées et rongées par le temps se pressait autour d'une cour. Au centre trônait une fontaine qui semblait à sec. Un homme au visage buriné sortit d'une masure. Son large pantalon de toile retenu par une corde retombait sur des galoches usées. Il hocha la tête pour les saluer, puis partit chercher une poignée d'œufs qu'il leur rapporta blottis au creux de ses mains noires.

À peine eurent-ils rejoint la route menant à la huerta que Juan vit venir vers eux la silhouette d'une femme en une course folle, éperdue. Plus ses yeux parvenaient à en saisir les contours, plus son cœur se serrait. Encarnación hurlait, pieds nus et cheveux lâchés.

— Ils vont l'arrêter ! Ils savent où il se cache !

Juan la rattrapa avant qu'elle ne s'écroule. Ses pleurs secouaient son corps trempé. La cuisinière en laissa tomber son panier, et les œufs se répandirent sur la terre en une tache jaune vif, violente comme une flaque de sang.

— Que s'est-il passé ? demanda Juan.

— Ils sont venus à six pour savoir où était le pédé...

Choquée par ce mot et propulsée vers ces instants d'horreur, Encarnación inspira profondément avant de continuer.

— Ces ordures ont menacé don Federico avec leurs armes, ils l'ont battu, ils voulaient l'emmener et le jeter en prison, c'était affreux ! Puis ils s'en sont pris à Concha et à ses enfants, ils lui ont dit que Manuel serait torturé et fusillé si elle ne parlait pas, si elle ne disait pas où était son frère. J'ai voulu la défendre, mais ils m'ont jetée par terre...

Les sanglots qui remontaient de sa gorge telle une vague souterraine l'empêchèrent de poursuivre son récit. Juan écarta délicatement une mèche de cheveux de son visage et déposa un baiser sur son front en fermant les yeux. En allant à la ferme, il avait failli à sa tâche et se reprochait de ne pas avoir été là, de ne pas avoir pu la protéger.

Lorsque Juan ouvrit les yeux, son regard était dur et froid. Non, son ami n'était pas un doux poète, la victime d'une cabale. C'était un fol égoïste, et il avait mis en danger la femme que Juan aimait.

— Concha a été obligée de dire que Federico était chez les Rosales, elle n'a pas eu le choix…

— Viens, je te ramène à la huerta, dit-il avec fermeté en la prenant par la main. Tu veux que je te porte ?

Les pieds nus de la danseuse étaient couverts de terre, mais Encarnación fit non de la tête et prit le visage de Juan dans ses mains.

— Va le sauver, Juanito.

Puis elle déposa un baiser délicat sur sa bouche avant de reprendre le chemin de la propriété des Lorca.

Juan passa sa langue sur ses lèvres, goûtant ainsi pour la première fois le baiser des héros.

Ils marchèrent en silence, l'un derrière l'autre, suivis de la cuisinière, dont le visage grave ne laissait filtrer aucune émotion. Son chignon s'était défait.

Il devait être près de 4 heures du matin et, à travers la vitre arrière du fourgon, Federico scrutait le ciel noir en frottant nerveusement le bas de son pyjama rayé, sa peau soulevée par des tremblements qui la parcouraient par vagues. À chaque tournant, perçant l'obscurité, il désespérait de retrouver les lumières de sa dernière geôle, à la prison de La Colonia. Il appelait de tout son cœur cette guirlande de lueurs fugitives pour s'y raccrocher comme un enfant se raccroche à des étoiles.

— Toi aussi, tu aimerais les voir une dernière fois ?

Galindo, un maître d'école à la jambe amputée, venait d'interrompre ses pensées.

— Quand ces salauds sont venus me chercher, lui dit-il, j'ai vu mon fils courir derrière la voiture, ça m'a déchiré le cœur…

Les sanglots engloutirent la fin de sa phrase.

Federico serra sa main. Oui, lui aussi, il aurait voulu voir des silhouettes fendre la nuit derrière la camionnette. Voir courir sa sœur, sa mère ou Encarnación en une tentative désespérée de le rattraper, de le sauver des griffes de ses tortionnaires. Égoïstement, sur le chemin de sa mort, au prix de leurs cris de désespoir, il aurait voulu se sentir aimé une dernière fois. Mais elles devaient pleurer celle de Manuel, le mari de Concha, fusillé au matin du 16 août. Lui, il avait été arrêté chez les frères Rosales dans l'après-midi.

Depuis, il avait perdu la notion du temps. Était-on la nuit du 16 ou du 17 août ? Il ne savait plus. Dans le fourgon, ses compagnons d'infortune sursautaient au moindre trou, au moindre cahot de la route. Dans leur visage tuméfié, leurs yeux n'étaient plus que des billes noires affolées.

C'était le dernier voyage de Juan et de Francisco, deux banderilleros. Et aussi le dernier voyage d'un maître d'école et d'un poète. Quatre vies n'ayant rien en commun mais qui allaient prendre fin ensemble, entre Víznar et Alfacar. Unis dans une ultime communion, les quatre hommes pensaient aux meilleures années de leur vie, envolées dans un souffle, et à leurs souffrances à venir dans cette nuit infinie qui s'apprêtait à les engloutir. Tous étaient recueillis, mais aucun ne priait.

En revenant à Grenade, Federico était tombé dans un piège. Pas celui de la Phalange, mais celui des vieilles rancunes familiales. Une vendetta sur ses écrits, ses amours et l'insolence de sa liberté.

À cause de Ramón Ruiz Alonso, un crétin aux ambitions politiques de raté, assisté de brutes sanguinaires telles que Juan Luis Trescastro Medina. À cause de ceux qui n'avaient pas digéré sa *Romance de la garde civile espagnole*, comme Nicolás Velasco Simarro, le bras droit du capitaine Valdés Guzmán, nouveau gouverneur de Grenade. Ou encore à cause des Roldán, humiliés par sa pièce *La Maison de*

Bernarda Alba. Mais, surtout, à cause de cette ennemie farouche : la rumeur.

L'après-midi du 16 août, après son arrestation en compagnie de Miguel Rosales, ils lui avaient fait traverser la plaza de la Trinidad et remonter la calle Duquesa jusqu'au numéro 14, avant de l'enfermer sans explications dans une pièce du gouvernement civil de Grenade. Là, une altercation lui était parvenue du bureau voisin : une conversation houleuse entre son fidèle ami Luis Rosales, son frère José Rosales, membre respecté des vieilles chemises phalangistes de la caserne de San Jerómino, et Valdés Guzmán. José dénonçait l'absence de mandat au nom de Federico García Lorca lors de son arrestation, et réclamait sa libération sur-le-champ. Le poète avait appris avec effroi de la bouche du gouverneur ce qu'on lui reprochait : une lettre anonyme l'accusait d'être l'espion des Russes, l'ami de Fernando de los Ríos, signataire de manifestes républicains, et l'auteur de pièces et poèmes subversifs. Doublé, surtout, d'un homosexuel.

— De ce fait, vous êtes tous des traîtres vous aussi, puisque vous l'avez hébergé.

La voix perfide de Valdés et le silence de José avaient fait comprendre à Federico qu'il était au centre d'un rapport de force entre deux factions insurrectionnelles opposées. À moins d'un miracle, son sort était scellé.

— Je reviendrai avec un ordre de libération. Je vais de ce pas faire appel de votre décision auprès du colonel González Espinoza. Vous ne pourrez pas garder Federico prisonnier, et je ne donne pas cher de votre carrière de gouverneur ! Tenez-vous à carreau, Valdés, je serai là demain matin et je ne repartirai pas sans lui !

La voix de José tremblait de colère. Il avait claqué la porte, puis un moteur avait grondé et une voiture était partie en trombe.

Federico s'était alors autorisé à croire qu'il restait un espoir. À travers les barreaux de la pièce où il était enfermé, il avait jeté un regard sur le jardin botanique, puis s'était allongé à même le sol, puisqu'il n'y avait pas de lit dans sa cellule, et, les mains derrière la tête, il avait observé le plafond, rêvant de son retour à Madrid.

Mais, en pleine nuit, ses geôliers étaient venus le chercher pour le transférer à La Colonia. La colonie de vacances des jeunes filles de Grenade était située à la sortie de Víznar. Et elle était devenue, depuis le 1er août 1936, la dernière demeure des condamnés. Federico avait su, alors, que sa vie était sur le point de prendre fin.

En regardant le ciel noir scintillant, il repensa à son ami Antonio, qui levait toujours son verre en clamant : « À Federico, qui mourra par une nuit étoilée ! »

Le fourgon s'arrêta sur le bas-côté de la route et les portes s'ouvrirent violemment sur une personne que Federico reconnut aussitôt : un fusil Mauser en bandoulière, Antonio Benavides, le cousin de José Benavides, Pepe el Romano dans *La Maison de Bernarda Alba* et membre de l'escadron noir, leur intima de descendre.

Défait, Federico fut tiraillé entre la panique, la haine, un vague sentiment de triomphe et le soulagement d'avoir vu juste. Assis, il fixa cet homme, croisé maintes fois sur la place de leur village, et vit un petit sourire narquois, glacial, se dessiner sur son visage. Un sourire qui, sur ses lèvres molles, ressemblait à une grimace.

— Allez, descends, fais pas ta fillette ! lui lança-t-il en le tirant par le bras.

Derrière Benavides, Trescastro, armé d'un pistolet Astra, riait à gorge déployée.

— J'vais y mettre deux balles dans le cul à ce pédé ! siffla-t-il entre ses dents lorsque Federico descendit du fourgon.

— Mettez-les en rang ! ordonna la voix du chef du peloton, le sergent Mariano Ajenjo Moreno. Dépêchez-vous ! On n'a pas beaucoup de temps, le jour va se lever.

Federico marcha lentement dans l'obscurité profonde, laissant un peu de lui-même à chaque pas comme pour se délester avant le grand voyage. Arrivé sur une bande d'herbe, il reconnut l'endroit où il était. Inconsciemment, il se sentit rassuré. À quelques mètres de là se trouvait Aynadamar, une fontaine abritant une source qui remontait par petites bulles telles des larmes, et où il aimait venir enfant. Alors il tendit l'oreille pour que la musique de l'eau accompagne ses derniers instants.

Il imagina la route en lacet et les cabanons de pierre jetés dans les champs. Les boucs, les aigles, les cascades et les papillons d'été. Il rêva de bosquets, de citronniers et d'oliviers cendrés, du soleil qui brûlerait le lendemain les blanches sierras, sans lui. Puisqu'il ne connaîtrait plus de lendemain. Il pensa à cette terre, sous ses pieds, qui l'avait porté et allait boire son sang pour nourrir une faune sauvage. Il pensa au noyer de la huerta, à tous ces peupliers, ces oliviers et ces cyprès qui continueraient à vivre en se passant de ses mots, regards et inspirations quand le vent bruirait dans leurs branches. Sur le sol, on devinait çà et là des fleurs sauvages, comme sur n'importe quel bas-côté de route de montagne, où dormaient les chevriers. Il se demanda ce qu'ils feraient de son corps qui ne lui obéirait plus et l'imagina porté, jeté, enterré. Quelle serait sa dernière demeure ? Y serait-il seul ? Et si tous les chemins étaient bordés de gens tués à l'aube ? Et si ces fleurs, qu'il avait humées en se roulant dans l'herbe, se nourrissaient du sang des suppliciés ? Et si chaque pré, chaque champ recouvrait les corps de soldats sacrifiés sur l'autel de guerres depuis longtemps oubliées ?

Cette curiosité qui lui avait permis de vivre avec l'espoir de connaître des moments pour rien, pour personne, cette curiosité qui transformait toute fadeur en stridences pour lui et sa poésie, cette curiosité, elle était encore là, l'accompagnant dans son ultime voyage. Il aurait tant aimé composer un dernier poème, sur cette vision bucolique abreuvée de cris de douleur et de chairs déchirées, sur les gamins en culotte courte qui pédaleraient cuisses nues le lendemain à cet endroit et qui, dans ce virage, inconscients du drame de la veille, se gorgeraient de la beauté du paysage. Sa vie allait se finir sur ce bruit que, fatalement, il entendrait. Celui, étouffé, de son corps retombant lourdement sur le sol andalou. Cette terre dont il rêvait pour son tombeau lorsque sa vie prendrait fin, mais pas si vite, pas si tôt.

Oppressé, les tempes battant au rythme de son cœur affolé, Federico tenta de maîtriser sa peur. Il tremblait comme une étoile du matin demeurée seule au ciel. La lune, qui avait illuminé ses poèmes, était voilée à l'aube de sa mort. Personne ne saurait quelle panique, quel vertige sans abîme l'étreignirent, sur quel équilibre fragile il s'avança puis quel mouvement de recul réprimé il eut avant de prendre sa place devant les hommes armés. Le lendemain commencerait l'oubli, avec le souvenir de son visage, de ses mains et de son regard qui s'estomperait chaque jour davantage. Quelques mois, quelques années plus tard, ses amis finiraient peut-être même par se demander s'il avait vraiment existé.

Face aux phares du fourgon, éclairage de fortune de sa toute dernière scène, avant d'être atteint par les balles et fauché par la mort, il eut conscience d'avoir encore un instant et se mit à réciter un de ses poèmes, prémonitoire :

— Mon cœur repose au bord de la froide fontaine...

Alors que les premiers chants d'oiseaux montaient de la vallée, il tomba, emportant avec lui l'ultime vers. Avant de fermer les yeux pour une nuit éternelle, il sourit à l'idée qu'il resterait lui-même et que, des années plus tard, lorsque ses vers seraient lus à haute voix, on y entendrait sûrement le chant des oiseaux.

Le train poursuivait sa fuite dans la nuit. Encarnación était assise près de la fenêtre, tête en arrière, une jambe étendue sur le siège d'en face resté vacant. Dehors, l'obscurité était complète, striée parfois d'éclairs lumineux.

Elle ouvrit ses yeux gonflés de sommeil et de larmes et se redressa avec la sensation coupable d'avoir cédé à la fatigue.

— Toi, tu as de la chance, tu n'as jamais eu de sentiments. Les sentiments, tu ne sais pas ce que c'est, lâcha-t-elle dans le silence du wagon.

Juan n'avait cessé de la regarder depuis leur départ de Grenade. Elle se comportait comme une veuve éplorée. S'il respectait sa peine légitime, cette quête d'empathie qui oscillait entre plainte et méchanceté lui paraissait grotesque. Face à l'indifférence et au mépris qu'elle lui jetait au visage, Juan s'était construit une identité négative. Son double encaissait les coups sous la surface, et sa tête restait à flot. Au fond de lui, il s'efforçait de la détester. Mais lorsque, pour nourrir sa haine, il tentait de rassembler les moments où elle lui avait infligé des blessures, des instants d'une tendresse insoutenable lui revenaient aussi, comme ceux qu'ils avaient partagés dans les jardins de la huerta…

— Tu as raison, les sentiments, je ne sais pas ce que c'est, dit-il tranquillement.

Il était triste, mais surtout las. La famille de Federico, ayant appris le 26 août la mort du poète par le fossoyeur de La Colonia, leur avait demandé de quitter le domaine sur-le-champ. Dans un silence lourd de colère et d'un ressentiment inexplicable, ils avaient pris le chemin de la gare, désignés sans un mot comme les responsables de cette fin tragique. Seule Concha les avait serrés dans ses bras.

— Pourquoi l'amour fait-il si mal ? insista Encarnación, toujours centrée sur son angoisse personnelle.

Puisqu'elle s'adressait moins à Juan qu'à la nouvelle blessure de son cœur, Juan décida de lui révéler le fond de sa pensée.

— Parce que l'amour est une projection vers l'autre. Il dure tant qu'on n'est pas déçu, et tant qu'on ne s'ennuie pas. Et puis il disparaît beaucoup plus lentement qu'il n'est apparu. La défaite de l'amour, on ne l'accepte pas. On se bat, on se raccroche à ce qui nous a fait aimer. Voilà pourquoi l'amour fait mal : parce qu'on s'est trompé. En fait, aimer c'est peut-être avant tout s'aimer soi-même...

Comme Encarnación, Juan n'avait adressé ces mots qu'à son double, ce jeune homme aigri qui se reflétait dans la vitre.

Encarnación releva la tête.

— De quoi parles-tu ? Tu n'as pas la maturité nécessaire pour dire ce genre de choses. Tu n'as jamais souffert par amour, tu n'as jamais perdu un être que tu chérissais. Bien sûr, tu aimais Ignacio et Federico, mais ce n'est pas pareil, tu n'as pas donné de toi au point de t'abandonner à un sentiment qui te submergeait, tu ne t'es pas oublié pour une autre personne. Tu n'as connu dans ta chair aucune de mes souffrances. Aimer n'a rien d'égoïste, c'est au contraire la preuve de la plus pure générosité.

Juan s'interdit de formuler à haute voix ce qu'il pensait. Il s'était résigné depuis longtemps à rester invisible, un meuble qu'on recouvre d'un drap blanc quand l'été se termine et que l'on rentre en ville. Le fantôme des jours heureux qui garde en lui les rires, l'insouciance des vacances et l'affection qu'on lui a portée. Federico s'était trompé, Juan n'était rien pour elle. Encarnación ne l'avait jamais aimé ; il en était sûr à présent.

— La souffrance n'est pas une vertu, Encarnación. Tu n'as pas plus aimé parce que tu as plus souffert. La véritable question est de savoir si l'amour aurait duré, s'il aurait survécu au temps et à l'habitude. Parfois, la mort grandit l'amour en fauchant l'histoire au faîte de sa beauté.

La veille de sa mort, Ignacio avait avoué à Juan sa volonté de mettre fin à sa relation avec Encarnación, par lassitude, et par amour aussi, bien qu'éprouvé pour une autre. Juan se leva et s'assit près de la danseuse, qui ne put réprimer un mouvement de recul avant de se détendre à nouveau.

— Il n'y a rien de désintéressé ou de généreux dans l'amour, reprit-il avec plus de douceur. Mais il y a une certitude : celle que l'autre est compatible avec nos fantasmes et nos idéaux. C'est un choix, parfois inconscient mais souvent bien réfléchi. Évaluer la puissance de l'amour à la seule douleur qu'il procure est la preuve d'un grand manque de confiance en soi. J'ai souffert lorsque Ignacio nous a quittés, et mon cœur saigne depuis que j'ai appris la mort de Federico. Alors tu as le droit de penser que j'ai failli à ma tâche, de m'en vouloir de ne pas avoir réussi à les sauver, je n'ai sûrement pas l'étoffe d'un héros. Mais je ne me permettrais jamais de comparer mes sentiments aux tiens. Nous les avons aimés différemment, alors respectons nos deuils sans les juger. Je préfère te le dire puisque mon souhait le plus cher est de rester à ton côté. J'ai promis à tous ceux qui t'aimaient de te protéger, alors je ne veux pas qu'on se déchire, Encarnación. Donne-moi ta main.

Juan caressa les poignets de verre de sa danseuse et l'attira doucement dans ses bras. Il eut alors la sensation qu'elle attendait ce geste et s'enivra de l'espoir qu'elle s'abandonne enfin. Il ne vit pas son regard se durcir sous ses cils encore mouillés de larmes. Pourtant la colère froide et muette d'Encarnación transperça la nuit. Elle vit se dessiner dans le ciel noir la silhouette de Joselito, d'Ignacio et de Federico. Dans leur habit de lumière, ils avançaient dans l'arène, tête haute, torse bombé, prêts à affronter un immense taureau.

Elle se détacha brusquement de Juan.

— Il n'est pas question de nous déchirer. Nous n'avons tout simplement pas la même conception de la douleur. Ce n'est peut-être pas ce sentiment qui agrémente tes plats. Mais pour moi c'est la vie même. Pour garder l'amour d'une corrida, d'un poème ou d'une danse, pour en comprendre la grandeur, le drame, pour transcender l'instant et parvenir au *duende* il faut avoir souffert, Juan. Sinon, on ne voit que les bas roses du torero, la structure des vers et la croupe de la danseuse. Il est temps que tu fasses ton chemin, Juanito, que tu avances seul dans la vie en me laissant vivre la mienne. Je n'ai plus besoin d'un cuisinier et j'ai assez d'amis.

Non seulement Juan était congédié comme un vulgaire employé, mais le plus blessant était ce Juanito, cette gentillesse feinte dont Encarnación venait d'enrober la cruauté de ses propos.

Il en resta muet. En une phrase, elle venait de lui retirer son droit au deuil, son âme de gitan et son cœur mis à nu.

— J'ai décidé de rejoindre Carmen à New York, lui dit-elle en lui prenant la main. Je ne peux pas rester à Madrid avec les fantômes de mes héros dans le couloir. Et toi, tu ne peux pas non plus vivre dans le passé. L'Espagne va éclater, les rues seront à feu et à sang. La guerre est inéluctable et nous sommes des cibles faciles. Il n'y a plus de place pour nous, Juan. Ni pour la danse ou la poésie. Pars, tu es jeune, il te reste tellement de choses à découvrir ! Moi, je n'ai rien à t'apporter. Nous nous retrouverons sans doute lorsque cette folie aura pris fin, je suis persuadée que nos destins sont liés.

Ce fut une nuit sans sommeil pour Juan. Des heures passées seul à la table de la cuisine à guetter les bruits, à espérer entendre les petits pas de Carmen dans le couloir, le rire grave d'Ignacio, le piano de Federico et la voix cristalline d'Encarnación. Mais ces moments de bonheur suspendu ne revinrent pas. Il ne parvint à penser qu'à une chose : ses derniers instants passés en compagnie de Federico dans la maison des frères Rosales. Le 16 août, il s'y était rendu sans Encarnación, qu'il voulait tenir à l'écart du danger. Pendant plus d'une heure, il avait tenté de rassurer Federico, qui enchaînait cigarette sur cigarette devant la fenêtre ouverte. Il lui avait affirmé qu'il serait bientôt libre et ne risquait rien. Mais, dès que les miliciens nationalistes étaient entrés dans la maison pour l'arrêter, ils avaient su que la fin était proche, que rien ne viendrait plus sauver le poète. Alors Federico s'était tourné vers Juan et, une étincelle dans les yeux, lui avait demandé :

— Et si je m'échappais par les toits ? Si tu m'attendais dehors avec la voiture ? On pourrait rejoindre Madrid ? Je me cacherais dans le coffre... Qu'en penses-tu, Juanito ?

— N'y pense pas, lui avait répondu Juan. Avec ta jambe blessée, ce serait une folie et ils pourraient t'abattre. Non, suis-les et ne t'inquiète pas, ils seront obligés de te relâcher avant le soir, fais-moi confiance.

Quelques minutes plus tard, Federico avait pris place dans l'Oakland immatriculée GR 2185 et conduite par l'infâme Trescastro et, alors qu'elle disparaissait au coin de la rue, Juan avait ramassé un nœud papillon du poète échappé de sa valise mal fermée. C'est la dernière fois que Juan avait vu son ami. Le lendemain matin, alors que José Rosales avait fini par obtenir un ordre de libération pour Federico, ce dernier avait été transféré ailleurs.

Comme Ignacio et Carmen, Federico lui avait demandé de lui faire une promesse. Cette promesse, Juan l'avait faite. Mais il n'était plus en mesure de l'honorer : « S'il m'arrive quoi que ce soit, je veux que tu prennes soin d'Encarnación, que tu la protèges... »

Le 27 août à l'aube, Juan décida de rompre une fois pour toutes avec l'étrange destin qui le poursuivait depuis ses quinze ans. Il posa sa valise dans le couloir avant de pousser la porte de la chambre d'Encarnación. Elle était allongée sur le ventre en travers du lit, encore habillée. Seules ses chaussures s'étaient détachées ; elles gisaient sur le parquet. Juan s'approcha en silence et l'observa. Endormie, apaisée, elle était à la fois proche et inaccessible, encore plus belle qu'il se l'était imaginée. Il tendit les doigts vers le visage abandonné sur l'oreiller, et caressa délicatement les cheveux de sa danseuse, puis déposa un baiser sur son front. À travers ses longs cils noirs, Encarnación ouvrit des yeux emplis de sommeil, lui sourit et lui tendit une main chaude qu'il serra sans force. Leurs doigts se détachèrent en glissant, et les paupières d'Encarnación se refermèrent. Sans un mot d'adieu, Juan referma la porte de l'appartement madrilène et prit le chemin de la gare avec, au fond de sa poche, la carte de visite du restaurateur parisien, Maurice Desailly, propriétaire du Catalan, et, dans sa valise, l'argent qu'Ignacio lui avait légué ainsi que le nœud papillon de Federico enfoui dans la *montera* du torero.

En fin de matinée, alors que les rues de Madrid étouffaient sous le soleil d'été, Encarnación rouvrit les yeux. Les pales en osier tressé du ventilateur brassaient l'air chaud de sa chambre. Elle s'étira et fut surprise de voir qu'elle portait encore ses habits de la veille. Les sens en alerte, elle se mit à l'affût des bruits de l'appartement, mais ne perçut qu'un silence assourdissant. Elle s'assit sur le bord du lit et tenta de rassembler ses pensées.

Les images des jours passés défilèrent dans son esprit, dans l'ordre d'abord, un fondu enchaîné délicat aux arômes de verveine et de café. Puis tout se brouilla avec l'effroyable lenteur d'un cauchemar. Le visage de Federico se superposait à celui de Concha, et tous deux disparaissaient dans un nuage de poussière. Le soleil et le sang effaçaient les contours de la huerta, et Encarnación se vit sur le quai de la gare de Grenade, terrassée de douleur, la main exsangue tendue vers un ciel noir. Le souvenir de ce cri mort-né qu'elle avait voulu accrocher à une lune rouge déchira son cœur et la ramena au présent.

De sa bouche sortit cette plainte de fauve égaré :

— Federico, mon ami, mon frère, mon enfant... Qu'ont-ils fait de ta grâce ?

Depuis son enfance orpheline, elle était résolue à toutes les violences, à tous les écueils, tel un ruisseau sauvage creusant entre les pierres et les herbes folles. Elle avait relevé le défi de la vie et affronté ses peurs. Mais, en ce matin d'été, assise sur un couvre-lit froissé par son seul corps, Encarnación eut le sentiment d'être dépouillée, nue, faible et misérable.

Des bruits lointains de vaisselle la ramenèrent à la vie et elle eut le fol espoir que Juan ne soit pas parti.

Elle se leva et fit quelques pas dans le couloir puis s'arrêta, en proie à des pensées contradictoires. La raison lui dictait d'être plus ferme et de chasser Juan de sa vie s'il était encore là. Pourtant, à l'imaginer affairé au-dessus du fourneau, son cœur lui murmurait que son désir le plus profond était qu'il la prenne dans ses bras, la console et la rassure, même pour la dernière fois. En approchant de la cuisine, elle fit glisser ses pieds nus sur le parquet, pour surprendre Juan ou savourer ces ultimes secondes d'incertitude. Tendue, elle écoutait, mais aucun son n'émanait de la pièce. Après avoir jeté un rapide coup d'œil dans l'office et constaté que Juan n'y était pas, elle pressa le pas et, presque en courant, fit irruption dans la chambre qu'il occupait. Le matelas et l'oreiller étaient dévêtus, l'armoire, dont la porte n'avait jamais fermé, laissait voir des étagères vides, et même la chaise sur laquelle Juan déposait ses vêtements semblait abandonnée.

Juanito était parti. Comprenant qu'elle était seule désormais, Encarnación se laissa glisser sur le sol, le regard perdu sur ce qui avait été un refuge pour lui, une cellule monacale pour ses rêves d'adolescent et ses désirs d'homme.

L'esprit d'Encarnación partit alors sur un très vieux chemin oublié, caché dans les méandres de ses souvenirs d'enfance et qui la mena à un camp de gitans dans la plaine andalouse. Sa peau perçut à nouveau la chaleur du feu de camp, elle vit les hommes, vêtus de chemises propres, s'effacer dans un silence recueilli devant une vieille femme qui sortait de l'ombre. La démarche et le regard fiers, une main sur sa hanche drapée dans une robe à pois, elle défiait qui osait l'observer. Encarnación et Carmen se tenaient à l'orée de ce cercle, blotties l'une contre l'autre, les yeux écarquillés face à tant de force et de beauté. Après quelques trépignements de ses pieds nus, les cordes d'une guitare laissèrent échapper des notes qui appelèrent des sons noirs portés par une voix vibrante et triste. Très lentement, la femme se mit à danser, le corps suspendu entre amour et tragédie, traversé par des vagues sensuelles à la force animale. Ses bras tordus, noués, légers, ondulaient telles les branches d'un saule au bord d'une tombe. Elle était la lune noire et la Sainte Vierge et, lorsqu'elle approcha son visage ridé de celui d'Encarnación, la jeune fille effrayée sentit sur sa nuque le souffle de la bête. Dans les mots que la vieille femme déposa au creux de son oreille, Encarnación perçut le murmure d'un oracle lointain : « Éloigne de toi ceux que tu aimes, car la nuit les engloutira et tu porteras leur corps... »

Dans la chambre de Juan, Encarnación releva la tête et inspira profondément. Cette prophétie, c'était les morts qui jalonnaient sa vie. Joselito, Ignacio, Federico... Désormais, elle était en paix : en chassant Juan, elle l'avait sauvé.

À présent, elle allait affronter cette mort, la provoquer, lui donner son corps et son âme : elle allait se battre. Sa décision était prise. Elle ne rejoindrait pas Carmen, elle resterait ici, en Espagne.

TROISIÈME PARTIE

JUAN

Paris, avril 2000

Robert buvait les paroles de Juan. Jamais il n'aurait imaginé que son ami avait pu traverser tant de souffrances. Il se servit un autre café et en avala une gorgée en silence.

— Je t'ennuie avec mes histoires ? lui demanda Juan.

— Non, pas du tout. J'essayais seulement de me représenter Paris à cette époque. Moi, j'étais avec Suzanne au fin fond de l'Auvergne, derrière un comptoir. C'est drôle de penser que les façades des immeubles qu'on voit aujourd'hui sont les mêmes que dans les années 1930, quand tu es arrivé ici, et que quand on sera tous morts elles seront encore là. Il y a des choses qui ne changent pas. C'est rassurant et terrifiant à la fois, ce sentiment de ne faire que passer. J'ai du mal à imaginer Ginsberg ou Burroughs sortir chancelants du Beat Hotel, surtout quand je vois des hommes de tout âge couverts de lycra faire leur jogging leur casque sur les oreilles...

— C'est vrai que de nos jours c'est totalement différent. Mais c'est un cycle, l'ancien doit toujours le céder au nouveau. Avec le recul, j'ai fait le triste constat que les hommes ne retiennent pas grand-chose des erreurs du passé. En 1789, le peuple ne connaissait rien à la politique, il avait seulement faim, et les révolutionnaires lui avaient fait la promesse de lui donner du pain. Mais, quand ils ont voulu s'arrêter pour pondre des lois, le mouvement qu'ils avaient lancé les a écrasés en les traitant de menteurs. Les républicains espagnols ont commis la même erreur. Ils ont cru que la société était prête pour le changement, que toutes les factions avaient le même but; ils ont pris leurs idéaux pour des vérités et se sont laissé déborder. C'est ce qui me fait peur aujourd'hui avec la montée du populisme. J'entends des discours enjôleurs, avec en creux la haine de l'étranger, de ses croyances, de sa culture, l'utilisation de la peur et le repli sur soi comme bouclier. Pourquoi les gens ne lisent-ils plus ? Où sont les débats enflammés qui animaient les universités ? J'ai l'air d'un vieux con quand je dis ça...

Robert éclata de rire.

— Mais non, c'est exactement ça, on a gagné des années de vie qui ne servent à rien parce qu'elles ont beaucoup perdu en intensité.

— Si tu savais ce qu'était la vie à Paris à cette époque ! Entre les ateliers de Montparnasse et les cafés de Saint-Germain-des-Prés, on vivait au milieu des poètes, des peintres et des chanteurs. Après le service, ils étaient partout pour faire la fête ! La journée, on recevait les hommes politiques au restaurant, et le soir les artistes...

Paris, août 1936 - octobre 1937

Arrivé à la gare d'Austerlitz après une journée et une nuit de voyage sur une banquette en bois, et alors qu'il avait laissé derrière lui les débuts d'une guerre civile, Juan se retrouva en plein mois d'août 1936 au milieu d'une joyeuse cohue de familles armées de cannes à pêche et de chapeaux de paille. Des vacanciers s'apprêtaient à profiter des premiers congés payés.

Quel contraste avec les Espagnols qui comme lui avaient fui leur pays ! Eux débarquaient avec des valises ficelées et des baluchons énormes, blêmes comme des rescapés de naufrage... Cela le fit sourire, et d'emblée il se sentit bien à Paris. En sécurité, puisque l'insouciance y régnait.

Il longea le Jardin des Plantes et les quais de Seine, s'attarda un instant devant Notre-Dame et, devant la fontaine Saint-Michel, il tourna à droite en direction de la rue des Grands-Augustins.

Dans les rues étroites du quartier la chaleur était telle que la plupart des portes des magasins, des cafés et des immeubles étaient ouvertes. Celle du Catalan était fermée. Juan hésita à entrer, assailli par les images de son dernier séjour à Paris, avec Ignacio. Mais il chassa ses souvenirs et entra d'un pas ferme et décidé. Il traversa la salle vide aux tables dressées pour le service du déjeuner, et se dirigea vers la cuisine. Un jeune homme découpait une pièce de viande sur le billot. Dans un français approximatif, Juan lui demanda si le propriétaire, Maurice Desailly, était dans les parages.

Le jeune cuisinier s'esclaffa et lui répondit en espagnol :

— Toi, tu viens d'arriver ! Ici, on parle tous espagnol.

Puis il essuya sa main sur son tablier et la tendit à Juan.

— Fermín Gómez, de Cadix. Et toi ? Tu viens d'où ?

Juan lui raconta son périple depuis son départ de Grenade, en cachant les raisons de sa fuite, puis de Madrid à Bordeaux et de Bordeaux à Paris.

— Et tu connais Maurice ?

— Oui, je l'ai rencontré il y a quelques années, quand je suis venu pour la première fois. Je l'ai appelé de Madrid hier matin parce que je cherche du boulot, et il m'a proposé de venir le voir.

Fermín lança un regard vers la porte d'entrée.

— Il va pas tarder à arriver. Tu veux un café ?

Juan acquiesça et, un instant plus tard, les deux hommes s'attablèrent dans l'office attenant devant deux tasses fumantes.

— Et t'en penses quoi, toi, de ce qui se passe au pays ? Tu crois qu'ils vont gagner, les types de Franco ? lui demanda Fermín, une cigarette au bec.

— Je crois que, malheureusement, la messe est dite… Je les ai vus, les phalangistes, ils sont entraînés, organisés, armés jusqu'aux dents, ils sont encadrés par de vrais militaires, mais surtout ils ont soif de sang. C'est pour prendre leur revanche qu'ils se battent comme des chiens enragés, et les républicains, ils ne feront pas le poids, ça va être un carnage si personne ne leur vient en aide.

Fermín posa les mains à plat sur le plan de travail en dodelinant de la tête.

— Alors les autres ont raison, c'est foutu ! Et moi qui voulais retourner voir ma famille à la fin de l'été...

— Les autres ? Il y a beaucoup d'Espagnols à Paris ? s'étonna Juan.

— Tu rigoles ? Ils sont tous là, même ceux qui ne font pas de politique. Tu vas les voir défiler matin, midi et soir. Parfois, on se croirait dans une bodega avant une corrida tellement y a de monde, ça piaille de partout !

La porte du restaurant s'ouvrit avec fracas. Les deux cuisiniers se retournèrent et se levèrent prestement pour aider le *patrón*, les bras chargés de cageots de victuailles.

Maurice Desailly ne put cacher sa surprise en voyant Juan.

— Qu'est-ce que tu as grandi, mon garçon !

Et, de fait, Juan le dépassait d'une tête et s'était étoffé depuis leur dernière rencontre. Ses cheveux d'un noir de jais, lissés vers l'arrière, encadraient un visage coupé à la serpe et une mâchoire carrée. Avec son regard ténébreux, il était d'une beauté fascinante. Mais Maurice ne fit aucune allusion aux yeux tristes, aux traits tirés ni aux quelques rides qui barraient le front du jeune homme.

Il posa ses mains sur les épaules de Juan et il lui dit avec chaleur :

— Bienvenue dans les cuisines du Catalan, Juan, tu es ici chez toi.

Juan se fit très vite à la vie parisienne.

Dès les premiers jours dans la cuisine de l'établissement de la rue des Grands-Augustins, Juan constata que Fermín avait raison : tout le monde ici parlait espagnol. Depuis l'été 1936, le Catalan était devenu la cantine des artistes espagnols exilés, et pour Juan c'était la même faune qu'à Madrid, mais en outre avec l'auréole des sacrifiés, qu'ils arboraient comme une décoration. On y croisait aussi de nombreux intellectuels, comme Paul Éluard au bras de Nusch, sa compagne et égérie, Robert Desnos, qui repartait avec les restes des repas pour nourrir ses chats, Michel Leiris, toujours assis à la même table près de la fenêtre, ou encore Georges Hugnet, qui remplissait deux cendriers par repas. Au moment du café, les poètes griffonnaient des vers spontanés sur les nappes en papier, quand les peintres les couvraient de dessins au crayon. En fin de service, Juan récupérait ces œuvres pour les coller au mur de sa chambre sous les toits, au numéro 2 de la rue Séguier.

Au déjeuner et au dîner, le restaurant était toujours complet. Aucune réservation n'était nécessaire, chacun avait sa table assignée et ses plats préférés.

Pendant ses coupures entre les services, Juan aimait déambuler dans les rues de Saint-Germain-des-Prés, le nez levé vers les façades qui avaient échappé au plan haussmannien ou le regard fasciné par le flot de jeunes et jolies Parisiennes.

Pour la première fois de son existence, il était seul, ouvert à tous les possibles qu'offrait cette nouvelle vie. Il en avait parfois le tournis, et des idées contradictoires se livraient une féroce bataille dans sa tête. Alors il marchait le long des quais pour se calmer et se convaincre qu'il avait bien fait de quitter l'Espagne. Pourtant, à peine se penchait-il à la fenêtre de sa mansarde pour admirer le spectacle des derniers rayons de soleil sur la flèche de la Sainte-Chapelle qu'il sentait poindre la nostalgie des soirées madrilènes. Le cœur plein des jours heureux, il pensait à la cathédrale de l'Almudena et se promettait de la revoir un jour.

Les semaines défilèrent et, derrière les fourneaux, Juan retrouvait la joie de cuisiner aux côtés de Fermín et des autres commis catalans, basques et castillans. S'encanailler avec eux dans des clubs de jazz et enchaîner les paellas, les tortillas et les *croquetas* étaient les seuls moyens qu'il ait trouvés pour oublier la guerre civile et les récits de combat qui revenaient trop souvent dans les conversations à table.

La France affichait sa solidarité avec les républicains, mais, le 6 septembre 1936, à la suite des pressions venant de Londres, le gouvernement du Front populaire et son président du Conseil, Léon Blum, durent se résoudre à suspendre l'envoi d'avions et de munitions. La France dut s'engager à ne plus intervenir dans le conflit. Cette décision, prise sous la menace des Anglais de ne pas venir en aide aux Français en cas d'attaque allemande, en fit enrager plus d'un, et d'autant plus qu'il était alors de notoriété publique que Franco continuait à recevoir l'aide de l'Italie et de l'Allemagne. En secret, et afin de soulager sa conscience, Léon Blum décida très vite d'opter pour une « non-intervention relâchée » et ferma les yeux sur le trafic d'armes et la livraison d'avions que la France continua d'opérer à la frontière catalane.

Depuis la mi-septembre, tout le monde parlait d'un mouvement international qui prenait de l'ampleur. Un élan de solidarité de centaines d'étrangers, des gens de l'âge de Juan, qui quittaient le Royaume-Uni, l'URSS, l'Allemagne nazie ou l'Italie mussolinienne pour combattre auprès de l'armée républicaine. On racontait que de longues files de jeunes volontaires français se formaient aussi devant le bureau de recrutement parisien, géré par des membres du Parti communiste, pour s'enrôler dans les rangs de cette nouvelle armée et traverser les Pyrénées à bord de trains bondés.

En octobre 1936, on donna un nom à cette légion de combattants étrangers : les Brigades internationales.

Juan et ses collègues évitaient tant bien que mal le regard critique et les remarques de plus en plus fréquentes de clients attardés devant leurs derniers whiskys : ils semblaient s'offusquer de la présence en cuisine de ces jeunes Espagnols qui auraient mieux fait de prendre les armes pour défendre leur pays que d'officier derrière des fourneaux parisiens.

Un soir, peut-être pour contrer des remarques blessantes, Juan confia à Maurice, sous le sceau du secret, qu'il était avec Federico García Lorca à Grenade la veille de son exécution. Il lui raconta les dernières heures de son ami et une larme, la première depuis son arrivée à Paris, roula sur la table.

Maurice posa une main sur l'épaule de Juan avec affection et respect. La nouvelle de l'assassinat du poète avait produit l'effet d'une déflagration dans les milieux artistiques et politiques du monde entier. De New York à Cuba en passant par Madrid, Londres et Paris, tous ceux qui avaient connu Federico étaient bouleversés. Mais le témoignage qui avait le plus ému Juan avait été celui de l'ami chilien de Federico, Carlos Morla, publié dans un journal espagnol. Il en avait surtout retenu cette phrase presque enfantine qu'il avait relue plusieurs fois à voix haute, tel un mantra : « Je ne le crois pas, je ne veux pas le croire, je ne veux pas non plus m'arrêter pour l'imaginer. » Ces mots, plus que tous les poèmes de Pablo Neruda, les déclarations de Luis Buñuel, de Salvador Dalí ou de Pablo Picasso, faisaient écho à ce que Juan ressentait au plus profond de lui, le vide abyssal qu'avait laissé la perte de ce poète qui, à travers ses mots, son regard et son sourire, avait célébré avec force chaque instant de sa vie. Jamais Juan n'avait rencontré pareille énergie, pareille séduction; personne n'était arrivé à la cheville de son intelligence, de son charme et de sa curiosité. Aussi, parfois, il lui arrivait de se dire qu'il lui manquait encore plus qu'Encarnación. Mais sa vie à Paris était si riche, si loin de tous les malheurs de l'Espagne qu'il n'avait pas le choix : il devait être heureux.

Federico García Lorca, lui, revenait sans cesse dans les conversations des exilés. Il était devenu l'image même du martyr de la République espagnole. Lorsque Juan mesura l'ampleur de ce phénomène, il décida de ne plus parler à personne de son amitié avec le poète, de peur de devenir, pour de mauvaises raisons, la nouvelle coqueluche des clients du restaurant.

Mais une question taraudait Maurice.

— Et toi qui étais son ami, tu n'as pas envie de le venger ? De retourner là-bas pour te battre ?

— Il y a tant de morts à venger, Maurice... Federico était un poète, il voulait défendre la liberté. Pas en prenant les armes, mais en écrivant. Moi, je n'ai jamais fait de politique, je n'aime pas la violence et j'ai perdu trop d'amis pour m'engager dans un combat perdu d'avance. Les républicains ont commis une erreur, ils ont cru que les Espagnols de Séville, de Barcelone et de Madrid allaient adhérer spontanément à leurs idées révolutionnaires. Mais face à eux il n'y avait pas un peuple homogène. L'Espagne, c'est une mosaïque de contrastes politiques, religieux, sociaux, culturels et économiques. Quand tu penses que les gitans andalous n'ont aucune affinité avec les autres gitans espagnols, tu imagines que le message ne pouvait pas passer... Pour se battre, les gens doivent aimer ce qu'on leur propose. Il aurait fallu rendre la vie meilleure aux pauvres et permettre aux riches de vivre avec un peu moins, mais ça ne s'est pas du tout passé comme ça, et ç'a été sanglant...

— Mais tu y as cru à un moment, quand même ?

— Non. J'admirais l'engouement de mes amis, qui étaient persuadés d'aller vers des jours meilleurs. Mais au fond de moi je savais que la réalité de l'Espagne nous rattraperait, que les gens ne changeraient pas si vite et qu'ils auraient du mal à s'adapter à toute cette liberté. Je viens d'une province de misère, peuplée d'opprimés. Je sais qu'on ne balaie pas d'un coup des siècles de soumission aux riches et au clergé. Ils ont voulu mettre dans la tête du peuple des idées de salon ; ils étaient persuadés que les gens comprendraient les termes d'égalité et de fraternité. Mais une révolution de petits est toujours rattrapée par la soif de pouvoir, et des millions d'individus, ça n'a jamais fait une nation.

— Attends, Juan, tu ne vois pas que l'enjeu va bien au-delà de celui du peuple espagnol ? C'est la démocratie et la liberté du monde qui sont menacées ! Tous ces jeunes qui sont prêts à quitter leur famille et leur pays pour se battre, ils ont compris que derrière les armées de Franco il y a Hitler et Mussolini, et que s'ils gagnent cette guerre, si on ne fait rien pour aider les républicains, l'Europe sera anéantie et les notions mêmes de liberté, d'égalité et de fraternité ne seront plus qu'un lointain souvenir !

— Tu crois que je ne le sais pas ? Tu penses que c'est par lâcheté que je suis parti ? Je les ai vus de près, ces monstres sanguinaires, ces nationalistes, ces chiens enragés... Rien ne pourra les arrêter. Ces gamins des Brigades vont se faire massacrer, et demain ce sera d'eux qu'on parlera au passé ! On vit la fin d'une époque. Alors si tu acceptes de comprendre que j'ai assez souffert, si tu es toujours d'accord pour que je reste ici en cuisine, s'il te plaît, ne me parle plus de cette guerre ni de l'Espagne. Je veux garder en moi les souvenirs de la vie dans mon pays, mais je ne veux plus voir ses morts.

Maurice hocha la tête en signe d'assentiment et ils burent leur verre en silence.

Puis Juan se remit au travail avec la sensation d'être minable.

La vie reprit au Catalan, et Juan soupçonna Maurice d'avoir parlé, car le regard des clients se fit plus amical.

Les soirs de repos, Juan allait dîner avec des amis à La Soupe Merveilleuse, dans le quartier de Montparnasse. Un restaurant tenu par Wadja, une femme étonnante. On y croisait des poètes, des écrivains, des hommes politiques, des travestis, des comédiens, et on mangeait des soupes jardinières ou du ragoût de mouton aux haricots blancs arrosés d'un bon côtes-du-rhône. Dans les rues de Paris flottait un vent de liberté, tout était permis et, souvent, lorsque Juan regardait cette faune tout à ses plaisirs, il pensait à Federico et à Encarnación et se disait qu'ici ils auraient été heureux.

De temps en temps, certains clients privilégiés se faisaient livrer à domicile, surtout ceux qui habitaient le quartier, et Juan se portait régulièrement volontaire pour s'acquitter de cette tâche. Il aimait entrer chez les gens, découvrir leur intérieur et rester bavarder en prenant un café.

Au printemps de 1937, il lui arriva plusieurs fois de monter des plateaux-repas dans un grenier de la rue des Grands-Augustins, que le locataire avait transformé en atelier. Lorsqu'il découvrit que le peintre trop concentré pour descendre au restaurant était Pablo Picasso, Juan en fut bouleversé. Cet homme, il l'avait croisé maintes fois dans les couloirs de l'appartement madrilène, il avait été l'ami d'Encarnación, de Federico et même d'Ignacio...

Mais Picasso ne le reconnut pas et Juan ne dit rien, de peur d'avoir des nouvelles d'Encarnación ou de ses amis restés à Madrid. Il se contenta de déposer la nourriture sur une table et de regarder l'artiste appliquer les premiers coups de pinceau d'un gigantesque tableau en noir et blanc. Il le préparait pour l'Exposition universelle de Paris et comptait l'appeler *Guernica*. Dans l'odeur de peinture et d'essence de térébenthine, avec le poêle qui tirait en bruit de fond, à chacune de ses visites Juan ne pouvait pas s'empêcher de regarder travailler Picasso. Il fixait sa toile avec un regard de possédé, ses gestes étaient instinctifs et Juan avait vraiment l'impression d'assister à des exorcismes aussi violents qu'intimes.

Lorsqu'il raconta à Maurice ces moments volés au peintre, le *patrón* lui révéla d'où venait l'empressement de Pablo Picasso. L'artiste venait d'apprendre que Joan Miró, dont l'atelier aux verrières crasseuses était installé à l'académie de la Grande-Chaumière, dans le VIe arrondissement, travaillait lui aussi sur une toile qui devait être présentée à cette exposition. Elle aurait pour titre *Le Faucheur*, de grands panneaux représentant un paysan catalan armé d'une faux.

À mesure qu'avançait le tableau de Picasso brossant le bombardement de la petite ville de Guernica, Juan sentit émerger en lui une vive émotion. Ces scènes peintes en noir et blanc lui firent entendre des cris, il vit le sang et les rues jonchées de corps, il eut face à lui l'horreur d'une mère portant son enfant mort, et, lorsque le peintre acheva la figure du taureau, le regard de la bête tétanisa le jeune gitan. Dans ses oreilles retentit le meuglement maintes fois entendu avant l'estocade, un appel à l'aide qui le ramena, jour après jour, au pays.

Juan était arrivé à Paris depuis près de un an. Il n'avait pas cherché à avoir de nouvelles d'Encarnación, mais il ne se passait pas un jour sans qu'il ait une pensée pour elle. Pourtant, il avait tenté de tracer une frontière, de délimiter son espace sans elle et de se tenir à distance de cette faille, de cette ivresse qui l'appelait. Mais c'était impossible : elle faisait partie de lui. Dans la lumière du jour naissant qui colorait en rose les murs de Paris, juste avant de prendre son service dans la cuisine du Catalan, il aimait se promener sur les quais et, avec elle, cette femme-ombre qui ne cessait de s'allonger sous ses pas, il voyait se lever d'autres aubes. Celles des jardins de la huerta, avec la famille Lorca, ou celles des jours heureux, les américaines, du temps où tout paraissait encore possible. Mais, trop souvent, il voyait aussi celle qu'il n'avait pas vécue, la dernière *alba* de Federico, sur la route entre Víznar et Alfacar. Alors il revenait à sa solitude parisienne.

La presse française couvrait abondamment le conflit espagnol et Juan, qui essayait tant bien que mal de se tenir à distance de ses racines et de son passé, ne pouvait flâner dans les rues sans se sentir attiré par les gros titres des journaux. Un matin de juin, alors qu'il se promenait sur le boulevard

Saint-Michel, une photo en première page du *Paris-soir* l'interpella. Il fouilla dans la poche de son pantalon et en extirpa les quelques pièces qui lui permirent d'en acheter un exemplaire. Sur un banc, près de la fontaine, il découvrit un article signé par Antoine de Saint-Exupéry. L'envoyé spécial évoquait le choc que lui avait causé cette logique militaire qui sacrifiait sans raison les hommes et transformait les individus en masse. La photo qui accompagnait l'article, prise par un certain Robert Capa, était glaçante tant la scène semblait réelle et proche. Elle représentait un homme en uniforme fauché par une balle et avait pour titre : *Mort d'un soldat républicain*.

Les mots qui concluaient le texte produisirent un effet inattendu sur Juan. Il se sentit soudain coupable de profiter de ce rayon de soleil, de cette paix des rues parisiennes et de cette absence de peur qu'il éprouvait depuis son arrivée en France quand d'autres s'enrôlaient dans des Brigades internationales pour combattre les armées de Franco. Un sentiment de lâcheté commença à l'envahir, modéré aussitôt par la raison, qui s'érigea en barrière face à l'assaut d'images d'arrestations arbitraires, de convois de prisonniers, et surtout du visage de Federico ravagé par la terreur. Déstabilisé par ces souvenirs remontés d'une zone oubliée, il se remémora quel prix il avait déjà payé pour son pays en perdant ses amis, sa famille, son Andalousie et la femme qu'il aimait. Alors, comme pour se convaincre, Juan se dit que son choix n'avait pas été une désertion mais un acte de survie, qu'il n'avait jamais eu l'étoffe d'un héros, que son destin était ailleurs et que sa nature profonde se réveillerait moins en étant confrontée à la mort qu'en prenant part à la vie. Il inspira l'air de l'automne parisien et reprit son chemin, laissant le journal plié sur le banc.

La France lui avait donné la possibilité de repartir de zéro en échappant au destin étrange que les douze dernières années lui avaient imposé. Cette chance, il ne voulait pas la laisser passer. Pour la première fois de sa vie, il ne pensait qu'à lui.

Quelques semaines plus tôt, un soir de mai, Maurice Desailly avait demandé à Juan de le rejoindre dans son bureau pour discuter autour d'un verre d'alcool de poire.

— Tu te sens bien ici ? avait-il demandé à brûle-pourpoint à Juan, qui, surpris par la question mais aussi inquiet, avait pris son temps avant d'acquiescer. Ça tombe bien, parce que j'ai une proposition à te faire. Dis-toi que si tu l'acceptes, je serai rassuré.

Juan s'était penché vers Maurice, comme pour lui témoigner son intérêt.

— Voilà. Je ne me fais plus tout jeune, et dans quelques années j'aimerais retourner dans ma campagne. Alors j'ai pensé que, le jour venu, plutôt que de vendre le restaurant à un inconnu, je commencerai par céder des parts à une personne que j'estime et qui aime ce lieu. Cette personne, c'est toi, Juan. Je sais que le jour où je déciderai de partir tu reprendras les rênes avec le même esprit, la même générosité, et que l'histoire du Catalan continuera. Sauf qu'il sera tenu par un Andalou... Qu'en penses-tu ?

L'affaire fut conclue quelques jours plus tard grâce à la coquette somme qu'Ignacio avait laissée à Juan. En un mois, il avait trouvé cette paix, cette sérénité qui lui avaient tant fait défaut.

Les jours et les nuits se succédèrent. Si Juan avait un coup de cœur pour une jeune Parisienne, il la ramenait dans sa chambre, sous les toits de la rue Séguier. Puis, lorsque l'un des deux se lassait, ils se quittaient sans drame. La vie était facile, ordonnée, et résonnait du flamenco que, certains soirs, des gitans fraîchement arrivés laissaient échapper de leurs guitares sauvées du désastre.

Mais, malgré les rires et les chants, sous son bonheur de façade Juan sentait s'immiscer en lui la question de son non-engagement dans le conflit qui ravageait son pays.

Ce fut une rencontre, en octobre 1937 au Catalan, qui bouleversa sa vie. Par la suite, lorsqu'il y repensa, des années plus tard, il sut que toute cette époque en apparence insouciante l'y avait préparé.

Depuis le mois de juin 1937 et la démission de Léon Blum de la présidence du Conseil, la France était dirigée par un gouvernement radical, mais les hommes de confiance choisis par l'ancien président pour assurer la logistique et la confidentialité de la livraison d'armes aux républicains espagnols étaient toujours en place.

Deux d'entre eux comptaient parmi les habitués du Catalan.

Un chapeau en feutre noir vissé sur la tête, des allures de jeune premier et toujours habillé avec la plus grande élégance, Jean Moulin affectionnait la table du fond, celle qui se trouvait près de la cuisine. Sur la nappe, il laissait toujours des dessins qu'il signait du pseudonyme Romanin. Ancien chef de cabinet de Pierre Cot au ministère de l'Air et nommé préfet de l'Aveyron depuis le mois de janvier, il venait souvent à Paris et passait toujours par le Catalan. Sur son visage se lisaient l'intelligence et l'honnêteté ; c'était un bon vivant et il aimait manger, boire et s'amuser. Lorsque la salle se vidait, Juan se joignait parfois à lui pour évoquer, autour d'un digestif, son départ d'Espagne et son amitié avec Federico.

Le compagnon de table de Jean Moulin arrivait toujours en retard. Sa haute silhouette franchissait la porte du Catalan au pas de course et s'affalait sur la banquette en crachant ses poumons, juste avant d'allumer une cigarette et de se servir un verre de vin. Sous ses airs d'éternel adolescent, Gaston Cusin avait de grandes responsabilités. Ce fils de douaniers savoyards à la moustache fine avait été nommé par Léon Blum au poste de délégué pour les relations interministérielles du gouvernement français avec la République espagnole. C'était lui qui, malgré la chute de Léon Blum, restait à la tête du réseau clandestin de « douaniers-contrebandiers » permettant de contourner le blocus des armes imposé par les Anglais. En discutant à voix basse, les deux hommes prenaient des airs de conspirateurs et suspendaient leur conversation dès qu'un étranger approchait de leur table.

Juan observait leur manège avec curiosité. Un samedi d'octobre 1937, alors qu'il ne restait que quelques convives attardés devant leur café, Jean Moulin appela Juan et lui proposa de le rejoindre à sa table. Il le présenta à Gaston Cusin et à un autre homme, droit sur sa chaise, un réfugié politique italien nommé Giulio Cerreti, plus connu sous le pseudonyme d'Allard.

— Voici le jeune Espagnol dont je vous ai parlé. En plus d'être un excellent cuisinier, il a le privilège d'avoir été un ami proche de Federico García Lorca jusqu'à sa mort.

Les deux hommes restèrent muets et regardèrent Juan avec une pointe d'admiration. Afin de dissimuler sa gêne, ce dernier alluma une cigarette et dénoua son tour de cou, qu'il glissa sous ses cuisses. L'aura mystique qui magnifiait le nom du poète depuis son assassinat le dérangeait toujours. Lui qui l'avait connu si léger, si joyeux et apolitique, il enrageait de le voir récupérer par les anarchistes, les communistes ou les socialistes.

— Juan est arrivé de Madrid l'année dernière et, depuis, il n'est pas retourné en Espagne, poursuivit Jean Moulin.

Giulio Cerreti se tourna vers Juan. Son regard véhiculait une curiosité réelle néanmoins teintée d'une lueur accusatrice.

— Ton pays ne te manque pas ?

Juan le fixa, comme pour évaluer le danger.

— Évidemment qu'il me manque, répondit-il en souriant. Comme l'Italie pour vous. Et mon souhait le plus cher serait d'y retourner et d'y vivre jusqu'à ma mort. Mais l'Espagne que j'aimais n'existe plus. J'ai trop vu de quelles atrocités les gens sont capables. Vous savez, quand vous évoquez la mort de Federico, le visage de ceux qui l'ont arrêté me revient de plein fouet. C'étaient ses voisins, ceux qu'il croisait tous les jours sur la place du village et qui lui souriaient. C'est une guerre fratricide qui se joue là-bas, et quand les membres d'une même famille sont prêts à s'entretuer, alors tout est perdu.

Juan repensa alors à ces mots d'Antoine de Saint-Exupéry qui l'avaient tant déstabilisé tout en lui permettant de comprendre pourquoi il n'était pas retourné se battre : « En guerre civile, l'ennemi est intérieur, on se bat presque contre soi-même. »

Les trois hommes échangèrent des regards entendus, et Gaston Cusin prit la parole à son tour :

— Tu as raison. Mais s'il existait une chance, même infime, de faire basculer l'Espagne du bon côté, tu crois que tu pourrais t'engager dans les rangs de celles et ceux qui se battent pour y arriver ?

Juan réfléchit.

— Je ne fais pas de politique, dit-il avec honnêteté. Je n'en ai jamais fait. Je ne suis ni anarchiste ni communiste, mais je reconnais que le sort de toutes ces femmes, ces hommes et ces enfants qui se font massacrer sur ma terre m'empêche de dormir la nuit. Malheureusement, même si j'aimerais pouvoir les aider à retrouver une vie normale, la cause me semble perdue.

— Détrompe-toi, tempéra Jean Moulin en posant la main sur le bras de Juan. Il y a encore de l'espoir et nous avons besoin de femmes et d'hommes qui connaissent le pays, pas d'encartés fanatiques ni de soldats de fortune à la tête brûlée. Ce conflit est unique, il s'est étendu bien au-delà des frontières espagnoles, il a transcendé les rivalités partisanes, et le coup d'État raté des nationalistes n'a pas été vécu comme une attaque du pays seul mais comme une agression faite au monde entier. Nous sommes tous en train de combattre le fascisme sans aucune revendication politique. Rends-toi compte, des hommes comme Bernanos ou Mauriac sont dans le même camp que Gide, Roland ou Kessel ! C'était inimaginable il y a encore quelques mois ! C'est un combat éthique, presque philosophique, c'est une croisade contre le Mal que nous menons et c'est une résistance démocratique et citoyenne qui nous unit. La protection de la liberté n'a ni patrie ni parti, Juan, et il est grand temps que le fascisme soit anéanti avant qu'on se retrouve tous en guerre.

Juan écouta attentivement, sans être tout à fait convaincu par l'idée de ce mouvement international fraternel, ce discours lui rappelant trop ceux qu'il avait entendus à l'avènement de la République espagnole.

— J'ai été témoin d'un engouement identique à Séville, à Grenade et à Madrid. J'ai vu l'émotion dépasser la réalité. Les gens croyaient que les choses changeraient parce que l'intention était bonne et parce qu'ils étaient persuadés qu'avec un peu d'éducation la population comprendrait. Mais ces gens dont vous parlez, ces résistants qui refusent de rester les bras croisés et affluent de tous côtés, que connaissent-ils de l'Espagne ? Quelles sont leurs vraies motivations à part projeter dans ce conflit leurs propres rêves et espoirs ? J'ai bien peur que cette guerre ne soit plus une excuse pour vivre un idéal qu'une véritable occasion de défendre un peuple opprimé.

Ébranlé par l'analyse de Juan, Jean Moulin regarda ses amis, qui ne disaient rien.

— Je suis conscient que beaucoup de ceux qui partent ont cette idée de guerre sainte contre le capitalisme, les nantis ou les barbares, reprit-il. Mais oublions ces hommes et leurs desseins, oublions le POUM ou la CNT-FAI, oublions les rivalités politiques. Je te parle de ton pays, de tes amis, de ta famille, de toutes celles et tous ceux qui sont restés là-bas et qui espèrent qu'un jour une vie paisible remplacera la terreur. Il faut que tu saches une chose, Juan, l'Espagne n'a pas besoin d'hommes, elle a besoin d'armes, et c'est exactement ce que nous faisons en secret. Nous lui livrons les moyens nécessaires pour se battre, pour défendre la paix et la sécurité de ses citoyens. Si nous ne le faisons pas, si nous laissons les Soviétiques seuls face aux fascistes, alors nous aurons failli à notre tâche et à toutes nos valeurs. Mais, surtout, nous aurons détruit l'espoir d'une entraide mondiale, de la première guerre idéologique. Les Brigades internationales, c'est un phénomène inouï, un engagement pour des valeurs, des idées ; c'est un combat inédit et fragile. Si nous perdons cette guerre, ce sera la dernière fois que des civils étrangers s'engageront pour défendre la liberté des autres au péril de leur vie et la société se tournera vers l'individualisme. Lorsque la foi ne sera plus qu'un lointain souvenir, quand on se rendra compte que rien n'est plus grand que nous-mêmes, alors on voudra une vie meilleure pour nous et notre petit cercle, sans plus se soucier ni des autres ni des générations futures. Tu peux vivre avec ça, Juan ? Moi, je ne le peux pas.

Les mots de Jean Moulin transpercèrent le cœur du jeune homme. Il revit les rues de Madrid au temps de l'insouciance. Son Espagne était encore bien là, au fond de lui.

— Qu'attendez-vous de moi ?

Ils lui expliquèrent alors le plan d'une prochaine mission à la frontière espagnole, et ce discours fut pour lui comme un soleil qui glisse à l'horizon, un sentiment de renouveau pareil à toutes ces aubes qu'il aimait tant. Ces mots éclairèrent sa vie d'une lumière nouvelle, comme la caresse de la rosée sur les contours d'un paysage endormi.

C'est ainsi qu'en janvier 1938 Juan Ortega, accompagné d'une vingtaine de combattants espagnols, français et belges, repassa la frontière catalane dans la neige et le froid et effectua sa première mission clandestine pour le compte du gouvernement français, une livraison d'armes aux républicains espagnols.

Madrid - Catalogne, hiver 1938

L'annonce, le 23 février, de la prise de la ville de Teruel par les nationalistes fit l'effet d'une douche froide dans les rangs républicains et la capitale se couvrit d'un voile de deuil. Ce jour-là, le lieutenant-colonel Henri Morel, attaché militaire de l'ambassade de France à Madrid, écrivit à Paris que cette victoire nationaliste n'avait été possible qu'avec l'aide des aviations allemande et italienne et que le peuple espagnol s'en souviendrait : « Dans un pays où la façon de tuer le taureau compte plus que le fait de le tuer, le matador qui entrerait dans l'arène avec une mitrailleuse aurait peu à compter sur l'adhésion d'un peuple brave et qui croit que la force a ses règles. »

Du Cerro Garabitas, la colline qui domine Madrid et délimitait à cette époque la ligne de front entre les deux armées, des tirs de célébration déchirèrent la nuit jusqu'au petit matin.

Encarnación pressait le pas en descendant la calle de Fuencarral pour rejoindre l'Edificio Telefónica, la plus haute tour de la ville et le siège de la presse internationale.

Elle avait abandonné le flamenco, le chant et la musique pour se consacrer à la lutte contre ceux qui avaient fusillé son ami le plus cher. De Madrid à Barcelone, troquant ses habits de danseuse pour l'uniforme de combattante, elle s'était rapprochée des femmes et des hommes du gouvernement et consacrait désormais sa vie à affronter la mort, le poing levé.

Depuis l'été 1936, Madrid avait été le théâtre de multiples et sanglants affrontements entre l'armée républicaine et les nationalistes. Dix-huit mois plus tard, c'était une ville assiégée et en ruine...

Mais, malgré les longs mois de combat et de privation, les façades éventrées et les décombres qui obstruaient les grandes artères, la capitale espagnole avait continué à vibrer, à rire et à chanter dans toutes les langues, surtout depuis l'arrivée de centaines de membres des Brigades internationales.

Encarnación, accompagnée d'autres miliciennes vêtues comme elle de gros pulls en laine, de larges pantalons de toile recouvrant des godillots fatigués, et coiffées de calots de l'armée républicaine, était chargée d'accueillir les convois de nouveaux combattants. Dans l'éclat de leur regard se nichait la colère des hommes. Ils étaient jeunes et si beaux dans leur sacrifice pour un pays dont ils n'étaient pas les fils.

Au milieu de tous ces visages, Encarnación chercha longtemps celui de Juan. Son cœur se serrait lorsqu'une silhouette dépassait de la foule, elle faisait quelques pas dans l'espoir de revoir son gitan, mais découvrait chaque fois avec soulagement de jeunes hommes inconnus.

Puis elle fermait les yeux pour pousser Juanito dans un coin de sa mémoire, avec Joselito, Ignacio et Federico.

Ce matin de février, avant d'aller chercher un groupe de journalistes anglais qu'elle devait accompagner à Barcelone, Encarnación avait fermé son appartement et déposé deux valises à la réception de l'hôtel Florida qui bourdonnait comme une ruche et où logeaient les écrivains, les intellectuels et les journalistes qui couvraient le conflit.

Lorsque, sur la route, sa voiture dépassa un convoi de camions dont les bâches étaient frappées d'une croix rouge et qu'elle savait remplis de blessés et de morts entassés, Encarnación repensa au regard si doux de Juan et pria pour qu'il soit loin, en sécurité.

Elle se tourna alors vers les journalistes et leur dit :

— Avant, on ne savait pas qu'on était heureux...

Entre janvier et septembre 1938, Juan effectua quatre voyages en Catalogne, mais jamais il n'alla plus loin que Capmany, une commune de la province de Gérone, à une vingtaine de kilomètres de la frontière avec la France et à deux heures de route de Barcelone. Là, il remettait les caisses emplies de munitions aux représentants de l'armée républicaine, qui les chargeaient dans des camions bâchés. Lui repartait avec une cargaison de cagettes emplies de fruits et légumes pour justifier son retour à Perpignan. Il laissait derrière lui les jeunes hommes qui l'avaient accompagné, leur jetant un regard alors qu'ils se précipitaient sur des outres en peau de bouc pour s'enivrer, ne sachant pas lesquels d'entre eux seraient encore là la fois suivante. Puis il rentrait à Paris en train ou à bord d'un avion militaire qui traversait la France pour atterrir au Bourget.

Ce ne fut pas sans appréhension qu'il envisagea son premier retour en Espagne. La frontière franchie, il attendit l'étincelle qui aurait dû faire jaillir les souvenirs enfouis dans sa mémoire, se prépara à voir céder une digue qui aurait libéré un flot d'émotions. Mais rien ni personne ne l'attendait. Un retour n'a de sens que si on y est espéré. Or Juan, âme errante, mort ressuscité planant au-dessus de paysages familiers à la recherche d'un visage, d'un sourire, quitte à prendre le risque de se rendre visible pour être accueilli ou simplement reconnu, constata avec amertume que la vie de ses compatriotes s'était poursuivie en dépit de son absence. Ils vivaient tous des jours et des lendemains comme lui, sans lui. Jamais il n'eut envie de pousser plus loin son voyage, non par désintérêt, mais parce que le peu qu'il découvrait de la Catalogne ne ressemblait en rien à son Andalousie ; c'était un autre pays.

À Paris, le rapport et les ordres de mission étaient toujours élaborés autour d'une table du Catalan. L'amitié entre Juan et Jean Moulin grandissait à chaque réunion ; une relation fondée sur un respect mutuel et sur les rêves que chacun nourrissait pour une vie meilleure. Mais le lien entre les deux hommes était plus singulier encore. Si Jean n'était pas son mentor, chaque rencontre, chaque échange avec ce combattant intègre et humaniste faisait de Juan un homme. Pour la première fois de sa vie, le petit gitan andalou était à l'ombre et non pas dans l'ombre d'un grand homme. Il avait sa place à son côté. Protégé, guidé et non pas dominé ou bâillonné par sa timidité maladive. Les discussions enflammées, les plans de mission, les secrets et la confiance qu'on lui témoignait déplacèrent le combat, que Jean et bien d'autres menaient, vers un rivage intime que Juan redécouvrait. Et plus cette bataille semblait perdue d'avance, plus elle devenait sienne. À chaque voyage vers la Catalogne, il se mit à observer les regards qu'on portait sur lui, le respect avec lequel il était traité. Souvent, il ne pouvait s'empêcher de regarder au-dessus de son épaule, à la recherche d'un autre, plus grand.

Peu à peu, Juan échappa à ce complexe de l'imposteur qu'il traînait depuis son enfance. Il se sentit soudain digne de ce rôle qu'on lui avait attribué et il prit plus de risques, engagea son corps encore plus loin, donna ses ordres avec une nouvelle assurance, toujours étonné qu'ils ne soient pas discutés. Son regard devint plus dur et sa voix mua d'une octave. Le jeune homme de vingt-huit ans à la carrure athlétique et aux cheveux en bataille avait enfin pris le pas sur le petit Juanito et ses rêves inachevés.

Mais l'équilibre était fragile car, de temps en temps et malgré ses efforts, son passé le happait par le biais d'une résille de détails, une odeur familière, un bruit ou une voix surgie de la foule parisienne. Dès que Juan percevait un signe, il s'arrêtait pour se soumettre à cette vague nostalgique qui recouvrait tout en effaçant son présent. Il prenait alors place sur un banc ou un muret et se laissait aller à cette projection d'images libérées du néant. Encarnación n'était souvent plus qu'une ombre, un reflet parfois. Quand Juan croisait une femme aux allures de danseuse dans les rues de Paris, son absence dessinait avec force les contours de ce vide qui l'accompagnait au-delà des frontières. Elle était devenue un esprit qu'on invoque, une âme sœur flottant au-dessus de la sienne. Il lui parlait à voix basse afin de ne pas perdre le fil et il écoutait les silences à la recherche de ses paroles à elle, prononcées sûrement quelque part. Il souffrait dans sa chair d'ignorer ce qu'était sa vie loin de lui, il aurait voulu qu'elle puisse voir l'homme qu'il était devenu...

Au début, Juan s'était raccroché à une image, celle d'avoir grandi au côté d'Encarnación, d'avoir partagé une jeunesse douloureuse, une intimité forcée, imposée. Il aimait l'idée qu'ils s'étaient aidés plutôt qu'aimés. Puis il avait décidé de mettre de côté cette bouée ridicule du lien indéfectible entre un frère et une sœur, puisque lui-même n'avait plus aucun contact avec sa famille et l'avait remplacée par un écheveau de sentiments éthérés, un amour placé au-dessus des contingences, un élan pur, sublime et léger. Il avait fait d'Encarnación l'empreinte, au plus profond de lui, de tout ce qui avait disparu, et cette nouvelle lumière sur leur relation, cette sincérité nécessaire au vaincu l'avait aidé à avancer, à consolider les ancrages qui lui avaient manqué. Deux années s'étaient écoulées depuis qu'il avait refermé derrière lui la porte de l'appartement madrilène, deux années en coulisse à peaufiner son rôle d'adulte. En partant, il avait rendu à Encarnación l'amour qu'elle ne lui avait jamais donné et il n'attendait plus que l'occasion d'entrer à nouveau sur la scène qu'on lui avait refusée et de s'imposer, aux yeux des autres, mais surtout à ceux de cette femme, comme l'homme qu'on respecte, celui qu'on attendait en secret.

Juan pensa à cette phrase de Federico : « Rien n'est plus vivant qu'un souvenir. »

Il avait mille fois raison. Encarnación était toujours là, jumelle invisible, ange gardien posé sur ses épaules, il sentait sa présence en creux, les plis de sa robe repliés comme des ailes prêtes à se déployer. Au-delà d'une obsession, elle était l'instinct et la passion qui le guidaient, et il reprit ses pas, confiant, car il savait que leurs destins étaient liés.

Paris, avril 2000

Robert se leva de sa chaise pour se dégourdir les jambes. Il fit le tour de la pièce et quelques pas dans le couloir, puis demanda à Juan de lui montrer les cuisines du restaurant.

— Si tu veux, mais il n'y a rien à voir, c'est fermé depuis longtemps... lui répondit Juan après s'être étiré.

Ils descendirent l'escalier, traversèrent la salle vide et entrèrent dans une longue pièce éclairée au néon. Les fourneaux étaient reluisants, il n'y avait aucune trace de poussière et une batterie de casseroles était toujours alignée sur des crochets.

— Ça fait plus de vingt ans que tu as fermé les cuisines du Catalan, pourquoi n'as-tu pas embauché un autre chef pour te remplacer ? s'enquit Robert.

— Je ne sais pas, la lassitude, peut-être... Tu sais, la cuisine n'a jamais été une passion pour moi. J'ai appris avec ma mère, et comme je ne savais rien faire d'autre j'ai continué en essayant d'y mettre un peu de sens. Après la guerre, j'étais seul aux manettes et les habitués sont revenus. Cocteau, Claudel, Camus, qui adorait la corrida et était membre du Club taurin de Paris, Brando, Mauriac, qui dînait trois fois par semaine et qui avait sa table, Prévert, Aragon... J'en oublie sûrement, mais ça fusait, ça rigolait, on était tous si heureux d'être en vie ! Les clients débarquaient vers 22 heures et les artistes bien après, c'était l'époque des cabarets et des caves de Saint-Germain-des-Prés. Je recevais des bassines pleines de calamars et ça sentait la friture jusqu'aux quais. Quand ils repartaient, ils chantaient en titubant, ils puaient l'huile bouillante et moi j'étais rincé ! Dans les années 1950 et 1960, j'organisais aussi des soirées flamenco, sur une mini-scène aménagée au rez-de-chaussée. C'était joyeux, mais ça n'avait rien à voir avec la sueur et le sang, il n'y avait plus de fêlure chez les nouveaux arrivants puisque Franco semblait indéboulonnable et avait bâillonné les gitans.

— Tu n'as plus eu de nouvelles de ta famille après ton départ de Grenade ?

Juan fit non de la tête.

— Tu n'as jamais cherché à la revoir ?

Juan se détourna et ouvrit un tiroir comme s'il cherchait quelque chose.

— Tu sais, chez nous, celui qui se dispute avec sa famille, avec sa mère surtout, celui qui s'éloigne et ne revient pas s'exclut définitivement de la communauté, et même ses frères oublient qu'il a existé. C'est un groupe qui demande beaucoup de fidélité, et je me suis senti trahi par les gens de mon sang, qui n'ont pas voulu sauver Federico. Finalement j'avais raison, ils croyaient qu'en ne prenant pas parti ils se feraient oublier, mais Franco les a marginalisés, discriminés et méprisés. Aux yeux des autres, ce sont devenus des parias, un fléau social, une race de délinquants qu'il fallait parquer loin de la bonne société catholique. Alors je ne sais pas ce qu'ils sont devenus...

Il se tut un instant. Le souvenir de ses parents et de son frère affleurait à sa mémoire, mais il combattit la résurgence de ces images en passant une main sur ses yeux, puis reprit :

— Pour revenir au Catalan, dans les années 1970 le restaurant est devenu une institution, un truc à touristes. Ils voulaient de la paella et des tapas, tu te rends compte ? Tous me parlaient de *Guernica* ou d'Hemingway comme s'ils avaient connu la guerre civile, et ça m'était insupportable. J'ai fermé le restaurant il y a vingt-cinq ans, mais pendant dix ans j'ai quand même continué à cuisiner pour mes amis. Et puis, avec l'arthrose... La vieillesse, mon petit Robert, c'est une calamité et à notre âge chaque jour compte double...

Juan se tut et écarta les doigts de sa main droite à plat sur la table, puis il se reprit et lança sur un ton enjoué :

— Bon, allez ! Quand je bois, je deviens un peu nostalgique, mais dès que je suis saoul ça va mieux, alors remontons dans la cuisine et buvons !

De retour à table, Juan prit une gorgée de vin et repensa à la suite de son histoire, celle qu'il ne voulait pas raconter et qui le hantait. Mais Robert perçut un changement subtil dans le regard de Juan. Un mince voile de larmes remontées des profondeurs troublait les yeux de son ami.

— Et Encarnación, cette femme que tu as aimée pendant toutes ces années, tu l'as revue ? lui demanda-t-il alors.

Juan replongea dans son passé avant de poursuivre. Il se rappela cette phrase de Romain Gary : « Le peu que la vieillesse a appris est en réalité tout ce qu'elle a oublié... J'ai été et je ne serai plus jamais. »

Il avait cru naïvement qu'Ignacio et Federico étaient des obstacles sur sa route, que sans eux tout serait possible, qu'Encarnación se rendrait compte que c'était lui l'homme de sa vie. En réalité, ils n'avaient jamais été des obstacles mais des boucliers et il avait eu, lui aussi, comme tous les hommes qui la croisaient, le rêve arrogant de la posséder.

— Elle a tout perdu en très peu de temps et je n'ai pas su l'aider, alors je ne parle jamais d'elle, pour me protéger, parce que je souffre encore en y pensant.

Robert plongea son regard dans celui de Juan.

— C'est pour ça que tu as dit que l'Espagne t'a rattrapé ?

— Oui, j'ai eu la faiblesse de retourner là-bas par amour. Pas pour celui de cette femme, mais pour celui de mon pays.

Barcelone, octobre 1938 - février 1939

Fin septembre, les accords de Munich scellèrent le sort de la Tchécoslovaquie. En sacrifiant, après l'Espagne, un autre pays allié, la France et la Grande-Bretagne crurent naïvement que la menace d'une guerre mondiale s'était éloignée. Pour leurs dirigeants, tout n'était qu'une question de détails extérieurs tant que les plans de Hitler ne dépassaient pas la révision d'autres frontières plus proches. Ils étaient prêts à fermer les yeux et Daladier comme Chamberlain, après avoir apposé leur signature sur l'arrêt de mort d'un peuple, furent acclamés en héros à Paris et à Londres.

De leur côté, les combattants républicains perdaient de plus en plus de terrain et beaucoup d'entre eux s'étaient repliés à Barcelone, à l'instar du gouvernement encore en place.

Déstabilisé par la trahison des gouvernements britannique et français, Juan se sentit soudain orphelin. Il se demanda à quel moment, à quel âge et à quel endroit il pourrait enfin se sentir chez lui. Mais un gitan serait toujours l'étranger de l'autre, et les traces des roulottes sur les chemins de l'exil, gravées sous sa peau comme un tatouage intime, une couche émergée d'un palimpseste oublié, firent surgir son âme andalouse. Son destin se dessina peu à peu devant lui. Jour après jour, il grimpa jusqu'à se tenir bien droit sur les épaules de ses géants, un torero et un poète, pour voir plus loin, pour combler la douleur de leur absence et leur rendre vie à travers son propre engagement.

Mi-octobre, il se proposa de se rendre à Barcelone pour représenter son réseau secret à la cérémonie d'hommage aux membres des dernières Brigades internationales, démobilisées, qui allaient quitter l'Espagne. Un sabordage des treize mille étrangers qui restaient, orchestré par les républicains afin de forcer le reste de l'Europe à s'engager officiellement dans la guerre contre le fascisme.

Arrivé le 27 octobre au soir dans la capitale catalane, Juan comprit dans le regard vide des habitants qu'il croisait que le rêve de la République s'était envolé. Il lut une apathie tragique sur des visages épuisés. En s'apprêtant à dire au revoir aux brigadistes, chacun se préparait, en coulisse, à la reddition et à ses conséquences dramatiques. Un repli militaire et intime à la fois, la fin d'un rêve fraternel, comme l'avait prédit Jean Moulin. En déambulant dans les ruelles à la nuit tombée, Juan prit la mesure des dégâts causés dans la capitale de la Catalogne par les bombardements du mois de mars et les débordements de la révolution. Il passa devant la caserne Lénine, haut lieu des Brigades internationales, vide à présent, et des restes d'églises brûlées. Sur les murs de la ville, fissurés par les éclats d'obus, quelques affiches anciennes, couvertes de graffitis, accrochèrent son regard furtif. Il accéléra le pas et dépassa rapidement les silhouettes de matador aux couleurs fanées, aux noms presque effacés, de peur de reconnaître parmi le cartel annoncé celui d'Ignacio.

Le lendemain matin, jour du défilé, les rues se remplirent de soldats fatigués, vêtus d'uniformes troués. Ils saluaient la foule qui se pressait aux balcons pour lancer des pétales de fleurs sur leur passage, en criant « Merci, camarades ! ». Le regard débordant de gratitude, les derniers combattants firent l'effort de se mettre en rang, au pas, en un baroud d'honneur pour ce peuple qu'ils aimaient tant.

Juan se fraya un chemin dans cette foule crasseuse, désabusée mais étonnamment joyeuse. Tout en cherchant à rejoindre la tribune officielle, il ne se hâta pas tant il était ému par cette communion désolée. Des grappes d'enfants en guenilles sautillaient au son de la fanfare et des chants, des gamins farceurs, rieurs, seuls porteurs d'une joie innocente, inconscients de ce que leur famille allait subir dans les années à venir.

Sans armes, quoique la tête haute, les soldats démobilisés laissaient transparaître leur abattement, leur stupeur et leur désillusion, car ils venaient de comprendre qu'une réalité brutale avait barré la route à l'utopie. Était-ce la fin du monde qu'ils avaient espéré ? Le sacrifice d'une vie pour une cause plus grande n'avait-il plus de sens ? Assistaient-ils au début du sectarisme ? De l'individualisme ? Les étrangers, accueillis en héros au début du conflit, étaient redevenus des étrangers.

Le regard vagabond de Juan errait sur ces jeunes gens dont il avait longtemps questionné l'engagement, et soudain il comprit. Oui, ils avaient lancé des slogans faciles et fait de beaux discours, oui, ils s'étaient approprié cette guerre en plaquant dessus leurs idéaux, mais ce qui les définissait par-dessus tout n'était ni les paroles ni les idées. C'étaient les actes qu'ils avaient accomplis. Et de ces actes, sous leur tenue miteuse, il leur restait la trace d'une grande fierté. Juan se demanda alors ce qu'on se rappellerait, des années plus tard, de ces femmes et de ces hommes qui s'étaient sacrifiés et dont le sang mouillait la terre espagnole.

Que demeurerait-il de tout ce qui allait disparaître ?

D'un pas lourd, Juan avança vers la tribune, montra ses papiers et son invitation officielle à un jeune garde, puis prit place au troisième rang à côté d'un journaliste anglais. Lorsqu'il s'assit, toute lueur d'espoir s'était éteinte en lui. Il savait la République condamnée. Son regard balaya les gradins et les gens qui s'ébrouaient, chacun y allait de son « *¡Hola compañero!* » et « *¡Viva la República!* ». Au-dessus de lui, le gouvernement était au grand complet, en rang serré. Il reconnut Juan Negrín, le président du Conseil, Manuel Azaña, le président de la République, Lluís Companys, le président de la Généralité, des hommes debout dans le chaud soleil d'automne, comme au garde-à-vous devant une armée qui, elle aussi, savait.

Une femme s'avança vers le micro. Juan ignorait qui elle était et, face à la liesse de la foule, il s'enquit de son nom auprès de son voisin, qui parut étonné de son ignorance.

— C'est Dolores Ibárruri, la pasionaria, vous savez, c'est elle qui a lancé le fameux « *¡No pasarán!* » quand Madrid a été assiégée.

Juan acquiesça et observa le parterre de femmes et d'hommes en contrebas qui, silencieux à présent, attendaient le discours. Les paupières mi-closes et d'une voix empreinte de ferveur et de gravité, Dolores Ibárruri prit enfin la parole :

— Camarades des Brigades internationales ! Des raisons politiques, des raisons d'État, le salut de cette même cause pour laquelle vous avez offert votre sang avec une générosité sans limites vous font retourner dans votre patrie pour les uns, à une émigration forcée pour les autres. Vous êtes la légende ! Nous ne vous oublierons pas. Et, quand l'olivier de la paix fleurira, entrelacé avec les lauriers de la victoire de la République espagnole, revenez ! Revenez à nos côtés ! Ici, vous trouverez une patrie pour ceux qui n'en ont pas, des amis pour ceux qui doivent être privés d'amitié, et, pour tous, l'affection et la reconnaissance de tout le peuple espagnol.

Elle avait parlé au nom de la population silencieuse, avec douleur et passion, incarnant sa lutte et son espoir. Ces mots, après avoir traversé le cœur de la foule de femmes et d'hommes en larmes, se posèrent sur les tuiles des maisons en attendant le premier vent qui les mènerait vers d'autres cieux, vers d'autres peuples opprimés.

Juan fut submergé à son tour par cette ferveur, par ce fol espoir de la victoire sur les nationalistes et de jours meilleurs. Il se leva et applaudit Dolores Ibárruri en reprenant le « *¡No pasarán!* » scandé par la foule en liesse. Mais, alors que ses yeux embués s'attardaient sur les traits de cette mère du peuple, une autre silhouette se détacha, un visage familier se dessina de plus en plus précisément et la stupeur fit soudain place à la joie.

Encarnación se tenait là, à quelques rangées de lui, droite et fière au milieu des hommes de la tribune présidentielle. De son regard dur s'échappaient les feux d'une profonde douleur, de ses lèvres closes ne sortait aucun son, elle était telle qu'il l'avait imaginée dans ses ombres parisiennes, vivante et morte à la fois.

Juan n'osa pas faire un geste. Encarnación l'aperçut parmi la foule, et son visage s'éclaira jusqu'à se fendre de ce sourire si familier. Les quelques pas qu'il fit vers elle lui donnèrent l'étrange impression de revenir à lui.

La première chose que fit Encarnación, avant de le serrer dans ses bras, fut de lui ébouriffer les cheveux, un geste maternel qui coupa court à tout espoir de retrouvailles amoureuses, de cette évidence que Juan aurait voulu voir apparaître dans son regard.

— Juanito ! Quel bonheur que tu sois ici !

Puis elle se retourna vers ses amis pour lancer d'une voix forte que Juan ne lui connaissait pas :

— Je vous présente Juan Ortega, un ami fidèle, un frère, perdu et retrouvé.

Ils le saluèrent brièvement et reprirent le cours de leur discussion, que la présentation de Juan avait interrompue. La foule au bas des gradins se dispersa en soulevant des nuages de poussière sèche, la musique de la fanfare remplaça les discours et chacun repartit d'un pas léger vers une bodega ou de celui, plus lourd, qui accompagnerait le départ vers la frontière. Encarnación, qui observait Juan du coin de l'œil, ne laissa rien paraître de ses émotions alors même qu'elle avait perçu la déception qui voilait le regard du jeune homme.

— Oui, je sais... C'est triste de voir un si beau rêve s'effondrer ainsi. Moi aussi, j'y ai cru, alors que, tu te souviens ?

avant la mort de Federico je ne pensais qu'à chanter et danser. Mais j'ai vu Madrid, ma ville, changer sous les attaques répétées. Les rues étaient pleines de cadavres et de blessés. Nos endroits, Juan, ceux qu'on aimait, ceux qui ont rendu tant de gens légers et heureux, ils les ont détruits avec leurs bombes. Tout était saccagé et même les oiseaux avaient arrêté de chanter. J'ai tout de suite pensé à rejoindre Carmen et oublier ces horreurs, je serais revenue quand les choses se seraient calmées. Mais devant ce carnage je n'ai pas pu, il fallait que je sois présente aux côtés de ceux qui se battaient pour notre liberté.

Elle débita ces phrases avec un mélange de colère froide et de tristesse, puis se tut, les paupières closes et la bouche sèche, en proie à une profonde souffrance. Juan posa délicatement sa main sur son épaule dénudée. Il voulait la rassurer, mais au contact de sa peau tremblante il recula brusquement. Encarnación était ailleurs, si loin de lui qu'il put seulement murmurer :

— Oui, je l'ai su.

Un homme s'avança vers eux. Juan reconnut Manuel Azaña, le président de la République, à l'allure fatiguée, au crâne dégarni et au nez chaussé de lunettes rondes, qui le salua avant de glisser son bras sous celui d'Encarnación et de l'entraîner vers un groupe qui s'éloignait.

— *Vámonos*, petite, on va déjeuner ! lui dit-il avec affection.

Encarnación, un sourire d'enfant sur les lèvres, tourna la tête vers Juan, immobile sur les gradins vides, et lui fit signe de se joindre à eux. Ils marchèrent dans les rues encombrées jusqu'à la plaça de Sant Agustí Vell, celle aux airs parisiens avec ses grands arbres et ses pavés inégaux, sur laquelle se tenait un banquet en l'honneur des Brigades internationales.

À table, ils étaient placés loin l'un de l'autre, et Juan, assis sur une chaise bancale, entouré de jeunes officiers de l'armée républicaine, prit bien garde de ne pas trop la dévisager, sans cependant détourner les yeux de ses traits. Ses pommettes avaient perdu un peu de leur hauteur sur son visage creusé, mais son regard brillait des mêmes feux que dans son souvenir.

Au fil de la discussion enflammée, Juan raconta ses missions en expliquant son rôle pour les Français, il écouta les récits de batailles, de combats en première ligne et les petites histoires du front. C'est ainsi qu'il découvrit que les armes qu'il faisait passer en contrebande depuis des mois étaient souvent défectueuses, issues de stocks dont les pays « amis » voulaient en réalité se débarrasser tout en en tirant le meilleur prix, et que ces fusils, en s'enrayant devant l'ennemi, avaient coûté la vie à des centaines de jeunes combattants. Amer, Juan se fit la réflexion que, même quand il voulait être un héros, il n'était qu'un raté.

Le vin aidant, les convives se mirent à chanter. De l'*Himno de Riego* au *Paso del Ebro*, tout le répertoire révolutionnaire y passa et Juan, qui commençait à trouver le temps long, tenta de faire un signe à Encarnación pour lui signifier son envie de se lever de table. Mais jamais elle ne croisa son regard, hypnotisée par la ferveur de ces chants populaires. Alors que Juan, dépité, s'apprêtait à prendre congé, une voix s'éleva de la cohue et la place qui accueillait le banquet redevint silencieuse. Une voix que Juan connaissait bien, au timbre unique, cristallin : celle d'Encarnación, qui reprit une des chansons populaires du disque qu'elle avait enregistré avec Federico, celui que Juan écoutait en boucle à Paris en rêvant de leurs retrouvailles.

Il ferma alors les yeux et tout lui revint.

Les rires des soirées madrilènes, les sorties au marché de San Miguel, les longues promenades dans les jardins de l'Alhambra, les *speakeasies* new-yorkais, le sang d'Ignacio sur son habit de lumière, le dernier regard de Federico à l'arrière de la voiture qui l'emmenait vers son voyage ultime sur un chemin de montagne, et le bruit étouffé de la porte de l'appartement, ce dernier bruit de leur vie à quatre, ensemble.

Il rouvrit les paupières et fixa cette silhouette fragile qui ramenait du fond de son cœur des paroles oubliées, projetait sa peine sur une assemblée recueillie et qui, par la magie de son chant, entraîna chacun et chacune vers ses disparus pour offrir leurs morts à la vie. Pour eux, elle était La Argentinita, la veuve des amours heureuses, mais pour lui, en cet instant suspendu de grâce pure, elle redevint Encarnación, sa *guapa*, la femme de sa vie, et plus rien d'autre n'eut d'importance à ses yeux. Ni sa déception ni son orgueil. Elle était là, toute proche, et il se sentit prêt à tout pour ne plus jamais la perdre.

Un sentiment de paix l'envahit. Juan était enfin chez lui.

Lorsque les applaudissements se turent, que tout faisait sens et qu'il se laissait aller à cette ivresse, il l'entendit l'appeler :

— Juanito ! Viens avec nous !

Et, de retour dans son rôle passé, celui où il avançait sans se poser de questions, il se leva pour la rejoindre.

— Qu'as-tu fait toutes ces années ? Tu ne m'as donné aucune nouvelle, petit ingrat !

Le ton était léger, badin, comme si la vie allait continuer en musique, en vers et en combats perdus d'avance qui nourriraient son *duende*. Elle plongea son regard dans le sien et Juan ne put s'empêcher de chercher un éclat, rien qu'une petite étincelle qui aurait pu lui laisser l'espoir qu'après tout ce temps elle l'aimait. Mais ce fut comme fixer le canon sec d'un fusil, deux billes noires avec, tout au fond, la mort. Il chassa ces pensées et répondit avec douceur :

— Je n'étais pas loin.

— Oui, à Paris, on vient de me le dire. Alors comme ça, tu aidais la cause ? C'est bien de ne pas nous avoir oubliés, Juanito, c'est bien d'avoir combattu à ta façon.

Elle accompagna ces mots d'un nuage de fumée, puis tira à nouveau sur son cigarillo, l'air absent.

Il ne sut pas ce qui le gêna le plus dans ce qu'Encarnación venait de dire, ce « nous » qui ne l'incluait pas et contenait en lui l'exil, la lâcheté, voire la fuite devant l'ennemi ? Ou ce « à ta façon », qui annihilait le danger et minimisait les risques qu'il avait pris à chacun de ses voyages ?

Pour cacher son malaise, Juan se servit un grand verre d'eau et ravala tous les mots qui se bousculaient, ceux qu'il aurait voulu lui dire pour lui faire comprendre ce qu'il ressentait, car le moment était mal choisi et il était conscient de sa propre fragilité.

À la place, il lui raconta sa vie à Paris, le Catalan, les exilés espagnols et les artistes qu'il fréquentait. Elle l'interrompait à chaque mention d'un nom connu, avide de nouvelles d'amis perdus. Il en rajouta, voulant se donner la part belle de complicités rêvées, et elle buvait ses paroles comme à une source fraîche, oubliée. Pour une fois, il était le centre de son attention. Il fut ému par sa naïveté lorsqu'elle lui demanda, ses petits yeux écarquillés par l'espoir :

— Et il n'y a pas de fascistes à Paris ?

— Si, malheureusement. Mais beaucoup de ceux qui pensent comme eux ne savent pas ce qu'est réellement le fascisme. Ils sont dans un confort d'avant-guerre, celui qu'on a connu à Madrid et à Grenade, loin du front et de la mort. Ils se sont habitués à la paix. Alors, dans les salons parisiens, ils parlent, ils complotent, ils soutiennent Hitler et Mussolini sans se douter un instant qu'en s'approchant trop du brasier ils risquent de brûler. Ils vont vite le découvrir, mais pour l'instant ce sont les barbares rouges et les anarchistes qui leur font peur, alors ils ont choisi le camp qui leur ressemblait le plus, celui de Franco.

— Mais il faut les éduquer, répliqua Encarnación, les préparer à toute cette violence, il faut qu'ils craignent les fascistes ! Tu leur diras quand tu rentreras, tu leur raconteras ce qu'est devenue l'Espagne, que tout ce qu'on croyait avoir gagné a disparu sous nos yeux, comme ça, d'un coup, qu'on a été surpris, sidérés par tant de cruauté. Il faut qu'ils sachent pour les morts et les suppliciés, des deux côtés, qu'ils entendent parler des églises brûlées et des femmes violées. Il faudra que tu te battes à Paris pour éviter un nouveau massacre, je compte sur toi, Juanito !

Il déposa un baiser sur ses cheveux en lui promettant de continuer la lutte à son retour et en taisant son projet de la ramener à Paris avec lui.

Puis, à l'heure fauve, main dans la main, ils déambulèrent dans les rues, elle toujours aussi fragile et lui, le torse bombé. Appuyés l'un contre l'autre, ils rirent aux larmes en se remémorant les frasques des années madrilènes. Le soleil bas caressait les façades et donnait un nouvel éclat aux visages poussiéreux, le vent qui traînait dans la ville n'était plus qu'un murmure, ils étaient là chez eux, puisqu'ils venaient tous d'ailleurs.

Lorsque Encarnación lui demanda de la raccompagner à son hôtel, Juan crut que la nuit allait prolonger leur complicité, la muer en un mélange de peaux et de douceur, mais, arrivés dans le hall du Majestic Inglaterra, elle se tourna vers lui et l'embrassa sur la joue.

— Reviens demain vers 10 heures, on prendra le petit déjeuner ensemble, comme avant.

Puis, avec un dernier geste de la main, elle monta les marches du grand escalier. Juan se retrouva seul, au milieu du brouhaha d'une foule perdue entre la fête et la déroute. Les valises s'entassaient et les concierges, dépassés, tentaient de répartir les femmes et les hommes dans des dizaines de voitures qui, moteur tournant, attendaient de prendre la route de la France. Sur le perron, il s'arrêta au beau milieu du tumulte et, insensible aux bousculades, ferma les yeux et murmura entre ses dents :

— Non ! Les choses ont changé, tu ne peux plus la laisser disposer de ta vie comme ça lui chante ! Tu n'es plus le jeune homme qu'elle a connu, son Juanito, c'est fini ! Il est temps de l'affronter, de tout lui dire, au risque de la perdre à jamais.

D'un mouvement brusque, il fit demi-tour et courut vers la réception. Là, il demanda le numéro de la chambre d'Encarnación et grimpa quatre à quatre l'escalier vers la suite 412.

Encarnación eut du mal à dissimuler sa surprise en ouvrant la porte. Sans un mot, elle le laissa entrer. Le salon était baigné d'une lumière écrasée, çà et là étaient éparpillés des robes, des chaussures et des foulards, le plancher était couvert de journaux, des rangées de verres vides côtoyaient des cendriers pleins.

— Tu veux boire quelque chose ? Il doit bien me rester un fond de mauvais whisky, fit-elle en rangeant une veste d'homme élimée.

Juan parcourut la pièce du regard, le ventre noué. Il était en proie à de multiples questions quant au bien-fondé de sa présence dans cet univers qui lui était à la fois si intime et si étranger.

— Non, merci, ne te dérange pas pour moi. Je ne sais pas pourquoi je suis monté, je suis désolé.

Il se mordit les lèvres, tiraillé entre l'envie de s'enfuir pour ne jamais revenir et celle d'ouvrir son cœur. Puis il pensa que c'était sans issue, que la honte serait là, quel que soit son choix, alors il se lança :

— Je ne sais pas comment te le dire, Encarnación, mais je n'arrive pas à être heureux de t'avoir retrouvée. Je m'étais imaginé tellement de choses, j'avais rêvé de ce moment, et puis rien ne se passe comme prévu. Tu fais comme si on pouvait reprendre la vie là où on l'avait laissée. Trois ans, trois ans ont passé depuis la mort de Federico et mon départ de Madrid, tu ne crois pas que ça nous a changés ? Tu ne vois pas que je ne suis plus le petit Juanito qui emboîtait le pas à Ignacio sans poser de questions ? J'ai moi aussi vu des choses que je n'oublierai jamais, j'ai souffert de mon côté, je me suis battu « à ma façon », comme tu dis, et ça a fait de moi un homme, un autre, mais tu ne le vois pas ! Tu me congédies comme un *peón*, tu m'exclus de ton passé comme si ces trois dernières années avaient été les plus importantes de ta vie ! Mais tu ne peux pas effacer ce qu'on a vécu, tu ne peux pas oublier celles et ceux qui ont partagé ta vie d'avant. Tu n'as pas le droit de croire que la perte de mes amis et de mon pays n'a pas forgé mon caractère. Tu m'as chassé de ta vie parce qu'on avait les mêmes plaies et ça, ça te contrariait ; tu voulais être la seule à porter tes deuils. Je ne suis même pas sûr que tu sois heureuse de m'avoir retrouvé, j'ai l'impression que ma présence bouleverse tes projets...

En disant cela, Juan s'effondra sur le canapé alors qu'Encarnación, debout au milieu du salon, le fixait sans parler. Puis elle fit quelques pas vers la fenêtre ouverte et posa ses mains sur la balustrade en fer forgé.

— Viens près de moi, lui dit-elle doucement.

Juan, comme l'aurait fait un chien docile, se leva et la rejoignit en silence. Encarnación inspira longuement et reprit, le visage relevé et le regard perdu au loin, d'une voix cassée :

— Tu me parles de tes souffrances et je les comprends, tu n'es plus le même et je le sais. Mais regarde tous ces hommes en bas, ceux qui fument, qui rient et qui boivent comme si demain allait apporter l'insouciance et la liberté, l'ordinaire des jours tranquilles.

D'un mouvement lent de la main droite, elle désigna les hommes attablés dans les jardins en contrebas. Juan ne suivit que son poignet de verre, celui qui se cassait au son du flamenco. Il ne voulait pas regarder les soldats car il avait peur de trouver parmi eux celui qui avait pris le cœur de sa petite danseuse, celui qui avait laissé sa veste sur le dos du fauteuil. Il savait, il percevait dans le détachement d'Encarnación qu'elle était amoureuse d'un autre.

— Ce sont eux les héros, ni toi ni moi. Ils ont vu le diable de près, ils ont été sidérés par la barbarie et la cruauté dont l'homme est capable, et eux-mêmes ont été surpris de ce qu'ils recelaient dans les tréfonds de leur être. Le mal est en chacun de nous, c'est difficile à accepter, et pourtant il est bien là.

En prononçant ces paroles, Encarnación toucha la poitrine de Juan à l'endroit du cœur et planta son regard dans le sien, ne lui laissant aucune chance d'échapper à la suite :

— Je sais que nous allons perdre, qu'il faudra bientôt fuir et abandonner nos rêves d'une vie meilleure. Tu étais loin, mais si tu avais vu Barcelone avant, Juanito, quand nous étions certains d'être dans le vrai, si tu avais pu faire l'expérience de cette joie et croiser le regard empli de fierté des gens dans les rues ! Les drapeaux rouges ou rouge et or qui flottaient dans le ciel, les pétales de fleurs qui voltigeaient des paniers, recouvraient les chemins et les pavés en accompagnant le départ et le retour de nos soldats. Nous avons chanté, dansé, travaillé avec la force, l'enthousiasme d'un peuple enfin heureux. Imagine-toi une ville, une société qui se tutoie, plus de *señor* ou de *usted*, nous étions tous égaux, autogérés, du petit commerce aux grandes entreprises, du garçon de café aux cireurs de chaussures, en passant par les prostituées et les anciens patrons. Tout le monde travaillait main dans la main en troquant des services et des biens. Nous n'avions plus besoin d'autorité. On a éduqué les paysans, on a aboli l'argent et réparti les récoltes selon les besoins de chacun, on a brisé les chaînes d'un peuple opprimé. En fait, on a fait la guerre et la révolution en même temps, c'était si enivrant qu'on en oubliait presque la souffrance et le prix à payer. J'ai vu des femmes et des hommes heureux de mourir pour une cause qui les dépassait, j'ai été témoin de sacrifices inimaginables faits pour des inconnus, par des étrangers, j'ai pleuré la perte d'un homme que j'aimais en cachant mes larmes car, pour lui, je voulais maintenir la flamme et continuer son combat, tout pour que sa mort n'ait pas été vaine. Cette route jonchée de cadavres, ce n'était plus une utopie, c'était le bout du tunnel ! On a aperçu une nouvelle lumière, on était presque arrivés à faire comprendre au peuple que nous sommes plus forts si notre but ultime est le bien collectif ! Mais il a fallu qu'encore une fois l'individu prime, que la soif de pouvoir prenne le dessus, que les querelles intestines fassent exploser la communauté. C'est pour ça qu'on a perdu, Juanito, parce que les hommes ne s'aiment pas assez pour espérer que l'autre, les autres, leur soit égal. Les penseurs sont morts ou désabusés et il ne reste plus que les barbares, ces hommes au cerveau brûlé qui ont perdu le sens de notre lutte. Les digues ont cédé, l'intelligence a disparu, et on ne se comprend plus puisque chacun est retourné à son combat ou à sa cause, et le peu d'humanité qui reste va voler en éclats. Bientôt, il ne nous restera plus qu'à fuir, à nous recroqueviller sur nous-mêmes et à être réduits à un seul désir : sauver sa peau. Voilà ce qui nous attend... Alors, oui, tu as raison, je suis déstabilisée par ta présence, mais non pas parce que tu bouscules mes plans. C'est seulement qu'aujourd'hui il n'y a plus de place pour la joie.

Juan tourna la tête. Les yeux embués, il regarda cette veste, cette relique d'un autre amour mort, puis il posa sa main sur celle d'Encarnación, qui tremblait.

— Je suis désolé... parvint-il à murmurer.

— Ne le sois pas pour nous. Garde ta tristesse pour ces femmes et ces hommes qui vont monter dans des charrettes, des voitures, ou faire la route à pied pour fuir leur pays. Quand tu croiseras, demain et les jours qui vont suivre, ces âmes submergées par la honte et les larmes et qui traîneront leurs enfants, leurs baluchons, leurs valises, tout ce qu'elles auront pu sauver de ce désastre, pense à cette joie à laquelle tu t'attendais. Nous ne sommes plus le centre, nous ne l'avons jamais été, nous n'avons plus droit à ce privilège naïf qui nous a bercés dans les salons en nous faisant croire que de nous viendrait le changement ! La réalité est en bas, dans ces rues envahies de gens désorientés, impuissants et déjà vaincus qui se retourneront une dernière fois avant de passer la frontière, pour regarder leur pays en lui disant : « À bientôt ! » Toute notre vie, nous avons voyagé le cœur léger et nous sommes revenus ; eux, c'est la première fois qu'ils laissent leurs villages et leurs champs, et ils ne reviendront jamais. Pense à eux avant de penser à toi.

Quelques heures plus tard, debout devant le miroir de la salle de bains de sa chambre d'hôtel, Juan se passa de l'eau sur le visage à grands coups, comme pour essuyer ces mots inattendus qui avaient surgi de la bouche d'Encarnación. Les mains posées sur la cuvette des toilettes, il fixa son reflet dans l'eau troublée par des restes de vomi.

— Mais tu t'attendais à quoi ? À ce qu'elle se jette dans tes bras ? À ce qu'elle te dise qu'elle t'avait cherché partout ? Pauvre con !

Il s'était imaginé tant de choses à Paris. Dans sa tête et devant le miroir en pied de sa chambre, il avait fait et refait les gestes sûrs qu'il aurait enfin osés en la revoyant. Les paroles étaient prêtes, les baisers aussi, mais rien ne s'était passé comme prévu.

Il se sentit coupable d'avoir quitté une femme au cœur blessé qu'il n'avait pas su réconforter. Son absence, ou plutôt sa fuite, avait laissé grandir une fureur qui avait emmené l'âme de sa danseuse si loin qu'il ne la reconnaissait plus. En partant de Madrid, il avait espéré lui manquer, attendu un appel à l'aide pour revenir la chercher et panser ses plaies en lui prouvant qu'il avait raison, qu'elle s'était égarée. Mais, en réfléchissant ainsi, il n'avait pensé qu'à lui et à son rôle de sauveur. D'autres avaient profité de cette place laissée libre, d'autres, sous le prétexte de la soutenir, l'avaient entraînée sur un chemin qui n'était pas le sien, sacrifiant ainsi sa fragile beauté, sa poésie et sa soif d'aimer sur l'autel d'une cause, d'une utopie devenue folie et dont elle se sentait responsable. À aucun moment au cours des années que Juan avait vécues auprès d'elle, Encarnación n'avait montré d'intérêt pour la politique, et encore moins pour le marxisme ou l'anarchie. Elle ne croyait qu'en la vie, en l'égalité, en la poursuite du bonheur et de l'amour.

Oui, elle avait aimé à nouveau, et avec passion, lui avait-elle avoué en caressant cette veste qu'il détestait. Elle avait choisi un autre héros tombé en août dans la bataille de l'Èbre, puis elle s'était laissé glisser, comme par habitude, dans les habits noirs d'une veuve, cette fois d'un anarchiste irlandais venu de Dublin pour combattre au côté du peuple espagnol. « Ce sont des choses qui arrivent en temps de guerre, lui avait-elle dit. Je m'y étais préparée, il sentait la mort avant de rejoindre le front, comme un torero qui va se faire encorner, comme un poète qui finira fusillé sur le bord d'un chemin. Je n'ai rien pu faire pour l'empêcher, c'était son destin. » En disant cela, Encarnación avait esquissé le signe de croix, et Juan avait compris que ses efforts n'étaient rien comparés à ce nouveau martyr. Qu'il ne faisait, ne ferait jamais le poids face au destin des hommes dont elle s'entourait. Il n'était pas devenu un autre, il n'avait ni changé ni grandi car, au fond de lui, le petit gitan de quinze ans, le valet de ferme, le cuisinier servile esclave de la satisfaction des clients continuait à vivre en apnée.

En abandonnant Encarnación à Madrid, il avait failli à sa promesse, par orgueil ou par lâcheté, mais pas par amour, comme il l'avait longtemps cru. Désormais, il savait qu'il ne serait jamais son héros et ne pourrait pas faire plus que la suivre, quel que soit l'endroit où elle déciderait de se réfugier, puisque la vie sans elle ne valait rien.

Et la vie continua, dans les brouillards et les fumées, elle continua au son de haut-parleurs qui beuglaient des slogans auxquels plus personne ne croyait et de celui des sirènes stridentes qui déchiraient les nuits sans sommeil à se demander de quoi le lendemain serait fait. Sous les claquements secs des balles tirées depuis les toits, des hommes et des femmes couraient en zigzag sur les *ramblas* désertes, le long de magasins aux rideaux de tôle baissés, en agitant des mouchoirs blancs. Entassés dans des abris de fortune, les vieillards priaient en silence alors que les nouveau-nés réclamaient, à travers leurs pleurs, du lait à des mères au regard vide et aux seins secs. Barcelone ne riait plus, le danger était patent, la fin semblait proche et Juan s'habitua aux relents de défaite qui empestaient l'air. Il prit ses marques au milieu de ce chaos, toujours dans les pas d'Encarnación.

Jusqu'au jour où tout bascula.

En novembre, la Catalogne fut encerclée par les armées franquistes. Le 14 janvier 1939, elles s'emparèrent de Tarragone et le 24 janvier, Encarnación et Juan suivirent le gouvernement dans sa fuite de Gérone à Figueras. Le 28 janvier, Daladier, face au refus de Franco d'établir une zone neutre, ordonna l'ouverture des frontières françaises aux réfugiés espagnols, et là commença la Retirada de plus d'un demi-million de femmes, d'hommes et d'enfants vers l'autre côté des Pyrénées.

C'est ainsi que, le 4 février, Juan prit place avec Encarnación, Manuel Azaña, Juan Negrín et Diego Martínez Barrio, trois dirigeants républicains accompagnés d'amis et de membres de leur famille ainsi que de quelques *mossos d'esquadra*, vestiges fidèles des forces de police catalanes, dans un convoi de voitures officielles en direction de la France.

Sur les routes bombardées par l'aviation italienne, ils roulèrent au milieu d'un peuple qui progressait péniblement dans la neige. Chaque baluchon porté à bout de bras ou de bâton, chaque charrette bourrée de meubles, de casseroles et de matelas qu'ils dépassèrent au ralenti racontait la vie d'une famille qui partait, l'exode d'un village et celui d'un peuple entier. Plus ils se rapprochaient de la frontière, plus la route devenait encombrée. Les maigres possessions étaient jetées sur les bas-côtés, là où se tassaient les corps fatigués avant de se relever et de rejoindre la marée humaine compacte et déboussolée qui, dans un virage, ne leur permit plus d'avancer. Alors ils décidèrent de laisser le convoi et d'emprunter les chemins à travers la montagne, vers le col de Lli.

Juan suivit le groupe sans broncher. Il grimpa, escalada, glissa derrière la colonne en fuite, les yeux toujours fixés sur la frêle silhouette d'Encarnación qui marchait en tête du groupe. Les tirs d'obus, les bruits de mitraille et l'écho des cris qui montaient jusqu'à eux leur rappelaient, à chaque pas, que la mort était en embuscade.

Arrivés au village de La Vajol, ils parcoururent encore un kilomètre et, à l'orée d'une forêt enneigée, découvrirent le

Can Barris, une imposante ferme rectangulaire construite sur la roche et entourée de prairies.

Dès qu'ils entrèrent dans la salle du rez-de-chaussée, la magie s'installa dans la chaleur qui les cueillit. Un feu crépitait dans une grande cheminée de pierres, et le craquement du bois, les petites étincelles projetées sur les dalles du sol et l'odeur de la campagne qui se diffusait dans l'air firent remonter en chacun les souvenirs de sa famille en une mémoire collective.

Les hommes, encore vêtus d'habits de ville, donnèrent leur manteau aux miliciens qui avaient préparé la maison. Les femmes montèrent vers les chambres et Juan s'assit près d'une fenêtre pour regarder la neige tomber.

Il n'avait pas échangé une parole avec Encarnación depuis le début de la marche ; elle s'était fermée. Juan eut l'impression que le poids des images de ces femmes, de ces enfants et de ces hommes, éparpillés sur les routes, avait ajouté le désarroi à sa fatigue physique.

Ce ne fut qu'au début de la nuit, lorsqu'elle trouva au fond d'elle la force de danser, qu'il la sentit revivre. Il repensa à ces soirs où il pleuvait sur la plaine andalouse, quand chacun se lavait, mettait des vêtements propres et rejoignait les autres pour écouter les sons noirs des vieux chants gitans. Les femmes chantaient en début de soirée et, tard dans la nuit, elles se retiraient avec leurs enfants pour laisser les hommes entre eux. Des fins de fête où ils se livraient à des chants plus profonds, entrecoupés de silences recueillis, les *cante de verdad*, ces chants vrais qui expriment la souffrance et infligent une blessure mystique aux initiés.

Encarnación avait dans le sang cette grâce, cette douleur qui jaillissaient d'elle et il fut heureux de la voir à nouveau danser, offrir son corps aux braises et aux accords d'une vieille guitare. Cet instant magique où elle convoqua le *duende* souda l'unité du groupe en fuite.

Au bout de quelques heures, Juan monta se coucher et laissa Encarnación continuer sa nuit autour du feu avec Manuel Azaña et les autres hommes. La nuit était froide et il se blottit au fond de son lit en s'enroulant dans des draps rêches et une couverture qui sentait l'humidité. Il s'endormit en regardant la lune, avec une dernière pensée pour Federico.

Vers 2 heures du matin, Juan fut réveillé par le souffle délicat d'une respiration, il sentit la chaleur d'un corps collé contre le sien, reconnut le parfum d'Encarnación et, d'une main tremblante, il chercha dans son lit la peau du bras de sa danseuse. Sous la douceur de ses timides caresses, le corps d'Encarnación bougea lentement, ses doigts remontèrent sur le torse de Juan, elle blottit sa tête dans son cou et il déposa un baiser sur ses cheveux.

Le doux frisson de la passion s'empara d'eux. Leur amour passa de peau à peau et, nus, mêlés dans une ultime étreinte, ils s'endormirent en échafaudant des projets d'une vie, ensemble à Paris, et en se sentant aimés.

À l'aube, Juan ouvrit les paupières, entre euphorie et bonheur, et serra Encarnación contre lui. Elle leva la tête et lui sourit.

— Cette nuit m'a fait oublier des années de souffrance. Je sais que si je ne t'avais pas connue j'aurais été moins triste, j'aurais moins pleuré, mais je n'aurais jamais connu cet amour que tu m'as donné. Je t'aime, Encarnación, si tu savais comme je t'aime...

Encarnación posa un doigt sur les lèvres de Juan.

— Chut... Ne gâche pas ce dernier matin en Espagne.

Puis elle s'enroula pudiquement dans les draps, se leva et remit ses vêtements. Avant de quitter la chambre, elle lui dit doucement :

— Ça doit rester notre petit secret, Juanito.

Et, avant de refermer la porte derrière elle, elle lui envoya un baiser.

Juan descendit dans la salle et découvrit tout le groupe attablé devant du café, de la charcuterie et de gros pains noirs. Instinctivement, il s'approcha d'une chaise vide près d'Encarnación, mais son regard glacial lui intima de s'asseoir ailleurs. Elle était redevenue celle qu'il redoutait.

Vers 6 heures du matin, le groupe s'élança sur les chemins verglacés, vers la frontière française. Lorsque Encarnación se mit à boiter, il la porta dans ses bras, puis sur son dos et, profitant de sa fatigue et de ses yeux clos, il lui chuchota les mots qu'il n'aurait jamais osé prononcer face à son regard fier.

La colonne descendit avec précaution, passant d'arbre en arbre, toujours à couvert, pour parcourir les centaines de mètres qu'il leur restait. Lorsqu'ils atteignirent les derniers pins de la pente escarpée, ils aperçurent le village français de Maureillas-las-Illas, en contrebas. Encarnación avait récupéré de sa fatigue et marchait en tête.

Dès le passage de la frontière, Manuel Azaña et les membres du gouvernement de la République qui détenaient des passeports provisoires furent accueillis par les autorités locales et reprirent la route de Perpignan dans les seuls véhicules officiels du convoi qui avaient réussi à passer par Le Perthus. Les adieux furent brefs et les regards fuyants, accompagnés de la promesse que chacun se faisait, sans y croire vraiment, de se revoir sur les Ramblas en été. Faute de place dans les voitures, et de papiers en règle, Juan et Encarnación se mêlèrent, avec le reste du groupe, à une foule perdue mais résignée qui fut dirigée vers une zone d'accueil. Juan aurait pu sortir de sa poche le papier officiel, plié en quatre, qu'il avait gardé du temps de ses missions. Il aurait rejoint Perpignan et Paris sans encombre, mais Encarnación, avec son passeport espagnol, n'aurait pas pu le suivre. Alors, il décida de rester avec elle.

Arrivés devant les autorités françaises, chaque femme et chaque homme étaient désarmés. Une montagne de couteaux, de revolvers, mais aussi de rasoirs et d'appareils photographiques accentuait la réalité de l'abandon de la lutte. Ce pitoyable amas de ferraille fut pour beaucoup d'entre eux la dernière image de la déroute.

Encarnación avança à petits pas, serrée contre Juan. Elle s'accrocha à lui en tremblant, et, lorsqu'elle comprit que les femmes et les hommes allaient être séparés, le temps de contrôler leurs papiers, les civils d'un côté, les combattants de l'autre, elle émit un petit cri.

Juan la serra dans ses bras.

— Ne t'inquiète pas, ce n'est qu'une formalité. Ils sont obligés de tout vérifier. Regarde les gens qui sont passés de l'autre côté, les familles sont toujours ensemble. Je ne vais pas te laisser maintenant que je t'ai retrouvée !

Elle leva vers lui un visage inquiet et il reprit sur un ton assuré :

— Le premier de nous deux qui franchit le contrôle attend l'autre, et après on ira à Perpignan et on montera dans un train pour aller à Paris. Tu vois cet arbre ? Celui qui dépasse ? On se retrouve là-bas. Et, crois-moi, c'est une nouvelle vie pleine de joie et d'insouciance qui nous attend en France.

Encarnación acquiesça et dénoua ses doigts pour lâcher la main de Juan. De loin en loin, ils se suivirent du regard, disparaissant et réapparaissant au milieu du flot de visages inconnus, comme émergés d'un naufrage. Ils se sourirent à chaque retrouvaille, elle, perdue, et lui, rassurant.

Mais, alors que l'on contrôlait ses papiers, Juan dut se concentrer pour justifier son laissez-passer. À deux doigts d'être envoyé vers un camp de réfugiés, il réussit à convaincre un jeune douanier de sa bonne foi et de l'authenticité du document.

Lorsqu'il fut enfin autorisé à passer, Juan scruta la foule des femmes qui se pressaient devant les officiers, mais il ne trouva pas la silhouette d'Encarnación parmi elles. En arrivant, essoufflé, de l'autre côté, il regarda la cime des platanes, courut vers le plus haut d'entre eux et commença à l'attendre.

Paris, mai 1939 - septembre 1944

Voilà trois mois que Juan était sans nouvelles d'Encarnación. Il avait remué ciel et terre, fait appel à tous ses contacts au ministère de l'Intérieur et dans le milieu des réfugiés espagnols, mais personne ne savait dans quel train elle était montée ni dans quel camp elle se trouvait.

Il l'avait attendue plusieurs heures sous l'arbre, derrière le poste de frontière. Insouciant au début, il avait scruté la foule de femmes et d'enfants qui défilaient, s'attendant à voir surgir parmi ces mines tristes et fatiguées la rangée de petites perles blanches d'Encarnación, ce sourire qui fendait son visage et le rendait si heureux. Puis il s'était résolu à demander à un douanier si une femme était retenue dans les locaux et, lorsque celui-ci lui avait annoncé que non, personne n'avait été refusé à la frontière et que toutes celles qui étaient passées par cette file étaient montées dans des bus en direction de Perpignan, Juan avait senti son cœur se rétrécir. Il l'avait, encore une fois, perdue.

Chaque jour sans elle lui donnait le sentiment de n'être plus rien. Il était sidéré et les souvenirs de leurs derniers instants remontaient à la surface, la culpabilité de l'avoir laissée seule à la frontière le tiraillait. Il se replia sur lui-même et évita les autres.

Paris bruissait de mille rumeurs d'une guerre proche. La peur ravivait les images sanglantes que les poilus avaient enfouies depuis vingt ans alors que la jeunesse offrait déjà son corps à la France. De nouveaux dirigeants étaient arrivés au pouvoir, des pays marchaient d'un seul pas, en Allemagne, en Italie et bientôt en Espagne, l'ordre militaire et la force étaient aux frontières de la France. Le 15 mars, en rompant les accords de Munich, Hitler avait envahi la Tchécoslovaquie, et les images du drapeau nazi flottant sur Prague avaient rappelé aux Parisiens leur naïveté lorsqu'ils avaient vu cette croix gammée pour la première fois dans leur ciel, sur le toit du pavillon allemand, lors de l'Exposition universelle de 1937. Une partie de la population française rêvait elle aussi d'ordre et de pureté. C'en était fini du pain, de la paix et de la liberté : les Français étaient divisés, mais tous savaient que ça allait recommencer.

De sa cuisine du Catalan, Juan observait l'arrivée de la violence avec un certain détachement. Ce qui lui importait, c'était de retrouver Encarnación. Il restait près du téléphone, sursautant à chaque sonnerie et s'attendant à entendre sa voix chantante au bout du fil, mais raccrochait toujours après avoir pris note d'une énième réservation.

Dans cette marée humaine qui s'était déversée aux quatre coins de la France, comment allait-il la retrouver ? Il ne pouvait s'empêcher d'imaginer le pire, Encarnación sachant où il était et ne se manifestant pas...

Dans les rues du Quartier latin, les terrasses étaient pleines de femmes et d'hommes qui se laissaient aller aux caresses du printemps parisien. Des gamins en culotte courte se régalaient des premières glaces, les jupes virevoltaient et les chapeaux se soulevaient en se croisant. Mais ce petit monde, derrière ses airs guillerets et frivoles, ne parvenait pas à cacher la peur qui grandissait face à cette « guerre possible d'abord, et ensuite inévitable », comme le dirait Paul Valéry quelques mois plus tard.

Juan se joignit alors à cette foule désorientée et persuadée que, comme en 1918, on danserait après, mais qu'il fallait vivre, brûler, aimer et profiter pour se souvenir, aux heures sombres qui pointaient leur nez, qu'il y aurait bien un après. Il s'enivra dans les bistros et les boîtes de nuit, succomba aux charmes de Parisiennes mais, chaque fois qu'il caressait un corps dans le noir, il s'imaginait celui d'Encarnación.

À la fin du mois d'août, Juan s'était presque fait à l'idée de la disparition d'Encarnación. Plus rien ne l'atteignait, ni cette Europe au bord du gouffre ni cette avancée de la brutalité au plein cœur de l'été. Il s'était résolu à mourir lui aussi.

De plus en plus d'hommes en uniforme se promenaient dans les rues, les réservistes avaient été appelés et la France se préparait à gagner après la dernière moisson de blé. Juan avait connu cette allégresse, ce sentiment de supériorité face à un ennemi dont on minimisait la force. Il avait vu, dans les rues espagnoles, de jolies femmes se pavaner au bras des mêmes militaires. Il savait de quoi demain serait fait et, avec une confiance fataliste, il attendait que plus rien n'ait de sens pour reprendre le cours de sa vie où il l'avait laissé, sans fuir cette fois.

Il mourrait en héros au combat, offrirait son corps aux balles ou aux couteaux, déposerait sa vie sur du sable ou de la poussière, comme Ignacio et Federico, pour qu'Encarnación, où qu'elle soit, voie son sacrifice, elle qui n'aimait que les hommes au destin tragique.

Mais, le 30 août vers 19 heures, alors que Juan mettait une dernière touche à son gaspacho, un serveur l'apostropha, le combiné du téléphone dans la main.

— Une dame, pour toi… fit-il avec un clin d'œil.

Sidéré, Juan essuya ses mains sur son tablier avant de prendre l'appel. Le téléphone était placé devant un miroir et, inconsciemment, il se recoiffa.

— Juan Ortega à l'appareil.

Puis il attendit, le cœur battant. Alors une voix cristalline, venue d'un autre temps, d'un lieu qui lui était inconnu, qu'il cherchait depuis des mois, transperça les bruits de la salle du Catalan.

— Juanito ! C'est Carmen. Je suis tellement heureuse d'entendre ta voix. Comment vas-tu ?

Il ne put rien répondre tant il était sous le choc de la déception. Elle reprit donc :

— Tu sais qu'Encarnación avait oublié le nom de ton restaurant ? Ça fait des mois que je cherche à te joindre et là, au bar du Ritz, je viens de rencontrer un Espagnol qui m'a parlé du Catalan, et je me suis ruée sur le téléphone ! J'ai eu tellement peur que tu sois enfermé dans un camp de réfugiés sur les plages, j'ai même cru que tu étais mort et je n'avais aucun moyen de te retrouver. Tu ne peux pas savoir à quel point je suis soulagée !

Juan l'écouta parler, encaissant l'information : Encarnación était vivante, et ce n'était pas elle qui l'avait cherché.

— Où est-elle ? lui demanda-t-il.

— Qui ? s'enquit Carmen avec inquiétude.

La voix emplie de colère, Juan cria presque :

— Mais ta sœur, évidemment !

Un long silence s'empara de la ligne. Carmen inspira et lui assena cette réponse qui lui transperça le cœur :

— Oh, ne t'inquiète pas pour Encarnación ! Elle a trouvé

le moyen, après s'être réfugiée en Bretagne avec d'autres femmes espagnoles, de nous ramener à Londres un jeune trompettiste américain qui s'était battu dans les Brigades internationales. Elle s'est encore entichée d'un héros, mais cette fois il fait du jazz !

Carmen éclata d'un rire sardonique.

Désemparé, Juan tenta de se ressaisir tout en se débattant contre ce qu'il venait d'entendre.

— Non, Encarnación ne peut pas me faire ça, je ne l'ai pas abandonnée à la frontière, je l'ai attendue, je l'ai cherchée, je...

Il se tut au milieu de sa phrase. Jamais il n'aurait pu imaginer qu'aimer puisse être si pitoyable, si désespéré. Il n'eut pas la force de continuer.

Juan chassa les mots avec des images, celles d'Encarnación libre, tout en puissance et en grâce, ses petits pieds martelant le sol quand elle dansait et cette odeur de miel, les gouttes salées de la sueur perchée sur la crête de son décolleté, sa vulnérabilité sous la discipline. Il aurait voulu se frayer un chemin vers son ventre, se faufiler jusqu'au centre de ses émotions, être l'une d'elles, une simple note de musique pour dire l'indicible qui aurait fait ondoyer son corps. Mais à cet instant elle devait être dans les bras de son nouveau héros.

Il parvint tout de même à murmurer :

— Elle est à Londres ?

— Non, elle est à New York et je pars la rejoindre demain.

Juan se passa une main sur le visage, comme pour effacer toute trace d'espoir, mais il continua quand même :

— Demande-lui de m'appeler, s'il te plaît, dis-lui qu'il faut que je lui parle.

— Je lui dirai que tu l'embrasses ! À bientôt, Juanito, prends soin de toi.

Et la ligne fut coupée.

Juan ferma les yeux. Encarnación était vivante et elle l'avait oublié. Maintenant, toute plaie devait se refermer, il devait se retenir de l'aimer.

Juan resta au Catalan tout au long de la « drôle de guerre ». En vrai gitan, il ne prit part à aucune discussion et continua à officier derrière les fourneaux, considérant qu'il avait déjà mené son combat et que l'Espagne était perdue. Dans Paris, les masques à gaz se balançaient aux côtés des sacs à main et la longue attente commençait à entamer le moral des Français comme des troupes stationnées dans le Nord et à l'Est. Ce « rien à signaler » que relayaient les radios et les actualités au cinéma donnait aussi le ton de sa vie : Encarnación ne l'avait pas appelé. Dans cette attente, Juan ne voulait cesser de croire qu'il était aimé et, ce faisant, il étirait le temps à chercher la véritable cause de l'indifférence de sa danseuse. Il se mit à écrire un journal, réinventant le passé à sa façon et se promettant de le lui lire un jour.

Puis tout alla très vite. L'armée française perdit la guerre après seulement six semaines de combat. Les Allemands envahirent Paris le 14 juin 1940, alors que plus d'un million de Parisiens prenaient la route de l'exode. Au cours des semaines qui suivirent la signature de l'armistice du 22 juin, le gouvernement Pétain s'en prit aux réfugiés espagnols, soupçonnés d'être des espions communistes. Beaucoup d'entre eux furent livrés aux franquistes, alors même qu'ils s'étaient engagés dans l'armée française pour combattre le fascisme.

Fin août, Juan se résolut à partir à son tour, laissant derrière lui ses cuisines et son petit appartement, pour se faufiler, à bicyclette, entre les voitures à court d'essence arrêtées sur le bas-côté et les charrettes encombrées de possessions bientôt inutiles. Quand il croisait les familles au regard perdu qui marchaient le long de la route, il pensait aux milliers d'Espagnols qui avaient fui la barbarie quelques années plus tôt avec l'espoir que la France soit le lieu où ils trouveraient la paix. Une douche froide pour ces réfugiés sidérés qui, de peur d'être renvoyés en Espagne, s'exilaient à nouveau. Mais où pouvaient-ils aller ?

Au bout d'un long périple, Juan rejoignit Marseille et, après mûre réflexion, décida de s'engager dans la lutte, prêt à tout pour devenir enfin le héros qui ferait chavirer le cœur d'Encarnación. Dans un café du port, il fit la connaissance de Carlos, un étudiant plus très jeune et ancien membre des milices républicaines, et se laissa convaincre de monter avec lui à bord d'un bateau à destination d'Oran. Juan appela Maurice au Catalan :

— Je vais m'enrôler dans la Légion étrangère, il est temps que je me batte ! Puisque je ne l'ai pas fait pour mon pays, je vais le faire pour la France.

Maurice l'encouragea et lui promit de s'occuper du restaurant en son absence.

Après s'être fait passer pour des Français auprès des militaires allemands chargés du poste de contrôle, Juan et Carlos purent embarquer et passèrent trois jours sur le pont à rêver de liberté. Mais une fois arrivés à la frontière algérienne, les deux Espagnols furent aussitôt arrêtés par la police de Vichy. On les transféra dans un camp où cohabitaient des réfugiés venus de différents pays tombés sous l'occupation allemande.

Chaque soir, les Espagnols se retrouvaient autour d'un feu pour se raconter leur exode. Ils se revendiquaient communistes ou socialistes, mais en réalité la majorité d'entre eux était anarchiste. Aucun n'était militaire de carrière : ces hommes avaient pris les armes pour défendre la liberté de leur pays et, au bout de trois ans de guerre civile, étaient devenus des soldats aguerris dont personne ne voulait désormais. Parmi ces réfugiés se trouvait Manuel, un ancien torero originaire des Asturies. Il avait combattu les franquistes au sein des milices avant de finir emprisonné dans le nord de l'Espagne, dans un camp tenu par les Allemands de la légion Condor.

— Ils nous crachaient au visage, se rappelait Manuel avec douleur. On devait enlever nos frocs et baisser la tête pour subir cette humiliation. Tous les jours, ils fusillaient nos camarades, c'était l'enfer sur terre...

Manuel avait réussi à s'enfuir vers la France mais, après avoir traversé la frontière, il avait été à nouveau arrêté avant d'être parqué dans le camp d'Argelès, sur la plage.

— Là-bas, on vivait comme des bêtes, on attrapait toute sorte de maladies, les hommes devenaient fous. Il ne se passait pas une nuit sans que je me demande si j'avais bien fait de quitter mon pays. Dès que la guerre a éclaté, nombre d'anciens miliciens se sont portés volontaires pour s'engager dans l'armée française. Sauf qu'on ne voulait pas de nous !

Alors on a rejoint la Légion étrangère et puis on a fait comme tout le monde : on a battu en retraite quand les Allemands sont arrivés.

En écoutant ces récits avec admiration, Juan pris conscience que ses propres exploits en Catalogne étaient peu de chose en comparaison de tous ces hommes qui avaient souffert dans leur chair. Jamais il n'évoqua Ignacio ou Federico, conscient du chemin qu'il lui restait à parcourir avant de pouvoir se targuer de l'amitié de ces héros...

Désœuvrés, les hommes passèrent des mois à dormir et à jouer aux cartes sur le sable saharien. Tout bascula le 8 novembre 1942, lorsque les Alliés débarquèrent sur les côtes d'Afrique du Nord. Très rapidement, l'Armée d'armistice se rallia aux Américains et aux Britanniques. Juan put enfin s'enrôler dans la Légion étrangère. Engoncés dans des uniformes datant de la Première Guerre mondiale et armés de baïonnettes défectueuses, les légionnaires gagnèrent la Tunisie pour se lancer dans un combat acharné contre l'Afrikakorps. C'est alors que, pour la première fois de sa vie, Juan goûta le sang de l'ennemi. Malgré un sentiment victorieux, il ne put réprimer sa tristesse à la vue des corps inanimés de jeunes soldats.

Les forces de l'Afrikakorps capitulèrent le 15 mai 1943. Tandis que les colonnes de prisonniers défilaient à travers la ville, les mains sur la tête et le regard fuyant, Juan fut frappé de voir que Manuel souriait à leur vue. Il se dit que le jeune Asturien tenait enfin sa revanche. À cet instant, Manuel se tourna vers Juan et lui confia :

— Des Allemands, j'en ai tué au moins quatre sur le champ de bataille. Mais j'en transpercerais encore des milliers avec ma baïonnette que ça ne suffirait pas à effacer les crachats qui ont coulé sur mon visage.

En attendant leur prochaine mission, les légionnaires espagnols occupaient leurs soirées à s'enivrer. Impatients de repartir au front, ils rêvaient qu'à la fin de la guerre, une fois les armées de Hitler et de Mussolini vaincues, les Alliés les aideraient à pousser jusqu'à Madrid et à avoir la peau de Franco.

Quelques jours après la libération de Tunis, le général de Gaulle arriva de Londres. Tous se perdaient en conjectures pour savoir qui, de lui ou du général Giraud, prendrait le commandement de l'Armée de libération. Quant aux républicains espagnols, pour eux la question ne se posait pas. De Gaulle était leur idole, le seul à n'avoir pas cédé et à s'être battu, comme eux ; ils étaient prêts à le suivre jusqu'au bout.

Au même moment, apprenant avec dépit que les Américains préféraient éviter de voir des soldats noirs participer au débarquement, le général Leclerc, aux commandes de la 2e DB, fut obligé de renvoyer une grande partie de ses troupes. Ces membres valeureux de la colonne Leclerc et du régiment de marche du Tchad, ces premiers combattants de la France libre, n'eurent d'autre choix que de rendre leur uniforme et s'en allèrent, humiliés, en direction de leurs villages.

Aux côtés d'une centaine d'Espagnols, Juan déserta alors la Légion pour rejoindre le général Leclerc et la 2e DB sur les plages algériennes. Au sein d'une division forte de quinze mille soldats, ils formaient une unité espagnole et brûlaient d'affronter les Allemands et les Italiens qui avaient prêté main forte à Franco. Pour ces hommes, la Seconde Guerre mondiale avait commencé en 1936 sur le sol de leur patrie.

Peu leur importait le drapeau sous lequel ils s'apprêtaient désormais à mourir pour leur idéal universel : la liberté.

C'est ainsi que naquit la Nueve, un bataillon d'élite comptant cent soixante volontaires dont des Polonais, des Grecs, des Latino-Américains, mais surtout cent quarante-six républicains espagnols. En octobre 1943, à Casablanca, ils s'emparèrent des armes et des blindés que l'armée américaine avait mis à leur disposition ; en découvrant la modernité de ces équipements, chaque ancien milicien songea malgré lui que s'ils avaient eu un armement pareil face aux nationalistes en 1936, ils n'en auraient fait qu'une bouchée. Ils convinrent donc, en hommage aux grandes batailles de la République espagnole, de baptiser leurs chars *Madrid*, *Teruel*, *Guadalajara* voire *Don Quichotte* ou *Pingouins*, les Français les traitant volontiers d'espingouins.

En confiant cette compagnie au capitaine Raymond Dronne, un fidèle de la France libre, Leclerc le mit en garde :

— Ils ne sont pas faciles, ces Espagnols, ils discutent beaucoup les ordres. Mais vous vous en accommoderez, car ils sont valeureux.

De fait, Juan retrouvait à la Nueve l'ambiance des milices qu'il avait côtoyées à Barcelone. Les hommes n'obéissaient jamais spontanément à un ordre donné sans en avoir évalué le bien-fondé et sans s'être mis d'accord. Ensuite, ils allaient au casse-pipe comme un seul homme, toujours à l'avant-garde, guidés par un chef qu'ils avaient eux-mêmes élu : Amado Granell, un homme politique républicain.

En avril 1944, la 2e DB embarqua en direction de l'Angleterre pour un séjour de trois mois. Arrivé dans la bourgade de Hall, dans le comté de Cumbria, Juan reprit goût à la vie tant l'atmosphère y était paisible et joyeuse. Flanqué de Manuel et de Carlos, il fréquenta les bals du samedi soir et du dimanche après-midi, dansa, s'amusa et s'accorda même une aventure avec Lucille, la fille du barbier auquel il achetait sa brillantine. Chaque soir, sous les tentes, à la lueur fragile d'une lampe-tempête, il écrivait son journal.

La nuit du débarquement, des centaines d'avions obstruèrent la clarté du ciel anglais. Serrés les uns contre les autres, les yeux embués, les soldats de la Nueve ne purent réprimer un frisson devant ces silhouettes qui les avaient tant terrorisés en Espagne et qui à présent leur rendaient l'espoir.

Pourtant, ils durent attendre le 1er août pour fouler le sable des plages normandes et venir en aide aux Alliés, bloqués dans leur avancée par vingt mille soldats de la Wehrmacht retranchés au sud de Caen. Alors que les Américains insistaient pour que la 2e DB leur libère la voie, de Gaulle ordonna à Leclerc de filer vers Paris afin de rejoindre la capitale en premier. Au cours de son avancée, la division passa par Écouché, où la bataille fit rage : cinq Espagnols, dont Carlos, y perdirent la vie ; un Russe, un ancien des Brigades internationales, fut mortellement touché par un obus. À peine Juan eut-il le temps de pleurer Carlos qu'il aperçut Manuel, grièvement blessé et allongé sur une civière, sur le point d'être évacué. Il se précipita à son côté et lui serra la main avec force.

— Je me battrai pour toi, avec toi, maestro. On va libérer Paris et on repartira au front pour faire tomber Franco, puis on prendra un verre de ratafia sur les Ramblas !

Le 23 août, le général Leclerc reprit la route vers la capitale. Or, le lendemain, à quinze kilomètres de la porte d'Italie, l'avancée de ses troupes fut stoppée par une résistance allemande imprévue. À 19h30, Leclerc décida que le capitaine Dronne et la Nueve, son unité d'élite, affronteraient seuls les forces ennemies : il devait s'assurer coûte que coûte que l'armée américaine ne pénètre pas dans Paris avant lui. Guidés par un Arménien, les membres de la Nueve esquivèrent les embuscades allemandes et furent les premiers à entrer dans Paris.

Enfin, le 24 août 1944 à 21h20, toutes les cloches de Paris s'envolèrent en un tintement de triomphe. L'Hôtel de Ville était aux mains des républicains espagnols, juchés sur un blindé nommé *le Teruel* sur lequel flottait le drapeau de la République espagnole.

Et le lendemain, ce fut encore la Nueve qui assura la sécurité du général de Gaulle lorsqu'il harangua une foule en liesse massée sur les Champs-Élysées : « Paris outragé ! Paris brisé ! Paris martyrisé ! Mais Paris libéré, libéré par lui-même, libéré par son peuple avec le concours des armées de la France, avec l'appui et le concours de la France tout entière, c'est-à-dire de la France qui se bat, c'est-à-dire de la seule France, de la vraie France, de la France éternelle. »

Cependant, très vite, une histoire différente fut écrite : dans les journaux du lendemain, le capitaine Dronne devint Bronne et *le Teruel* s'appela désormais le char *Romilly*... Mais aucun des Espagnols, des Africains, des Polonais ou des Belges présents dans le défilé ne prit ombrage de ces omissions ni des mots prononcés par le général de Gaulle car tous, en leur for intérieur, savaient qu'ils avaient risqué leur vie pour une cause qui dépassait les frontières.

La Nueve fut stationnée près du bois de Boulogne afin de profiter de quelques jours de repos. Dès qu'il le put, Juan courut au Catalan pour retrouver Maurice qui l'accueillit comme un héros.

Afin d'avancer et de supporter la barbarie de la guerre, Juan avait puisé dans un fantasme : il avait rendez-vous avec son avenir, un destin qu'il s'était tracé dans le sang et les larmes. En Espagne, il avait vu Ignacio et Federico se battre et mourir pour leur passion, pour leurs idées. Deux hommes qu'Encarnación avait follement aimés, et lui, petit cuisinier sans talent, qui s'était laissé vivre à leurs côtés. Mais les guerres avaient tout changé. Il était désormais nimbé de l'auréole héroïque dont Encarnación avait besoin pour l'aimer. Il se voyait déjà lui raconter ses faits d'armes et les risques qu'il avait pris, et lui montrer les cicatrices qui zébraient son corps. Aucune lettre pourtant ne l'attendait au Catalan...

Alors Juan repartit au combat. Blessé près de Reims au mois de septembre, il fut évacué à l'hôpital du Val-de-Grâce où l'on soigna sa jambe criblée d'éclats d'obus. Le 7 septembre 1944 au matin, l'une des infirmières lui tendit le numéro du jour de *Combat* :

— Lisez cet article, ils parlent de vous.

Juan sentit son cœur bondir lorsqu'il découvrit un texte d'Albert Camus intitulé « Nos frères d'Espagne ». En parlant du peuple espagnol, l'écrivain déclarait : « C'est aux Alliés de lui économiser ce sang dont il est si prodigue et dont l'Europe devrait se montrer si avare - en donnant à nos camarades espagnols la République pour laquelle ils se sont tant battus [...]. Si l'honneur, la fidélité, si le malheur et la noblesse d'un grand peuple sont les raisons de notre lutte, reconnaissons qu'elle dépasse nos frontières et qu'elle ne sera jamais victorieuse chez nous tant qu'elle sera écrasée dans la douloureuse Espagne. »

Juan laissa échapper une larme, qu'il essuya aussitôt. Il avait gardé, lui aussi, le timide espoir qu'après huit ans de guerre, les républicains espagnols pourraient enfin revenir au pays.

Paris, juillet - septembre 1945

Paris était libéré depuis près d'un an et la guerre était finie depuis quelques semaines seulement. Au Catalan, Juan retrouva ses cuisines et ses habitués. Autour de verres d'alcool coupés à l'eau, ils lui racontèrent le Paris occupé, cette ville devenue le lieu du « repos du guerrier » allemand, les terrasses bondées d'artistes qui étaient restés en ville et la vie qui avait continué, en marge du bruit des bottes sur les pavés. Il apprit la mort de Jean Moulin et celle de Fermín, qui s'était engagé dans un réseau de résistance pour finir fusillé au bois de Boulogne, quelques jours avant la Libération. Puis, malgré la peine et les rares larmes qui coulaient encore sur ses joues et se mélangeaient à la buée montant des marmites, il avança. Il reprit sa démarche naturelle de petit Andalou qui allait pieds nus dans la poussière et dans le sable, de vagabond désireux de fuir les images et les champs de bataille pour oublier que cette guerre l'avait souvent réconcilié avec sa propre violence.

La vie reprit peu à peu et avec elle, il s'imposa une nouvelle insouciance, aussi lourde qu'un orage d'été.

Un soir, alors qu'il s'apprêtait à quitter la cuisine après le service et à monter dans son appartement, il sortit faire quelques pas dans la rue. Venant des quais, une silhouette familière se détacha de la pénombre et, tel un automate, il s'avança vers elle.

Le corps cintré dans un imperméable, une femme dont les cheveux longs dépassaient d'un foulard de soie marchait avec la grâce d'une danseuse ; elle semblait flotter. Le cœur de Juan se mit à battre à se rompre, et il accéléra le pas jusqu'à courir vers elle.

À la lumière d'un réverbère, il découvrit le visage de la femme et une vague de glace lui parcourut l'échine. Ce n'était pas celle qu'il attendait, mais Carmen. Elle se tenait devant lui, un sourire timide sur les lèvres et les joues empourprées.

Juan fit de son mieux pour cacher sa déception et la prit dans ses bras.

— Juanito...

Elle murmura ce petit nom surgi du passé dans son cou. Sa peau dégageait les effluves d'un parfum oublié et il ferma les yeux pour tirer le fil de l'insouciance, revenir dans ce long couloir de l'appartement madrilène et poser ses pieds nus sur les lattes du parquet.

Une larme roula sur sa joue. Il se sentit aspiré, soulevé par des odeurs enfouies. Celles des poivrons, de l'ail, des tomates rissolées. Il entendit quelques notes de piano et une voix cristalline, puis des images se mirent à défiler, comme à l'arrière d'une voiture. Il vit le halo des crépuscules de son Andalousie, les rues de Madrid sous la pluie et ses amis, debout sur le bas-côté, qui le saluaient... Juan recula d'un pas, les yeux embués. Les mains posées sur les frêles épaules de Carmen, il lui dit :

— Viens, tu vas tout me raconter.

Au premier étage du Catalan, lovés l'un contre l'autre sur le canapé du salon, ils passèrent la soirée à se raconter leur vie. Juan cacha sa colère lorsqu'il apprit qu'Encarnación était remontée sur scène avec Carmen, avait créé une compagnie de ballet et attendait un enfant.

— Pourquoi ne m'a-t-elle pas appelé pendant toutes ces années ?

La jeune femme balaya la question d'un éclat de rire, expliquant qu'Encarnación était vraiment amoureuse, cette fois d'un Argentin, le père de son futur enfant, et que, dès que sa sœur s'entichait d'un homme, plus rien ni personne ne comptait, même pas sa sœur puisqu'elle ne lui avait pas demandé où elle allait. Juan en resta stupéfait.

— Alors elle ne sait pas que tu es à Paris ?

— Moi aussi, j'ai mes petits secrets ! lui répondit Carmen avec un clin d'œil.

Juan se resservit un verre de whisky. Les pensées se bousculaient dans sa tête. Il oscillait entre l'envie de mettre Carmen à la porte et celle de repartir avec elle à New York pour retrouver Encarnación et lui dire tout le mal qu'elle lui avait fait. Il repensa à cette nuit au Can Barris, à l'odeur de sa peau, à la façon dont elle s'était abandonnée, et au plaisir qu'elle lui avait donné. Il vécut à nouveau dans sa chair l'instant tragique où le regard d'Encarnación l'avait toisé avec une froideur implacable, et il eut alors la certitude que faire l'amour avec lui avait été sa façon de lui dire adieu.

Puis l'alcool brouilla son esprit et une autre envie se profila.

Ce ne fut pas une nuit d'amour, mais Carmen s'en accommoda. La fougue de Juan, sa brutalité par moments, la dérouta ; elle mit cette violence sur le compte d'un amour trop longtemps refoulé et s'endormit comblée.

Au petit matin, elle se dégagea doucement des bras de Juan, déposa un baiser sur son épaule nue et partit vers la cuisine pour préparer le petit déjeuner.

Juan ouvrit les yeux au son d'un chant gitan. L'esprit encore embué de vapeurs d'alcool, il s'assit sur le lit en se demandant à qui appartenait cette voix, puis tout lui revint d'un coup.

Lorsqu'il apparut dans l'encadrement de la porte de la cuisine, Carmen se jeta dans ses bras et enfouit son visage contre son torse en lui susurrant des petits mots de gamine amoureuse. Elle releva la tête et lui dit qu'elle avait décidé de ne pas aller à New York, qu'elle appellerait Encarnación dans la journée pour lui annoncer qu'elle restait à Paris avec lui.

Juan repoussa en douceur ce visage au sourire extatique, les mots de Carmen, débités avec fougue, lui faisant l'effet d'une décharge électrique. Il rassembla ses esprits et s'efforça de prendre un ton léger.

— Allons, Carmen, ne fais pas l'enfant ! Tu ne peux pas changer le cours de ta vie pour une nuit d'ivresse sous les toits.

Carmen le dévisagea un instant, puis sa bouche dessina un doux sourire avant de répondre :

— Juanito, tu n'as rien compris ! C'est fou comme tu n'es pas sûr de toi. Tu es un homme merveilleux, aimant, attentionné, et qui mérite d'être aimé. On a été séparés pendant des années, et ç'a été douloureux pour moi, mais je suis là maintenant et je ne prendrai plus le risque de te perdre. Alors oui, je suis prête à bouleverser tous mes plans, à décevoir ma sœur, qui soit dit en passant n'a jamais eu besoin de moi, pour rester à ton côté et te rendre heureux.

Juan baissa les yeux en soupirant.

— Carmen, je ne veux pas te faire de peine, mais ce qui s'est passé cette nuit est une erreur, et je suis désolé si tu as cru à autre chose. C'est sûrement ma faute, je me suis laissé emporter par l'alcool et les souvenirs du passé, mais il est impossible que tu restes ici. Tu sais bien que j'aime une autre femme depuis des années.

Le visage défait, les bras le long de son corps, Carmen, terrassée par la douleur, ne parvint pas à prononcer un mot et de sa gorge sortit un râle rauque, animal. Puis la colère déforma ses traits.

— Comment peux-tu me faire ça ?

Son ton était froid, métallique. Juan recula d'un pas sans répondre. Il avait face à lui non pas une femme amoureuse, blessée ou déçue, mais une petite fille enfermée dans son propre combat, qui avait touché la victoire du bout du doigt et ne supportait pas de perdre.

— *¡Bastardo!* Tu t'es bien moqué de moi ! Un petit coup en souvenir de l'Espagne, c'est ça ? Tu es un égoïste au cœur de pierre ! Je vais tout dire à Encarnación, et elle te maudira quand je lui raconterai comment tu t'es comporté !

Juan était pétrifié. Une urgence s'imposait, il fallait qu'il arrive à convaincre Carmen de ne rien dire à sa sœur, mais comment ? Alors qu'il réfléchissait à la meilleure façon de procéder, Carmen le bouscula et repartit dans la chambre pour récupérer ses vêtements tout en continuant à l'insulter.

Juan lui barra le passage quand elle ressortit habillée et prête à partir.

— Écoute-moi, Carmen, je sais que tu ne veux pas comprendre, mais je ne suis pas un salaud. Je suis juste un con qui a énormément d'affection pour toi, et je suis vraiment désolé si mes actes t'ont donné l'impression que je t'aimais. Mais, par pitié, ne dis rien à Encarnación. Si elle apprend ce qui s'est passé cette nuit, elle me détestera, et tu m'as dit toi-même qu'il fallait la protéger. Alors je t'en supplie, ne gâche pas ça, c'est tout ce qu'il me reste...

Il termina sa phrase au bord des larmes, adossé au mur du couloir, et Carmen lui jeta un regard meurtrier avant de descendre l'escalier.

Les rayons du soleil avaient envahi la salle du Catalan, éclairant tels des projecteurs les affiches de flamenco accrochées aux murs. Lorsque Carmen découvrit que le nom d'Encarnación était inscrit sur chacune d'elles, son visage se fendit d'un affreux sourire. À cet instant, elle comprit enfin.

Il devait être 18 heures lorsque le téléphone sonna en ce 23 septembre 1945. Juan, attablé devant un café, se leva et décrocha machinalement, préoccupé par une nouvelle recette qu'il était en train de noter sur son carnet. Depuis la fin de la guerre, il devait faire preuve de beaucoup d'inventivité face à la pénurie de produits, et les serveurs étaient encore en coupure.

— Bonjour, j'ai un appel d'Amérique pour M. Juan Ortega.

Juan se figea.

— C'est moi.

— Je vous passe la communication.

Un écho d'abord, puis un raclement de gorge au loin. C'était elle, c'était Encarnación, ce petit bruit si familier qu'elle faisait avant de chanter. Les jambes de Juan se dérobèrent sous lui, et il dut s'asseoir sur le sol, terrassé par l'émotion, la timidité, et aussi cette pulsion venue du plus profond de son être : l'amour. À cet instant, il aurait pu remercier ce Dieu auquel il n'avait jamais cru.

— Juanito ? C'est bien toi ?

De l'angoisse dans la voix, comme avant le passage de la frontière, en 1939.

— Oui.

Juan ne put rien dire d'autre tant il était touché par cette petite voix. Des effluves d'oranger embaumèrent l'air du restaurant, il revit Encarnación défaire son chignon aux premiers sons de guitare, son clin d'œil coquin et cette fleur qu'elle laissait lentement dévaler la cascade de ses cheveux jusqu'à sa robe à pois. Les images et cette petite voix, venue de l'autre bout du monde, de cette ville qu'ils avaient découverte à quatre. Le souvenir de tous ces jours heureux à son côté réactiva la dynamique de sa passion. Recroquevillé sur le sol du Catalan, il ressentit la souffrance de l'exil au plus profond de lui.

— Dieu soit loué, tu es vivant !

Juan ne comprit pas le sens de cette phrase, car il perçut un essoufflement dans la voix d'Encarnación, mais il balaya son inquiétude au profit d'un ressentiment incontrôlable et lui répondit d'un ton neutre, sans reproche :

— Et toi ? Qu'as-tu fait de toutes ces années ?

Il aurait voulu lui dire : « Pourquoi ne m'as-tu pas appelé ? », mais il garda ce reproche pour lui.

— Oh, moi, je me suis concentrée sur la danse, ça m'a permis de tenir, de ne pas penser à celles et ceux que j'avais laissés en Europe. J'ai dansé *Fantasia* au Metropolitan Opera de New York, le *Boléro* de Ravel au Carnegie Hall et *El Café de Chinitas*, que j'avais travaillé avec Federico ; c'est Salvador qui a fait les décors. Et puis, avec Carmen, on a dansé des sévillanes sur les plus grandes scènes d'Angleterre et d'Amérique... On est resté loin des combats ici, tu sais. Et toi, qu'as-tu fait pendant la guerre ?

Juan l'imagina se courbant sur la scène, ses longs cheveux noirs noués derrière sa nuque blanche, un carré de peau offert à tous. Il la vit applaudie, adulée par une foule d'ignares et elle, heureuse, comblée, sans lui. Il ne voulait pas d'une conversation normale, il aurait préféré parler de Carmen, qu'elle l'insulte même, mais il refusait de jouer le jeu d'Encarnación et faire comme si de rien n'était. Alors qu'il se débattait dans ses incertitudes quant au ton à adopter, une force silencieuse monta en lui et il parla lentement, d'une voix grave :

— Moi, je me suis battu, j'ai souffert dans ma chair, j'ai tout fait pour devenir un homme comme tu les aimes, un héros digne de toi et, pendant tout ce temps, la seule raison qui m'a maintenu en vie, c'était l'espoir de te revoir pour comprendre ton silence. Quand reviendras-tu en Europe ? Quand accepteras-tu de me donner une chance ?

Le silence se fit.

Seules sur la ligne, des notes de musique flottaient, sûrement un disque qu'elle écoutait. Et cette triste mélodie fit monter l'inquiétude chez Juan, elle rendit à leur conversation sa dimension éphémère. Comme une chanson, Encarnación pouvait l'arrêter en relevant le diamant, ou en raccrochant. Il ne savait pas d'où elle l'appelait.

Un raclement de gorge, peut-être un sanglot étouffé. L'oreille tendue, Juan tenta de capter le moindre bruit qui lui parvenait de l'autre côté de l'Atlantique.

Son regard se posa sur les semelles de ses chaussures, il avait ramené de la poussière de sa promenade au jardin des Tuileries, puis il s'attarda sur la table de l'office au milieu de laquelle une assiette avec des biscuits était posée près d'une tasse à café ébréchée. Les derniers témoins de sa légèreté, quand il buvait du café dans des tasses fragiles. Ça, c'était avant, quelques minutes plus tôt. L'attente avait maintenant cessé.

— Juanito, tu sais que tu fais partie des rares hommes qui ont compté dans ma vie. Si tu voyais tous ces hommes qui sont revenus du front, ce sont tous des héros. De nos jours, il n'y a rien d'exceptionnel à s'être battu... Si je t'appelle aujourd'hui, c'est justement parce que je sais que tu m'attends et je ne veux pas que tu te fasses d'illusions. Cette nuit au Can Barris était une erreur. On était épuisés, et la mort nous avait frôlés tant de fois que faire l'amour était une façon de se prouver qu'on était encore vivants. Mais je ne t'ai jamais aimé autrement que comme un frère, et je voulais seulement te dire que j'ai rencontré celui qui va enfin m'apporter la paix. Je me suis mariée à un Argentin qui s'est battu comme un diable aux côtés des Alliés, on part sur ses terres et je vais refaire ma vie en oubliant les fantômes du passé. Je ne l'aime pas, mais il est bon. Je te souhaite de rencontrer une femme qui t'aime comme tu mérites d'être aimé, Juanito, mais ce ne sera jamais moi. Désormais, il te faut m'oublier et avancer pour toi.

La voix d'Encarnación coula dans sa bouche, lourde comme un filet d'huile d'olive ou de nèfle, douce et amère à la fois. Il aurait tant aimé l'entendre sans la comprendre. Encarnación était déterminée, et le corps de Juan se figea sous le coup de ce qu'elle venait de lui annoncer. Il tenta de se ressaisir face à cet avenir détruit.

— Attends, ne me laisse pas comme ça ! Oublie le mas de Can Barris. Tu te souviens de la huerta ? Quand on se promenait sur la petite route de terre, qu'il faisait chaud et que l'air couvrait tes cheveux de poussière, tu te rappelles ? Tu te souviens comme on était heureux juste avant le carnage ? Je t'aime, Encarnación, je t'ai aimée depuis le premier jour…

— Je le sais, Juanito, et c'est justement parce que tu m'aimes que je t'ai éloigné de moi. Je porte la poisse, je suis maudite, j'ai tous ces cadavres dans mon sillage. Je ne suis pas faite pour le bonheur et je suis prête à vivre sans amour jusqu'à l'épuisement de ma vie plutôt que de voir mourir ceux qui m'aiment. *Adiós y suerte*, mon petit Juan, je tiens à toi, pour toujours.

Le ton qu'avait pris Encarnación pour lui répondre lui fit l'effet d'un seau de glace qu'on aurait déversé sur son corps brûlant. Prenant soudain conscience que c'était peut-être la dernière fois qu'il entendait sa voix, il fut traversé par une énergie sauvage, une pulsion de vie qui le fit partir d'un grand éclat de rire :

— Mais qu'est-ce que tu crois, Encarnación ? Que tu portes la mort en toi ? Ce serait te donner beaucoup trop d'importance… C'est sur l'absence que tu crées les grands hommes, que tu les déifies, mais sais-tu qu'Ignacio voulait te quitter la veille de sa mort et qu'une jolie Française l'attendait avec Federico à l'université de Santander ? Sais-tu qu'il aurait pu se faire opérer à Manzanares et que j'ai choisi Madrid en espérant qu'il décéderait dans l'ambulance ?

— De quoi parles-tu, Juan ? Pourquoi inventer toute cette histoire ?

Juan reprit de plus belle, comme possédé par la violence des champs de bataille :

— Et Federico ? Il m'a supplié de l'aider à s'enfuir par les toits, mais moi je voulais qu'ils disparaissent tous pour t'avoir à moi ! Alors le petit Juanito les a envoyés à la mort. Voilà la vérité, Encarnación, tu n'y es pour rien ! Tu n'as pas de pouvoirs, c'est moi qui ai forcé le destin !

Un sanglot dans la voix, Encarnación lui dit :

— Jamais je n'aurais cru que tu veuilles me faire tant souffrir...

— Je te souhaite une belle vie, Encarnación, lui répondit Juan en guise d'estocade.

Mais, déjà, elle avait raccroché.

Ce jour-là, tout à sa fureur mêlée à un sentiment incongru de paix intérieure, il se jura de ne plus s'attacher et de ne jamais laisser une femme approcher son cœur.

ÉPILOGUE

PARIS – MADRID, 2000

Il devait être près de 11 heures lorsqu'on toqua à la porte. Juan se réveilla en sursaut, l'esprit confus. Il se releva à la hâte, s'enroula dans les draps, se passa la main dans les cheveux et, vêtu de sa toge improvisée, descendit lentement l'escalier. Dans l'entrebâillement de la porte d'entrée apparut le visage de Robert, qui ne put retenir un haussement de sourcils en découvrant l'accoutrement et la mine de Juan.

— J'ai l'air si mal en point ? lui demanda-t-il d'un ton las.

— Non, un peu pâle, c'est tout.

Robert poussa doucement la porte et entra dans le Catalan, son chien Vasco sur les talons. Juan s'effaça puis les suivit dans le salon, sa traîne blanche glissant sur les marches. Les restes d'une nuit sans sommeil s'étalaient sur la table basse. Une bouteille de chablis sur le flanc, un verre vide, un cendrier plein et des coussins disséminés sur le sol, témoins d'une soirée bien arrosée. Robert se retourna vers Juan qui s'était assis, les genoux repliés sur le canapé, la tête émergeant du drap comme celle d'un gamin.

— Visiblement, tu as passé une mauvaise nuit...

Juan acquiesça en pinçant les lèvres.

— Je vais nous faire un café, proposa Robert avant de disparaître dans la cuisine.

Juan se leva et partit vers la chambre pour se changer. Quelques minutes plus tard, vêtu d'un polo et d'un pantalon de pyjama, il rejoignit son ami devant deux grandes tasses fumantes.

— Je n'ai rien trouvé à manger dans les placards. Tu veux que j'aille chercher des croissants ?

— Non, merci, je n'ai pas faim.

À travers la vitre fumée de la table basse, Robert vit les doigts de pied de Juan se recroqueviller sur les lattes de bois, comme ceux d'un enfant pris au dépourvu.

— Je n'ai pas fermé l'œil de la nuit, lui confia Juan dans un murmure. Tous ces souvenirs que je ressasse avec toi me hantent... C'est pas bon de remuer le passé à nos âges.

Lorsqu'il prononça cette phrase, sa bouche dessina un triste sourire, puis, comme un automate, il se mit à chercher de la main son paquet de cigarettes. Juan en sortit une, la coinça entre ses lèvres et, après plusieurs tentatives infructueuses pour allumer son briquet, il l'actionna enfin, aspira profondément et exhala un gros nuage de fumée avant de s'enfoncer dans le canapé. Le bruit de la pluie qui tambourinait sur les toits accompagnait le lourd silence de la pièce. Vasco vint poser son museau sur ses genoux, ce qui le sortit de sa rêverie.

Robert ne répondit pas, s'empara d'un livre et commença à le feuilleter. Juan avança le buste pour attirer l'attention du vieil homme qui poursuivait sa lecture, puis, les coudes posés sur ses cuisses, il reprit :

— Mon plus grand regret est de ne pas avoir eu le temps, ou plutôt la présence d'esprit de poser certaines questions à mes parents sur l'histoire de ma famille. J'aurais aimé savoir d'où venaient mes ancêtres, quels métiers ils faisaient, qui ils étaient vraiment. Chez nous, les gitans, on parle beaucoup du passé, mais surtout de celui d'une communauté, avec ses rites et ses traditions. On raconte rarement les individus. Quand j'ai quitté l'Espagne, j'ai rompu tous les liens avec mon pays et avec mes racines. Pourtant je ne suis pas triste, loin de là.

Il caressa le museau de Vasco.

— Parfois, les histoires des autres, c'est plus encombrant qu'autre chose. On a déjà tellement d'efforts à faire pour vivre sa vie droit dans ses bottes qu'un petit caillou, ça peut souvent empêcher de marcher. J'ai perdu ceux que j'aimais, j'ai cru que ça me ferait du bien de garder en mémoire leur visage, leur sourire, je me suis accroché parce que j'avais peur de moi sans eux, mais la ficelle a glissé de mes mains et ils se sont éloignés comme un ballon lâché dans le ciel. Au début, on suit sa forme au loin, puis ce n'est plus qu'un point, il disparaît et on reste seul avec le même paysage. Les choses ne changent pas, Robert, c'est le regard que tu portes sur elles qui leur donne une autre lumière.

Juan enfouit son visage dans ses mains et ferma les yeux afin d'invoquer des souvenirs familiers. Sous ses paupières se dessinèrent des collines d'oliviers, les ruelles escarpées d'un village andalou écrasé par un soleil d'été, des façades blanches et des grilles en fer forgé sur lesquelles s'enroulaient glycines et jasmins. Apaisé, il sentit presque remonter l'odeur de lessive des mains de sa mère quand elle caressait son visage après avoir étendu les draps sur le fil du jardin. Mais ce cadre reposant et bucolique fut soudain déchiré et, comme sur un écran lacéré, apparut à sa conscience le regard terrifié de Federico alors que trois hommes le poussaient à l'arrière d'une Oakland immatriculée GR 2185.

Juan sursauta et ouvrit les yeux. Il se rappelait encore le numéro de la plaque... Il repensa alors à cette phrase de Picasso : « Il faudrait pouvoir montrer les tableaux sous le tableau. »

Son beau discours ne valait rien ; sous son apparence de vieux sage se tenait un autre homme qui, en son centre, encourageait les fantômes du passé à s'unir pour vaincre la loi de l'oubli et garder vivant le souvenir coupable du mal qu'il avait fait...

Robert observait Juan tout en l'écoutant. Il savait que sa peine était profonde, que son amour pour Encarnación le hantait.

— Tu sais ce que disait Kafka : « Il n'existe que des contes de fées sanglants. Tout conte de fées est issu des profondeurs du sang et de la peur. » C'est ce que tu as vécu avec Encarnación qui te hante, ce rendez-vous raté.

— Si tu savais ce qui me fait vraiment souffrir... Encarnación aimait les héros, les martyrs, elle maintenait vive la flamme de leur souvenir, mais jamais elle ne m'a demandé d'en être un. À aucun moment je n'ai voulu la changer, et elle aimait celui que j'étais, mais seulement en tant que frère. Et moi, comme un con, j'ai interprété cette pudeur, cette mise à distance comme sa seule façon de me protéger, car tous ceux à qui elle avait donné son cœur étaient morts et elle les traînait dans son sillage, persuadée d'être maudite. Elle apparaissait et disparaissait, j'ai tellement souffert que je suis devenu fou et un jour j'ai vrillé...

Juan se mordit brusquement la langue. Il baissa la tête et repensa à sa dernière conversation avec Encarnación, à toute la méchanceté dont il avait été capable, à toutes les horreurs qu'il lui avait assenées et à cette jouissance qu'il avait ressentie en raccrochant. Ce plaisir qu'il avait pris à l'idée de la faire souffrir lui brûla la peau. Il y avait si longtemps. Où était-elle à présent ? Il prit une longue inspiration et observa Robert. Quelle aide pouvait lui apporter son vieil ami ? Pourquoi s'était-il confié à lui ? Il ne pouvait quand même pas tout lui dire, surtout pas qu'il s'était comporté comme un salaud.

Robert fixa avec tendresse ces yeux rouges au fond desquels un fantôme dansait une gigue qui ne s'arrêterait jamais. C'est alors qu'il eut une idée, un projet fou, mais il ne restait plus beaucoup de temps à cet homme de quatre-vingt-neuf ans.

— Ton avenir est déjà un fantôme qui te hante. Mais tu sais de quoi tu as besoin pour te sortir de ce cercle vicieux ? De prendre l'air, de voyager...

Juan tourna vers lui son visage et ses yeux s'animèrent soudain, une lueur d'intérêt rendit son regard vivant. Encouragé par cette petite flamme qui brillait au fond d'un océan de tristesse, Robert poursuivit sur sa lancée :

— Tu vas retourner en Espagne. Je sais que tu es prêt, je sens que c'est le moment de revenir à la source ! Tu vas aller dans tous les endroits dont tu m'as parlé : à Barcelone, à Madrid, à Séville dans le quartier de Triana, à Manzanares et à Grenade, dans les jardins de l'Alhambra. Tu vas faire ce voyage et je te promets que si, à la fin, tu ne vas pas mieux, alors je te raconterai ma vie, et crois-moi elle vaut son pesant de larmes elle aussi ! Allez, fais tes valises pendant que je vais confier Vasco à l'ouvre-boîte, et en voiture pour l'aéroport !

Sur ces paroles, Robert se leva et prit Juan dans ses bras. Il ne vit pas le visage de l'Espagnol qui ferma les yeux, cherchant le courage qui lui faisait défaut. Au fond de lui, il savait qu'il était temps de faire face à ses fantômes, mais il tremblait à l'idée de ce que ce retour au pays allait lui réserver. Que ferait-il du peu de vie qu'il lui restait, une fois qu'il aurait eu la réponse à cette question qui le hantait depuis toutes ces années : qu'était devenue Encarnación ?

De la banquette arrière du taxi, Juan regardait défiler les paysages entre l'aéroport et le centre de Madrid, étonné de ne rien ressentir de ce qu'il avait imaginé. Passé les faubourgs de la ville, il scruta avec encore plus d'attention les quartiers qu'il dépassait, à la recherche d'un détail qui déclencherait la nostalgie des jours perdus. Avec une certaine amertume, il comprit qu'il n'était plus chez lui, que tout avait changé, que même l'air était différent, plus aseptisé. Alors il se raccrocha à l'espoir que, plus tard, dans le Sud, avec les odeurs de la terre et celles du vent chargé de poussière, un peu de son âme andalouse lui reviendrait.

Le matin, il avait fermé le Catalan avant de prendre place à bord d'un avion presque vide, une petite valise coincée au-dessus de son siège.

Le taxi traversa la ville le long des artères encombrées et bruyantes, puis déposa Juan devant son hôtel, le Gran Palacio de los Duques, une bâtisse blanche aux toits de tuiles en plein cœur de la vieille ville située à deux pas de la plaza de la Encarnación.

Dans les rues ensoleillées, chaque porche, chaque parc faisait ressurgir des instants du passé, mais rien ne l'atteignait vraiment. Les images se bousculaient, se cognaient sur le globe de verre qui entourait son cœur. C'est seulement lorsqu'il traversa la plaza Santa Ana et s'arrêta devant une statue de Federico García Lorca que la peine enfouie ressurgit sous ses traits. Il inclina la tête et murmura quelques mots en espagnol, comme une prière, avant de repartir d'un pas lourd. Le soir, il dîna à la Casa Botín, le plus vieux restaurant de Madrid où, selon la légende, Goya avait officié comme commis. En observant les convives attablés, il repensa à Federico et Ignacio, à tous les peintres, les écrivains et les artistes qui étaient passés par cette salle. Comme c'était joyeux et bon à l'époque, pensa-t-il en regardant sa paella décongelée.

Juan ne paraissait pas affecté par ce pèlerinage sur les lieux de sa mémoire. Il semblait focalisé sur une tâche parallèle à celle du souvenir : celle de l'oubli. Et, en effet, il biffait mentalement chaque lieu de sa liste comme un gamin prêt à affronter ses pires peurs en gardant les yeux ouverts. Ce retour en Espagne allait lui permettre de refermer le livre de sa vie et de retourner attendre la mort, à Paris.

Et cette vie, il l'avait racontée à Robert en une nuit, il lui avait parlé de son amitié pour Federico, et d'Ignacio, et de son amour pour Encarnación, mais il avait arrêté son récit après la Seconde Guerre mondiale.

Robert brûlait de savoir ce qui s'était passé après, s'il avait revu Encarnación, s'ils avaient pu s'aimer, ne serait-ce qu'une nuit, quitte à s'être perdus au matin, mais sans jamais poser de questions ; il attendait que son ami reprenne son récit, à son rythme. Il était prêt à attendre son retour d'Espagne.

Le lendemain, après un petit déjeuner dans le patio de l'hôtel, Juan se rendit à pied au Museo Nacional del Prado. Il entra par la porte de Goya et, après y avoir déambulé pendant des heures, les yeux encore emplis des tableaux de Velázquez, de Ribera, d'El Greco, des peintures noires de Goya, il ressortit par la porte de Murillo, qui donnait sur les jardins botaniques. Un voyage de l'obscurité à la lumière que Juan vécut comme une renaissance, l'espoir rendu d'une vie plus légère, affranchie du poids de la vieillesse.

Une heure plus tard, dans le taxi qui le menait à la gare d'Atocha, Juan ne put s'empêcher de demander au chauffeur de faire un détour par la calle del General Arrando. Il voulait revoir une dernière fois l'appartement d'Encarnación.

Lorsque la voiture s'engouffra dans la rue, Juan perçut un changement subtil dans sa respiration. Sa poitrine se soulevait par à-coups et son regard sembla perdu, pour la première fois depuis son arrivée à Madrid. Indiquant une place de stationnement libre, il demanda au chauffeur de s'arrêter.

— Merci. J'en ai pour cinq minutes.

L'adresse exacte était le 42, mais Juan préféra rester sur le trottoir opposé, pour regarder la façade de l'immeuble. Rien n'avait changé. La porte d'entrée arrondie sur le dessus, en bois mais vitrée, les colonnes qui ornaient le balcon du premier étage, les bow-windows Art déco ; seul le fer forgé des garde-fous des fenêtres avait été remplacé par des barres de fer. Une larme roula sur sa joue alors qu'il fixait les vitres de l'appartement d'Encarnación, ces carreaux au travers desquels il avait tant de fois observé, dans le désarroi de la frustration, la femme qu'il aimait fouler le trottoir sur lequel il se tenait aujourd'hui.

Que la vie est longue, quand on est vieux tôt, pensa-t-il en se remémorant le jeune gitan timide et sage qu'il avait été. D'un geste vif, il essuya sa joue et remonta dans le taxi.

Dans le train qui filait vers Manzanares, le front collé à la fenêtre, Juan déroula ses souvenirs et, peu à peu, ils prirent la place qui leur revenait. Il accepta ce plongeon sans se battre, car il était temps d'affronter la vérité.

En milieu d'après-midi, il arriva à la gare de Manzanares, une petite ville basse au milieu de champs étendus à perte de vue. Juan décida de passer par l'hôtel pour se rafraîchir et déposer ses bagages avant de visiter les arènes et le musée consacré à Ignacio. Dans le dédale des rues pavées, écorchées par la chaleur, il marcha de l'hôtel Menano à la calle de las Monjas sans apercevoir un seul jardin. Tout ici était sec ; une architecture qui laissait peu de place à l'ombre et à la légèreté. Juan observait ces façades blanches, ces fenêtres de rez-de-chaussée cerclées de fer forgé, ces balcons aux fleurs absentes ou grillées. Parfois, les murs étaient recouverts de carreaux, de briques ou d'une peinture rouge passée avec le temps. La ville semblait pauvre et désolée, bien loin des souvenirs de la dernière feria d'Ignacio, mais devant la façade repeinte du musée il éprouva une joie immense. La mémoire de son ami était bien préservée.

À l'intérieur, la fraîcheur de l'air conditionné le soulagea. Sur les murs éclairés avec soin étaient accrochées d'immenses photos en noir et blanc d'Ignacio, le bel homme, élégant et au regard déterminé, entouré de ses amis. Juan avançait à petits pas, scrutant chaque visage à la recherche de ceux qu'il avait connus. Sur des tables alignées étaient disposés des livres, des articles de presse, le manuscrit de *L'Amertume du triomphe* et des cartels de corridas auxquelles Ignacio avait participé.

Devant un énorme tirage sur lequel un jeune homme aux sourcils broussailleux, à la chevelure noir de jais et mal à l'aise dans un costume trop petit se tenait à l'orée d'un groupe constitué de plusieurs hommes et d'une femme, Juan laissa échapper :

— Mais c'est moi...

Une jeune employée du musée qui redressait un cadre se retourna vers Juan, surprise :

— Vous êtes sur la photo ?

Juan acquiesça en pointant un visage du doigt.

— Vous aviez déjà les cheveux en bataille ! C'est émouvant de vous voir si jeune... Et à votre gauche c'est Federico García Lorca ? On ne le reconnaît pas bien, dit la jeune femme en s'approchant de la photo.

Juan, resté en retrait, lui répondit presque pour lui-même :

— Oui, c'est lui, et à sa droite c'est Encarnación, La Argentinita, une danseuse de flamenco...

Un petit visage de souris blanche, les cheveux noirs séparés par une raie au-dessus d'un nez fin qui surplombait un trait de rouge à lèvres peinant à cacher une rangée de dents de porcelaine. Une femme dont le corps frêle donnait, au premier regard, une impression de fragilité très vite démentie par cette force qui se dégageait de ces deux billes noires qui fixaient l'objectif.

La jeune femme observa Juan, qui semblait ne pas revenir de cette photo. Son regard noir traversait le cadre et le mur, au-delà de la ville et des champs, perdu dans des images auxquelles personne d'autre que lui n'avait accès.

— Vous connaissiez tous ces gens ? Vous savez ce qu'ils sont devenus ? Si certains sont toujours en vie ?

Juan fixa la jeune femme et lui dit :

— Je ne sais pas, je n'ai jamais cherché à savoir, mais la dernière fois que j'ai eu des nouvelles de cette jeune femme sur la photo, c'était le 23 septembre 1945, il y a plus de cinquante ans.

L'employée du musée fut sidérée par la révélation de Juan. Dans un monde où l'information circulait à grande vitesse, où rien n'était plus facile que d'épier la vie des autres, elle eut du mal à concevoir un silence aussi long.

— Cinquante-cinq ans que vous n'avez pas de nouvelles ? Elle est peut-être encore vivante.

— Je ne sais pas...

— Comment ça ? Vous ne l'avez pas cherchée ?

Juan hésita.

— Non, je l'ai attendue pendant toutes ces années, sans jamais déménager, au cas où elle m'aurait écrit.

La jeune femme écarquilla les yeux.

— D'habitude, ce sont les femmes qui attendent... Vous l'aimiez alors ?

Juan resta muet, le regard plongé dans la photo. Une idée traversa alors l'esprit de la jeune femme.

— Attendez ! On a peut-être des informations sur elle ici. Ne bougez pas, je vais chercher dans les archives.

Puis, sans attendre de réponse, elle se dirigea vers l'accueil, le laissant derrière elle, debout devant l'image démesurée de son amour perdu, raté, sacrifié à la vanité.

Au bout d'un moment, la jeune femme revint et lui tendit, sans un mot mais le regard empli de tristesse, une feuille de papier sur laquelle Juan put lire :

Encarnación López Júlvez, plus connue sous le nom d'artiste La Argentinita. Née le 3 mars 1898 à Buenos Aires et morte le 24 septembre 1945 à New York. Elle repose au cimetière de San Isidro à Madrid.

Quelques heures plus tard, le taxi s'arrêta en face du 42, calle del General Arrando à Madrid. Sur la banquette arrière, Juan tenait encore entre ses doigts crispés la fiche que la jeune femme du musée de Manzanares lui avait remise.

Oppressé, il fit quelques pas sur le trottoir en repensant à l'attente qu'il s'était infligée, à ces jours, à ces nuits sans sommeil au cours desquels il avait sursauté à chaque sonnerie du téléphone. Il se revit aussi derrière la fenêtre du Catalan, guettant l'arrivée du facteur. Toutes ces années gâchées alors que, par sa faute, à cause de sa méchanceté, Encarnación s'était sans doute suicidée le lendemain de son appel.

Les trottoirs de la calle del General Arrando étaient vides, le jour tombait, il était presque 21 heures et Juan leva ses yeux secs vers le ciel et les fenêtres de son ancien appartement. Une lumière était allumée dans le salon. Juan repensa à ces soirées avec Ignacio et Encarnación, à Carmen qui se cachait avec lui derrière le canapé pour observer les invités, puis il revit le visage de Federico à la fenêtre, la veille du départ pour Grenade, alors il décida de sonner, pour tenter de voir cette pièce une dernière fois.

Il traversa la rue et, devant la porte d'entrée de l'immeuble, il se mit à passer en revue les noms inscrits sur l'interphone. C'est alors qu'il découvrit un nom aux consonances familières, qu'il prononça à haute voix avant d'appuyer sur le bouton.

López Júlvez...

Une voix de femme répondit et Juan s'annonça aussi simplement que possible :

— Bonsoir, madame, je m'appelle Juan Ortega et j'ai vécu dans votre appartement avant la guerre. Auriez-vous l'amabilité de m'accorder quelques minutes ?

Le silence se fit lourd et la voix plus faible lorsqu'elle fut accompagnée du bruit de la porte qui s'ouvrait.

— Montez.

Et il gravit cet escalier si familier.

Une vieille femme, le visage aussi ridé qu'une poire trempée dans l'alcool, l'attendait sur le seuil. Ses cheveux, d'un blanc étincelant, étaient retenus par un chignon. Des lunettes aux verres fumés, cerclés de métal, cachaient son regard, et sa peau laiteuse jaillissait par endroits d'une robe noire austère.

— Entrez, je vous prie.

Le ton était fébrile, chargé d'émotion.

Juan pénétra dans le couloir et, suivi de la vieille dame qui marchait à petits pas, il aperçut la cuisine à sa droite avant d'entrer dans le salon. Là, il fut surpris de constater que la décoration n'avait pas changé depuis les années 1930, que tous les meubles étaient encore là.

Il se retourna, le cœur serré.

— Je ne comprends pas...

La vieille dame l'interrompit d'un geste autoritaire et lui fit signe de s'asseoir, puis elle prit place face à lui dans un canapé de velours grenat et enleva ses lunettes. Juan ne put réprimer le choc qu'il ressentit lorsqu'il découvrit les yeux de la femme. Ce visage et ce corps, transformés sous le coup des années, étaient ceux de Carmen.

— Je ne m'attendais plus à recevoir ta visite, Juanito. Tu veux boire quelque chose ? Un verre de limonade, peut-être ?

Déstabilisé, Juan ne parvint qu'à acquiescer et, resté seul dans le salon, il attendit que Carmen revienne de la cuisine avec un plateau chargé d'une carafe dans laquelle flottaient des tranches de citron, de deux verres en cristal ciselé et d'une assiette de biscuits.

— Comment aurais-tu pu t'attendre à ma visite ? Je ne savais pas moi-même que j'allais te trouver ici.

— Hier, je t'ai aperçu sur le trottoir d'en face. Tu es un vieil homme maintenant et j'ai la vue basse, et à ce moment-là je n'ai pas pu mettre de nom sur ton visage. Les années ont passé et le corps change tellement. Mais il y avait ce regard, reconnaissable entre tous, et, cette nuit, ça m'est revenu : c'était toi, Juanito... Évidemment ça m'a fait un coup, je m'en suis voulu de ne pas être descendue, mais la mémoire est capricieuse à mon âge, et puis je me suis dit que, sûrement, tu reviendrais et que j'aurais enfin l'occasion de te raconter ce qui s'est passé.

— Je ne savais pas que tu habitais Madrid, je te croyais encore à New York. Pourquoi n'as-tu pas cherché à me contacter ? Pourquoi ne m'as-tu pas dit, pendant toutes ces années, qu'Encarnación s'était suicidée ? Tu avais pourtant mon adresse.

Carmen sursauta.

— Pardon ? Mais de quoi parles-tu ?

La stupeur de Carmen étonna Juan, qui s'expliqua avec le plus de douceur possible.

— Encarnación était la femme dont je t'ai toujours parlé, celle que j'aimais, et je l'ai attendue pendant cinquante-cinq ans à Paris. La dernière fois que nous nous sommes entretenus, c'était la veille de sa mort. Elle m'a appelé pour me dire qu'elle s'était mariée et qu'elle partait vivre en Argentine, et moi, fou de rage à l'idée de l'avoir perdue, j'ai voulu la blesser. Je lui ai menti et, depuis, je n'ai eu aucune nouvelle, je ne savais pas qu'elle s'était donné la mort le lendemain.

Le regard de Carmen se fit plus perçant. Une ombre de joie malsaine sembla le recouvrir.

— Tss tss tss, fit-elle entre ses dents. Tu as souffert alors ? C'est bien triste...

Ses mots sonnaient faux et Juan, décontenancé, but à grand bruit une gorgée de limonade.

— Le plus incroyable, dans tout ça, c'est que tu sois encore aussi vaniteux. Tu n'as pas changé, Juanito. Derrière ce masque de vieillard inoffensif se cache le jeune égocentrique que j'ai toujours connu, avec son côté obscur et, je suis heureuse de l'apprendre aujourd'hui, ses blessures. L'âge a arrondi les contours, enfoui la violence et la perversité sous les traits de la fragilité, mais je n'ai rien oublié.

Carmen exultait quand Juan, ratatiné dans un fauteuil, semblait hagard. Elle réfléchit un instant avant de continuer. Juan l'observait avec anxiété et, soudain, il fut le témoin d'une métamorphose. Le regard de Carmen devint clair, lumineux, elle était belle et fière dans ce corps qu'elle déplia d'un coup, comme sous l'effet d'un séisme intérieur bouleversant. Elle retrouva soudain un port de tête, une allure de danseuse alors qu'elle replongeait dans le passé.

— Laisse-moi te raconter ce qui est vraiment arrivé. Lorsque Encarnación est venue me rejoindre à Londres en 1939, juste avant de partir pour New York, elle m'a dit t'avoir croisé à Barcelone et puis t'avoir perdu à la frontière espagnole. J'étais heureuse de te savoir en vie et je voulais te garder pour moi. Alors j'ai caché à Encarnación notre conversation téléphonique, je ne lui ai jamais dit que je t'avais retrouvé et parlé parce que je t'aimais, Juanito. Je savais que ton cœur était pris par une autre femme sans me douter que c'était ma sœur. Quand tu m'as demandé si elle était avec moi sans te préoccuper de comment j'allais, j'ai tout compris et j'ai inventé cette histoire de joueur de jazz. Je me suis effacée, je t'ai laissé seul, en espérant qu'un jour tu te lasserais d'Encarnación et que tu m'aimerais. À New York, quand je l'ai vue remuer ciel et terre pour retrouver sans succès le nom du restaurant dans lequel tu travaillais, j'ai compris qu'elle t'aimait elle aussi.

Carmen s'interrompit pour jouir de l'effet dévastateur de sa phrase sur le visage de Juan. Sans hâte, elle remplit les verres de limonade avant de reprendre d'une voix rocailleuse :

— En juin 1945, alors qu'elle était très fatiguée à l'époque, je lui ai dit que j'allais te chercher à Paris. Sur un coup de tête, j'ai pris un bateau pour te rejoindre. Ton premier baiser m'a étourdie, l'alcool qu'on avait bu a peut-être brouillé mes pensées, mais j'étais si bien dans tes bras... Pour moi, c'était une nuit d'amour qui annonçait un avenir merveilleux, à deux, et surtout sans le fantôme d'Encarnación. Des heures qui justifiaient toutes ces années d'attente et de sacrifice. Tu ne t'en souviens peut-être pas, mais tu étais attentionné et tes caresses m'ont révélée, j'étais à toi et, évidemment, naïve comme j'étais, je croyais t'avoir fait oublier Encarnación. Lorsque au matin tu m'as avoué être toujours amoureux de l'autre femme, et alors que je savais que tu parlais de ma sœur, j'ai subi cet aveu mensonger comme la pire des humiliations. Ma colère, ma rage ont fait de moi une furie et, en rentrant à New York, j'ai dit à Encarnación que je t'avais retrouvé et que tu collectionnais les Parisiennes.

Carmen s'arrêta un instant alors que Juan encaissait le choc de ces révélations. Il sentit qu'il avait, face à lui, un monstre d'égoïsme. Ses pensées furent interrompues par la voix de Carmen, plus sombre, presque métallique.

— Je n'ai rien dit à Encarnación, jamais, et elle ne m'a posé aucune question sur ce que nous avions fait en France, mais mon regard sur elle a changé, car je savais qu'elle n'avait pas pu ignorer l'amour que tu avais pour elle et qu'elle y avait sûrement cédé. À cette époque, je ne savais pas tout... Un mois a passé et, un matin de juillet, alors que nous répétions un spectacle, j'ai été emmenée à l'hôpital en urgence ; j'ai failli mourir d'une hémorragie. À mon réveil, le médecin m'a annoncé que j'avais fait une grossesse extra-utérine et que, malheureusement, je ne pourrais plus avoir d'enfants.

Carmen marqua une pause, ferma les yeux, et la souffrance passée envahit ses traits.

— Encarnación était près du lit, elle pleurait, mais je ne croyais pas à son chagrin. Je lui ai hurlé dessus, l'ai traitée de tous les noms en lui disant que je savais que vous vous étiez moqués de moi, qu'elle avait toujours voulu être la première, la meilleure, celle qu'on admire, et que moi je n'avais que son ombre pour vivre. Elle a nié, m'assurant qu'il ne s'était rien passé entre vous, qu'au contraire elle s'était effacée et avait rejeté toutes tes avances, pour moi, par loyauté. Je n'ai pas eu le choix, je l'ai crue et ma colère s'est alors portée sur toi. Il fallait que je trouve un moyen de te faire souffrir, que je me venge. En août 1945, alors qu'on avait dansé des sévillanes en maillot de bain, j'ai remarqué que le ventre d'Encarnación était enflé et qu'elle souffrait. Je l'ai alors conduite à l'hôpital le plus proche et les médecins ont découvert une tumeur. Ils auraient pu l'opérer, mais elle a refusé. Elle est morte dans d'atroces souffrances le 24 septembre 1945, après avoir dansé une dernière fois *L'Amour sorcier* de Manuel de Falla. Mais elle ne s'est pas suicidée, elle a juste voulu que tu gardes d'elle l'image d'une femme séduisante, courtisée, inatteignable, et c'est pour ça qu'elle a inventé toute cette histoire de mariage. Encarnación a toujours soigné ses sorties de scène.

Carmen prononça ses derniers mots sur un ton railleur et Juan fut atterré. Tant de peine, de culpabilité, toute une vie gâchée par la vengeance et lui, vieillard vagabond, gitan perdu sur son chemin de repentance, qui errait sur les routes d'une Espagne qui n'était plus la sienne. Il imagina la souffrance de Carmen, celle d'Encarnación, des larmes emplirent ses yeux et il les ferma pour rester seul avec ces images.

— Alors elle m'a cherché... dit-il enfin. Elle n'a pas eu d'enfant... Elle n'était pas en Argentine... Pourquoi ne m'as-tu rien dit ? Et ce qui t'est arrivé, comment aurais-je pu savoir ce que tu as vécu ? Je ne sais pas si j'aurais pu te consoler ou réparer les conséquences de cette nuit, mais, crois-moi, je suis sincèrement désolé de t'avoir causé autant de peine. Si je pouvais revenir en arrière, je le ferais...

Carmen ne sembla pas attendrie par ces mots. Son regard était toujours aussi dur lorsqu'elle s'assit près de Juan et lui prit la main.

— Par pitié, épargne-moi tes remords ! Comme toujours, tu ne penses qu'à elle. Mais ce n'est pas tout. Avant de rendre son dernier souffle, Encarnación m'a chargée de te remettre une lettre que j'ai égarée en arrivant à Madrid. Je l'ai pourtant lue tellement de fois que j'en avais retenu un long passage par cœur, et c'est celui que je voudrais que tu gardes en mémoire, car la souffrance que tu as endurée n'est rien face à celle qui t'attend.

Carmen se mit debout, comme si elle allait entamer un chant devant une salle comble.

— Voici les paroles que t'avait adressées ma sœur : « Rassure-toi, Juanito, je n'ai pas cru un mot de ton histoire et je me souviendrai toujours que c'est toi qui m'as portée à bout de bras de Grenade à Madrid, de Barcelone à la frontière française. Sache que je garde en moi nos fous rires et tes yeux de chien andalou. Je t'ai aimé plus que tous les autres. »

Carmen se rassit, visiblement ravie de l'effet que ce texte produisait sur Juan.

— C'est beau, non ? Il y avait aussi des passages dans lesquels elle décrivait une nuit d'amour dans la montagne, mais c'était trop intime.

Carmen sourit et attendit que Juan réagisse, mais le vieil homme ne laissa rien paraître. Il voulait entendre la suite.

— Quand Encarnación nous a quittés, j'ai rapatrié son corps à Madrid pour l'enterrer en privé, coiffée d'une mantille blanche et accompagnée des castagnettes d'Emilia Lucena, dans le cimetière de San Isidro. Là, elle est gardée par des anges de pierre qui dansent. J'ai caché sa mort et fait en sorte que personne ne sache ce qu'elle était devenue, pour que tu passes ta vie à l'attendre…

Juan, au travers de ses larmes, fixa Carmen avec une colère inexprimable, anéanti par une telle perversité. Il ne parvint à lui demander qu'une chose :

— Mais comment as-tu pu garder cette colère, cette haine en toi pendant toutes ces années ? Comment as-tu pu me condamner à souffrir ainsi ? Jamais tu n'as pu envisager de me pardonner ? De rendre ta sœur heureuse et de faire la paix pour qu'on s'unisse dans le deuil d'Encarnación que tu aimais ? Que nous aimions ?

— Jamais. Aujourd'hui, tu me vois comme une petite vieille inoffensive, une dame voûtée qui arrose ses plantes et sert de la limonade à ses invités, mais il faut se méfier des vieux, et tu es bien placé pour le savoir. Car, sous cette carcasse abîmée, il y a la jeune fille en sang, la jeune mère sacrifiée sur l'autel d'un égoïste, et elle, crois-moi, jusqu'à son dernier souffle elle n'accordera aucun pardon à l'homme qui l'a trahie. Maintenant pars et ne reviens jamais. Nous sommes quittes.

Un instant, Juan chercha en vain sous le masque de jouissance victorieuse de cette vieille femme le souvenir de la jeune fille insouciante qui riait aux éclats en glissant sur les lattes du parquet.

Las, il referma la porte de l'appartement madrilène et descendit d'un pas lourd l'escalier. Chaque marche était chargée d'une image de son passé. Il revit son père, assis sur la carriole, le visage défait, puis Lola et ses enfants qui disparaissaient devant l'hacienda, dans un nuage de poussière soulevé par les roues de la Lincoln, et Ignacio, le regard voilé par la mort proche, sur la civière de l'ambulance, et encore Federico, dans la cour de la huerta, recroquevillé sur lui-même pour parer les coups des phalangistes. La dernière image qui remonta des profondeurs fut celle d'Encarnación, perdue dans la foule des réfugiés à la frontière, qui le cherchait des yeux.

Il avait trahi un à un ces êtres de passion qui lui avaient donné leur amour et leur souffle ultime sans rien demander en retour. C'était lui, l'égoïste, l'homme apathique, indifférent à tout excepté à ses propres tourments, lui qui, ironiquement, leur avait survécu. Il tenait le flambeau de leur vie et ne le méritait pas.

Debout sur le trottoir de l'immeuble où il avait passé les plus beaux moments de sa jeunesse, Juan comprit que l'attente était finie et que son existence l'était aussi. Avant de repartir vers ces jours et ces nuits qu'il lui restait, il leva les yeux vers la fenêtre de l'appartement, celle qui avait laissé échapper les notes de piano, les rires et les chants andalous. C'est de ces instants qu'il voulait se souvenir, les mettre bout à bout pour avoir la force de terminer sa vie en paix. Puis, à l'idée qu'Encarnación l'avait aimé, il ressentit une improbable légèreté. Son corps fut empli d'une vague de douceur qui remonta vers son cœur et, devant ce qui fut le théâtre de son unique amour, il s'approcha de son propre *duende*. Tout à cette immense plénitude, Juan vit le visage de Carmen apparaître derrière la vitre du salon. Déçue, elle le fixait, un pli amer au coin de la bouche et le regard froid.

C'est alors que le titre du livre d'Ignacio Sánchez Mejías prit tout son sens. C'était donc ça, l'amertume du triomphe.

Œuvres citées

ALBERTI Rafael, « L'aube de la giroflée », dans *Marin à terre* suivi de *L'Amante* et de *L'Aube de la giroflée* (trad. de Claude Couffon), Gallimard, 1985

CAMUS Albert, « Nos frères d'Espagne », *Combat*, 7 septembre 1944, dans *Œuvres complètes*, t. II, Gallimard, coll. « Bibliothèque de la Pléiade », 2006

GARCÍA LORCA Federico, « Songe », extrait de *Livre de poèmes*, dans *Œuvres complètes*, t. I (trad. d'André Belamich, de Jacques Comincioli, de Claude Couffon, de Robert Marrast, de Bernard Sesé, de Jules Supervielle), Gallimard, coll. « Bibliothèque de la Pléiade », 1981

— Extrait d'un entretien accordé à Valence en 1935, d'après Gabriel Martinez-Gros, « García Lorca, une tragédie espagnole », *L'Histoire*, n° 387, mai 2013 : www.lhistoire.fr/garcia-lorca-une-tragédie-espagnole

— *Impressions et paysages et proses diverses* (trad. d'André Belamich et de Claude Couffon), Gallimard, 2009

— *Jeu et théorie du duende* (trad. de Line Amselem), Allia, 2008

— *Romancero gitan* suivi de *Chant funèbre pour Ignacio Sánchez Mejías* (trad. d'André Belamich), Gallimard, coll. « Folio », 2010

— « Chant funèbre pour Ignacio Sánchez Mejías » ; « Poète à New York », dans *Poésies*, t. III, *Poète à New York, Chant funèbre pour Ignacio Sánchez Mejías, Divan du Tamarit et autres textes* (trad.

d'André Belamich, de Pierre Darmangeat, de Claude Couffon, de Bernard Sesé), Gallimard, coll. « Poésie », 1954

GARY Romain, *La Promesse de l'aube*, Gallimard, coll. « Folio », 1973

IBÁRRURI Dolores, *Pour la victoire. Articles et discours, 1936-1938*, Éditions sociales internationales, 1938

KAFKA Franz, citation tirée de Gustav Janouch, *Gespräche mit Kafka* (*Conversations avec Kafka*), Fischer, 1961 ; trad. de Patrick Bergeron dans : https://doi.org/10.4000/germanica.3972

MOREL Henri, extrait de la correspondance militaire cité dans INQUIMBERT Anne-Aurore, *Un officier français dans la guerre d'Espagne. Carrière et écrits d'Henri Morel (1919-1944)*, Presses universitaires de Rennes, 2019

SAINT-EXUPÉRY Antoine de, « Une guerre civile, ce n'est point une guerre, c'est une maladie », dans *Œuvres complètes*, t. I, Gallimard, coll. « Bibliothèque de la Pléiade », 1994

VALÉRY Paul, « Allocution sur le déclenchement de la guerre », diffusée à la radio le 1er septembre 1939, disponible sur : www.ina.fr/ina-eclaire-actu/audio/phd85008237/allocution-de-paul-valery-sur-le-declenchement-de-la-guerre

Bibliographie sélective

AMORÓS Andrés et FERNÁNDEZ TORRES Antonio, *Ignacio Sánchez Mejías, el hombre de la Edad de Plata*, Almuzara, 2010

BENSOUSSAN Albert, *Federico García Lorca*, Gallimard, coll. « Folio biographies », 2010

CABALLERO Pérez Miguel, *Les Treize Dernières Heures de Federico García Lorca* (trad. de Delphine Vinck), Indigène éditions, 2014

EAUDE Michael, « Pilar López », *The Guardian*, 9 avril 2008 : www.theguardian.com/culture/2008/apr/09/theatre.dance

GARCÍA LORCA Federico, *Noces de sang* suivi de *La Maison de Bernarda Alba* (trad. de Marcelle Auclair, d'André Belamich et de Jean Prévost), Gallimard, coll. « Folio », 2006

HARTÉ Yves, *La Huitième Couleur. Regards sur l'arène*, Confluences, 1999

HEMINGWAY Ernest, *Mort dans l'après-midi* (trad. de René Daumal), Gallimard, coll. « Folio », 1972

ISSOREL Jacques, « Le poète et le torero. *Llanto por Ignacio Sánchez Mejías* de Federico García Lorca », dans BOYER Henri (dir.), *Du taureau et de la tauromachie. Hier et aujourd'hui*, Presses universitaires de Perpignan, 2012

LAFFRANQUE Marie, « Pour l'étude de Federico García Lorca. Bases chronologiques », *Bulletin hispanique*, t. LXV, n° 3-4, 1963 : www.persee.fr/issue/hispa_0007-4640_1963_num_65_3

LAPIERRE Dominique et COLLINS Larry, *... ou tu porteras mon deuil*, Robert Laffont, 1984

LAURENCE Adelina, « Représentations de la femme dans le théâtre espagnol contemporain. Corps et sexualité chez Laila Ripoll et Federico García Lorca », thèse de doctorat sous la direction d'Elvire Diaz et Encarna Alonso Valero soutenue à l'université de Poitiers le 11 juin 2019

MARIE Jeanne, *Les Chemins de l'âme. Mémoire vive des poètes de la Génération de 27* (éd. bilingue), Paradigme, 2017

MERLO-MORAT Philippe, *Littérature espagnole contemporaine*, Presses universitaires de France, 2013

NAIL Isabelle, *Ni art ni culture*, Astobelarra/Le Grand Chardon, 2014

NERUDA Pablo, « Ode à Federico García Lorca », dans *Résidence sur la terre* (trad. de Guy Suarès), Gallimard, coll. « Poésie », 1972

NOVAIS José-Antonio, « Dans une polémique sur la mort de García Lorca. Les phalangistes accusent les démocrates-chrétiens de vouloir détruire l'"unité nationale" », *Le Monde*, 30 mars 1972

SÁNCHEZ MEJÍAS Ignacio, *L'Amertume du triomphe* (trad. de Dominique Blanc), Verdier, 2017

SILL Édouard, « Du combattant volontaire international au soldat-militant transnational. Le volontariat étranger antifasciste durant la guerre d'Espagne (1936-1938) », thèse de doctorat sous la direction de Gilles Pécout soutenue à l'université Paris Sciences et Lettres le 18 juin 2019

TENNOV Dorothy, *Love and Limerence: The Experience of Being in Love*, Scarborough House, 1999

TESSIER Jacques, *La Corrida, effraction salutaire*, Au diable vauvert, 2018

THEDE Nancy, *Gitans et flamenco. Les rythmes de l'identité*, L'Harmattan, 1999

Universo Lorca, base de données dédiée à l'univers de Federico García Lorca : www.universolorca.com

VALLEJO Juan, « 80 años después del asesinato de García Lorca » (« 80 ans après l'assassinat de García Lorca »), *Burgos Dijital*, 18 août 2016 : burgosdijital.net/80-anos-despues-del-asesinato-garcia-lorca

WOLFF Francis, *Philosophie de la corrida*, Fayard/Pluriel, 2011

Crédits des œuvres poétiques citées

ALBERTI Rafael, « L'aube de la giroflée », dans *Marin à terre* suivi de *L'Amante* et de *L'Aube de la giroflée* (trad. de Claude Couffon) © Gallimard, 1985 ; « El alba del alhelí » © Rafael Alberti, 1927. *El Alba del alhelí*, S. L.

GARCÍA LORCA Federico, « Songe », extrait de *Livre de poèmes*, dans *Œuvres complètes*, t. I (trad. d'André Belamich, de Jacques Comincioli, de Claude Couffon, de Robert Marrast, de Bernard Sesé, de Jules Supervielle) © Gallimard, coll. « Bibliothèque de la Pléiade », 1981

— « Chant funèbre pour Ignacio Sánchez Mejías », dans *Poésies*, t. III, *Poète à New York, Chant funèbre pour Ignacio Sánchez Mejías, Divan du Tamarit et autres textes* (trad. d'André Belamich, de Pierre Darmangeat, de Claude Couffon, de Bernard Sesé) © Gallimard, coll. « Poésie », 1954

Conception graphique : Philippe Apeloig.
Composition : Utibi.

Imprimé par Grafica Veneta à Trebaseleghe (Pd).
Dépôt légal : août 2022
Imprimé en Italie.

ISBN : 978-2-207-16627-7.

543361